아토페

무어

란돌프

베네딕트

인물소개

"내 뒤에
있어….
반드시
지켜줄게."

무직전생

이세계에 갔으면 최선을 다한다

22

글 리후진 나 마고노테   일러스트 시로타카   옮긴이 한신남

MUSHOKU TENSEI ~ISEKAI ITTARA HONKIDASU~ Vol.22

ⓒRifujin na Magonote 2019
First published in Japan in 2019 by KADOKAWA CORPORATION, Tokyo.
Korean translation rights arranged with KADOKAWA CORPORATION, Tokyo.

CONTENTS

"언제부터였을까.

어느 틈에 친구에게 마음 편히 부탁할 수 있게 되었다."

Grow in my communication ability.

글 : 루데우스 그레이랫

옮김 : 진 RF 매곳

제22장

조직편

제1화 귀환과 보고

마법도시 샤리아, 그 교외에 있는 건물.

그곳에는 그야말로 사악한 마왕성이라고 하기에 어울리는 공간이 펼쳐져 있었다.

아슬라 왕국산 푹신푹신한 융단, 의자는 마호가니로 만들어 레드 드래곤의 가죽을 씌웠고, 그 안에 채워진 양털은 미리스 산이다.

집무 책상은 의자에 맞춰 밝은 색깔로 했고, 샤리아의 기술 자가 공들여 만든 장식이 보는 이들의 눈을 즐겁게 해 준다.

난로에는 불을 지폈고, 때때로 나는 타닥 소리가 어째서인지 마음을 편안하게 한다.

그런 가정적인 공간의 어디가 사악한 마왕성이냐고?

그야 의자에 앉아서 무서운 얼굴로 나를 노려보는 사람의 이상한 분위기가 말이지.

이 사람이 있으면 어디든 사악한 마왕성이나 악의 비밀결사 가 된다.

장소가 분위기를 만드는 게 아니다. 거기에 있는 사람이 자리의 분위기를 만드는 것이다. 뭐든지 사람이다.

"이… 이상이 이번 보고입니다…."

그런 가정 붕괴 직전의 가정적인 분위기 안에서 나는 미리스 신성국에서의 사건 보고를 마쳤다.

"……."

올스테드는 당장이라도 분노가 폭발할 듯한 느낌의 얼굴이었다.

그 탓인지, 내 대각선 뒤에 선 에리스가 찌릿찌릿한 분위기였다.

물론 이 얼굴은 딱히 분노가 터지기 직전이 아니라, 조금 다른 표정이다.

최근 올스테드의 표정을 읽어낼 수 있게 된 내가 이 표정을 판별해 주지.

흠흠…. 의문이 7할, 무관심이 3할 정도일까.

그렇게 화난 건 아니다.

그러니까 에리스, 안심해도 돼.

"이 추태의 책임… 반드시 내가 뒤처리를 하도록 하겠습니다!"

가면 라ㅇ더 기스 놈의 토벌은 이 괴인 진흙탕맨에게 맡겨주시길!

"아니, 그건 물론 맡기겠다만…."

올스테드가 입을 열었다. 어조를 보자면 7할의 의문 쪽이겠지.

"무슨 의문이라도?"

"그 이야기는 석판으로 들었다. 왜 일부러 여기까지 와서 말하지?"

"보고는 의무니까요. 게다가 앞으로의 움직임도 다소 변경해야 할 것 같으니, 회의가 필요할 듯해서."

"그런가….."

올스테드는 한숨을 내쉬듯이 그렇게 말하고 의자에 고쳐 앉았다.

"그래서? 어떻게 할 거지?"

"그럼, 간단히."

어흠, 하고 헛기침.

"석판으로 알려드렸습니다만, 기스는 정면 대결에서 나를 죽일 만한 전력을 모아오려는 모양입니다. 진위 여부는 알 수 없지만, 이쪽도 대항해서 강한 동료를 모으려고 합니다."

"그래."

그렇게 '역시 석판으로 한 이야기와 같나'라는 얼굴은 하지 말아 줘….

실제로 만나서 이야기해 보면 뭔가 진전이 있는 경우도 있으니까…. 그리고 확인도 중요해. 서로의 인식에 오차가 있는 것은 좋지 않다.

"일단 왕룡 왕국에서 사신에게 이야기를 해 보고, 다음은 아토페, 그 다음은 북신 차례로 생각하고 있습니다…. 아, 북신이 어디에 있는지 아십니까?"

아토페 다음은 칠대열강의 상위부터 말을 걸어보자는 마음이다.

5위 사신.

6위 검신.

7위 북신.

이 순서로 나열되지만, 올스테드와의 사전 회의에서는 검신보다 북신 쪽이 말을 붙이기 쉽다고 했다.

그러니 검신보다 북신을 우선한다.

"모르겠다. 녀석들은 방랑자다. 아주 조금만 역사가 변해도 세계의 반대쪽에 출현한다. 이만큼 변화가 있으면 판별할 수 없다."

"평소에는 어떤 느낌입니까?"

"북신 2세는 베가리트 대륙, 3세는 중앙대륙의 분쟁지대에 있었을 거다."

양쪽 다 먼 데다가 이거다 싶은 표식도 없군.

그렇다면 북신은 포기하는 게 나을까.

"알겠습니다. 그럼 다음은 검신입니까."

지금으로서는 사신, 아토페, 검신 순서인가….

더 여러 곳에 얘기해 두고 싶군. 예를 들어서 열강 상위라든가….

열강 상위는 기신, 용신, 투신, 마신 순서다.

용신 이외는 봉인되었던가 행방불명이었나.

어라?

"그러고 보면… 기신님은 동료가 안 되는 겁니까? 분명히 마신과 둘로 분열되었다고 그랬으니까, 인신과의 싸움이라면 협력해 주지 않을까요?"

"헛수고다."

"기억이 모호해서 그런 겁니까? 그럼 마신 라플라스와 합체라도 시켜서 제정신으로 되돌리면… 아, 하지만 그러면 페르기우스 님이 화를 낼까요. 그런 쪽으로 이야기를 잘해서…."

"그만둬라."

강한 말에 나는 입을 다물었다.

"나는 놈들을 동료로 삼을 생각이 없다."

놈들.

그 말에 나는 왠지 모르게 이해했다.

올스테드는 라플라스도 페르기우스도 동렬로 보지 않는다. 아마도 두 사람만이 아니라 오룡장이라고 불리는 다른 이들도 마찬가지로.

"하지만, 저기, 그러니까, 페르기우스 님은 라플라스랑 관련된 일이면 잠자코 있지 않을 텐데요?"

"놈이 적이 된다면 내가 처리하지."

"…알겠습니다."

왜 그리 고집스러운지는 짐작이 간다.

페르기우스에게 먹히지 않는다는 올스테드의 저주.

저주가 안 먹히는데도 불구하고, 페르기우스와 친밀해지려고 하지 않는 올스테드.

그리고 이번의 이 완강한 거절.

도출되는 답은 그리 많지 않다.

하지만 묻기 저어된다. 어째서인지 물을 수가 없다. 지금 그 걸 물어선 안 된다.

'인신에게 도달한다는 '용족의 비보'란 오룡장의 목숨입니 까?'

라고 물었다간, 페르기우스가, 혹은 올스테드가 적이 될 것 만 같다.

나는 양쪽 모두에게 신세를 졌다. 그 사이에 끼고 싶지 않다.

지금은 아직 모르는 것으로 해두는 편이 좋겠지.

"그럼… 다음 이야기를 하지요."

"그래."

화제를 바꾸기로 했다.

안 된다는데 억지로 밀어붙이는 것은 좋지 않다.

나는 올스테드의 부하니까, 올스테드의 결정에 따라야만 한 다.

"이번 일, 여러모로 움직여 보았습니다만, 올스테드 님의 '권 위'란 것이 좀 부족하지 않나 생각했습니다."

"그런 것은 없으니까."

에이, 그렇지 않다고요…라고 말하고 싶지만, 칠대열강이란 올림픽에서 메달을 딴 스포츠 선수 같은 것이니까 분명히 권위

같은 것은 없을지도 모른다.

그렇긴 해도 이 세계에서 칠대열강의 이름은 결코 가볍지 않다. 일반적으로 세상에서는 잊곤 한다지만, 상응하는 입장이 있는 사람은 이러니저러니 해도 존재를 알고 있다.

북신이나 검신 같은 검사의 정점이 그 장소에 있기 때문이다. 각국에서는 무술 교관이나 호위로 그런 유파의 검사를 고용한다. 그 강함이나 유용성을 생각하면 올스테드의 칠대열강 2위라는 지위는 충분히 의미 있는 입장으로 여겨진다.

그러니까 나로서는 그걸 유효하게 활용하고 싶다.

"그래서 제안을 하나."

"…뭐냐?"

"나도 '용신의 오른팔'이라고 칭하는 것에는 익숙해졌습니다만, 아무래도 상대들이 무게감 있게 느끼지 않는달까, '용신'의 두려움을 잘 모르는 일도 많은 듯해서…. 알기 쉬운 명칭으로 '용왕'이라고 칭해도 될까요. 적당히 진흙용왕이라는 것도 좋습니다만…."

애초에 올스테드의 지명도는 낮지만, 페르기우스는 유명하다. 그런 페르기우스와 동렬로 여겨진다면 강함도 전해지기 쉽겠지. 물론 이름뿐이지만.

"안 된다."

어, 어라?

"용왕을 칭하는 건 허락할 수 없다."

날 째려본다.

엄청나게 째려본다.

나는 안다. 응, 알아. 지금까지 본 적 없는 이 표정.

이건 아마도 '분노한 표정'이다.

엄청난 노기다. 뭐야, 이거 장난 아냐, 위험해. 다리가 떨린다.

"놈들은 하찮은 명예와 함께 자유롭게 살고, 하찮은 복수를 위해 죽는다."

"……."

"너는 다르다. 고로 그러지 마라. 루데우스 그레이랫."

"아… 우우…. 예."

예상 밖이다. 이렇게 강하게 거절당하다니. '호칭은 알아서 해라'라고 할 줄 알았다.

이런, 떨림이 멎지 않아.

"칫…."

"에리스, 그만둬!"

에리스가 혀를 차는 동시에 앞으로 나서려고 했기에 제지했다.

괜찮아. 싸우는 게 아냐. 사이가 갈라진 것도 아냐. 그냥 사장의 경영 방침과 정반대 소리를 했기에 노기를 샀을 뿐이야.

그러니까 자세를 낮추면서 칼자루에 손대지 말아 줘.

"주제넘은 제안이었습니다. 죄송합니다."

"괜찮다."

고개를 숙이자, 노기는 사라졌다.

루프를 전제로 움직이는 올스테드에게도 양보할 수 없는 것은 있다. 그 부분을 함부로 건드렸던 모양이다.

뭐, 호칭이야 아무래도 좋아.

권위는 다른 쪽에서도 얼마든지 낼 수 있다. 나 자신의 권위…는 그렇게 간단히 나오지 않는다고 해도, 예를 들어서… 아리엘의, 아슬라 왕국의 위세를 빌린다든가.

좋아, 그런 방향으로 가자.

"그럼 권위는 아리엘에게 어떻게든 해달라는 것으로 하고… 검신 다음에는 누구를 동료로 삼을까요?"

"…비헤이릴 왕국이 좋겠지. 그곳에는 귀신이 있다. 광신 쪽은 다음으로 해도 되겠지. 녀석은 전쟁이 벌어지면 질 좋은 무구를 만들어내지만, 직접적인 싸움에는 서툴다."

아하, 그러고 보면 귀신과 광신을 한꺼번에 동료로 삼아야 한다고 했지.

"귀신을 동료로 하는 게 좋다는 말씀인가요?"

"아니, 녀석은 인신의 사도가 될 확률이 지극히 높은 남자다. 기스가 자기 편을 모으고 있다면 먼저 없애두는 게 좋겠지."

귀신은 확실히 라플라스와 대립하기 쉬운 인물이라고 했다.

그리고 라플라스는 인신의 적. 적의 적이니까, 귀신은 사도가 되기 쉽다.

그걸 미리 없애둔다. 그래, 그런 방향도 있나.

이쪽의 패를 불리고, 적의 패를 줄인다. 다섯 명 정도가 한꺼번에 덤빌 수 없도록, 각개격파하는 것도 수인가.

"그 외에는 누가 적이 될 것 같습니까?"

"그렇군…. 귀신 이외에는 그리 거물이 없는데… 천대륙의 미궁 '지옥'에 사는 '명왕' 비타. 마대륙의 '불쾌의 마왕' 케브라카브라, 이 둘은 없애두는 편이 좋겠지. 물론 전자는 이쪽에서 가기 조금 힘드니까 마지막이면 된다."

"그렇군요."

이놈이고 저놈이고 대단한 이름이다. 싸워야 할까….

그들은 인신의 사도가 될 확률이 '높을' 뿐이다.

현재로서는 아직 아무것도 하지 않았다. 인신의 사도가 되지 않았다.

그럼 먼저 동료로 삼으면 되지 않을까. 진짜 어쩔 수 없는 상황도 아니고, 무리라면 그때에 싸우면 된다.

아니, 관계있는지 없는지 모르는 상대를 죽이고 다니는 건 좀 싫은데.

"그럼 그들도 동료로 삼든가, 아니면 무력화하는 방향으로."

"그래."

일단 누구를 어떻게 할지는 정해졌다.

다음은 자세한 내용이로군.

"그럼 다음 의제입니다. 왕룡 왕국에 방문하는 것에 대해서…."

그 뒤로 왕룡 왕국의 왕족이나 유력귀족 등의 정보를 듣는 것으로 그 자리는 끝났다.

그렇긴 해도 용왕이라는 이름에 그렇게 화낼 줄은 몰랐다.

앞으로는 조심하자.

"휴우….."

"루데우스 회장님! 수고 많으십니다!"

사장실에서 로비로 돌아온 순간, 접수대에 앉아 있던 녀석이 일어서서 기세 좋게 고개를 숙였다.

엘프와 인간 사이의 혼혈인 여자아이.

장수하는 엘프의 피가 섞였지만, 아직 나이는 어리다.

그녀는 몇몇 후보자 중에서도 엄선에 엄선을 거듭하여 뽑힌, 올스테드의 비서다.

낮에는 계속 여기에 앉아서, 방 안에 있는 올스테드와 얼굴을 마주치는 일 없이, 문장을 통한 대화만으로 연락과 사무를 맡고 있다.

이름이 뭐였더라….

"아, 예. 수고하십니다."

"안색이 좋지 않아 보이는데, 무슨 일 있으신가요?"

"아니, 올스테드 님에게 꾸지람을 들어서."

"회장님도 꾸지람을 듣는 일이 있네요."

"이번에는 좀, 호랑이 꼬리를 밟은 모양이라…."

"그렇습니까…. 하지만 사장님도 회장님을 믿고 계시니까, 기대의 반증일지도 모르겠네요."

"하하하, 그런 느낌은 아니었는데 말이죠."

올스테드의 저주도 잘 안 통하고, 싹싹하기도 하다. 참 좋은 아이다.

다만 이름을 외우기가 어렵다. 진짜로 뭐였더라. 파리스티… 아니, 페리스테리… 이것도 아냐.

아이샤라면 기억할 텐데… 아이샤는 지금 제니스와 함께 옆방에 있나.

그녀에게 직접 묻는 것도 좀 실례인 듯한데.

뭐, 나중에 아이샤에게 몰래 물어보자.

"그렇긴 해도 내가 회장이고 올스테드 님이 사장이면, 왠지 내가 위인 것처럼 들리네요."

"으음…. 그럼 뭐라고 부를까요?"

어떻게 한다.

리니아가 단장이고, 아이샤가 고문이고, 내가 회장이면….

"올스테드 총사…가 어떨까요?"

"…저한테 물으셔도."

"어, 그러네. 음, 적당히 부탁합니다."

어찌 되었든 그녀도 일을 잘해 주는 모양이다.

지금으로선 큰 문제도 일으키지 않았다. 씩씩하게 일에 매진하고 있다. 불만은 없는 모양이다.

보수도 많이 주고 있으니, 어지간한 일은 참는 것일지도 모르지만.

"그 밖에 다른 문제는 없습니까?"

"예, 없습니다."

"그렇습니까, 혹시 불만이나 요청사항이 있으면 바로 말해주세요. 최대한 들어주도록 할 테니."

"…예?!"

놀라는 반응이다. 왜 놀라지?

분명히 이곳에는 노동기준법이 없지만, 지극히 화이트한 기업을 목표로 삼을 생각인데.

"실례했습니다. 올스테드 님도 같은 말씀을 하셨기에."

"아, 그래…."

"이미 편의를 많이 봐주고 계십니다."

평소라면 간접적이라고 해도 그런 제안을 받으면 악마와의 계약인가 하고 긴장하게 될 텐데… 크리프가 만든 헬멧 덕분인지 올스테드의 저주도 완화된 걸까.

좋은 일이지, 좋은 일이야.

"이만큼 신세를 졌는데도 얼굴을 뵐 수 없어서 아쉽습니다."

"저주 때문이지요. 얼굴을 본 순간, 당신이 지금 느끼는 감사의 마음은 원한이나 의심으로 바뀌게 될 겁니다."

"무시무시하네요."

"예. 그러니까 올스테드 님이 이 안에서 작업하실 때는 결코 장지문에 구멍을 내선 안 됩니다."

"…자, 장지문?"

"어흠."

뭐, 헬멧을 쓰고 있을 때라면 조금은 괜찮겠지.

올스테드도 항상 쓰고 있는 건 아닐 테니까, 방심은 금물이 지만.

"아무튼 앞으로도 잘 부탁해요."

"알겠습니다."

"또 사장님께는 회장이 미안했다고 넌지시 전해 주시면."

"아, 예. 후후, 회장님은 의외로 소심하시네요."

의외고 뭐고 아냐. 나는 태어날 때부터 계속 소심, 마음도 몸 도 작다.

아무튼 그녀와 그런 대화를 한 뒤에 나는 사무소를 나섰다.

자, 다음은 가족들에게 보고다.

제니스에 대해서, 기스에 대해서, 해야 할 말은 많이 있다.

안 좋은 보고가 아니라 다행일까.

★ 리랴 시점 ★

그날은 엘리나리제 님이 계셨습니다.

그녀는 며칠에 한 번 정도 우리 집에 찾아와서, 마님들과 이야기를 하십니다.

결혼하여 가정을 꾸리고 자식을 낳았지만, 남편이 멀리 가서 적적하신 거겠죠. 저도 마님들도 그 마음은 잘 압니다.

하지만 그녀의 행동거지는 평소와 같아서, 적적함이 전혀 느껴지지 않습니다.

여유가 넘치는 거겠죠.

그 때문인지 곧잘 마님들이 의논을 하곤 하십니다.

몇 살이 된 아이에게 어떤 교육을 시켜야 할까, 하는 것부터, 사소한 푸념까지.

"아이샤는 언제가 되어야 어른스러운 행동거지를 익힐까요."

"그렇군요. 그녀도 못 하는 건 아닐 테니까… 자기가 필요하다고 생각할 때까지는 분명 하지 않겠지요."

"자기가?"

"좋아하는 남자가 생긴다든가…."

"루데우스 님이면 안 될까요."

"당신도 알겠지만 아이샤가 어린애처럼 구는 건 어디까지나 루데우스의 동생이기 때문이에요. 연인이나 아내가 아니라."

"어느 정도는 느끼고 있었습니다."

"그럼 다른 누군가를 찾아야만 하지요. 아이샤가 어른스럽게 행동하지 않으면 돌아보지 않을, 그런 멋진 상대를."

"으음~….."

그날 의논 상대는 저였습니다.

엘리나리제 님은 저보다 어린 외모지만, 역시 나이를 헛먹지는 않았어요. 똑 부러진 대답을 해 주십니다.

"그렇군요…. 연하에, 미덥지 않고, 성인 여성에게 과도한 동경을 품은 인물이 좋겠군요."

"과도한 동경이요?"

"예, 아이샤라면 그런 소년의 동경을 만족시켜 주면서 현실이란 것을 가르쳐 줄 수 있을 테니까요."

아이샤가 루데우스 님과 맺어질 수 없을 거란 것은 잘 압니다. 루데우스 님도 바라지 않고, 아이샤도 바라지 않고… 그렇다고 맞선 상대를 데려와도 잘 될 듯한 느낌이 들지 않습니다.

"뭐, 되는 대로 되겠지요."

"예…. 응?"

고개를 끄덕이며 대답했을 때, 레오가 식당에 느릿느릿 모습을 보였습니다.

등에는 라라 님과 루시 님이 타고 계셨습니다.

말타기 놀이일까요.

"워우!"

레오가 저를 향해 짖었습니다.

뭘까요. 그는 똑똑하니까, 이유가 있을 때 아니면 거의 짖지 않습니다만.

설마 실피에트 님께 무슨 일이…?!

"워우, 워우!"

레오는 꼬리를 흔들면서 입구와 저를 교대로 보았습니다.

아니, 아니군요. 이 기쁜 태도. 혹시 실피에트 님께 무슨 일이 있었으면 그 자리에서 누구를 부르듯이 짖었을 테고요.

입구 쪽… 손님일까요. 아니, 레오는 손님에게 꼬리를 흔들지 않습니다.

아, 록시 님이 돌아오신 걸지도 모르겠습니다.

그렇게 생각하며 일어섰는데, 현관 쪽에서 찰칵 하는 소리가 났습니다.

저는 손님을 맞기 위해 현관으로 서둘러 갔습니다.

"아, 리랴 씨. 지금 돌아왔습니다."

"리랴, 돌아왔어!"

"어서 오십시오, 루데우스 님! 에리스 님!"

현관에 서 있던 사람은 루데우스 님이었습니다.

에리스 님과 제니스 님, 그리고 아이샤도 함께였습니다.

하지만 꽤나 예정보다 이른 도착입니다.

예정으로는 반년 정도 미리스에 머물기로 했는데, 아직 한 달 반 정도밖에 지나지 않았습니다. 게다가 루데우스 님의 표정이 왠지 험악하고….

곧바로 알아차렸습니다.

아, 이건 무슨 일이 있었던 겁니다.

아마도 클레어 님이 원인이겠지요.

클레어 님은 별로 융통성이 없는 분입니다. 게다가 노른 님에게도, 아이샤에게도 다소 까다롭게 대하셨습니다. 경건한 미리스 교도로서 결코 악인은 아니십니다만, 빈말이라도 좋은 사람이라고는 할 수 없고 루데우스 님과의 궁합은 최악이겠지요.

아마도 가족 문제로 의견이 엇갈려서 충돌했겠지요.

"무슨 일이 있었습니까?"

그렇게 묻자, 루데우스 님은 험악한 표정을 한층 더 일그러뜨렸습니다.

루데우스 님이라면 잘하실 거라고 생각했습니다만… 역시 안 되는 건 안 되는 모양입니다.

"…예, 뭐."

어색한 태도로 말을 흐리는 루데우스 님.

"클레어 님 문제입니까?"

그렇게 묻자, 루데우스 님은 놀란 표정을 하셨습니다.

"아뇨, 클레어 씨와 다투긴 했지만 화해도 했고, 나쁜 사람은 아니었다고 생각합니다."

그 말에 저는 고개를 갸웃거리는 동시에 살짝 안도했습니다.

제가 가서 방패막이가 되어야 했지만 그럴 수 없었던 것을 이 한 달 반 동안 계속 고민하였습니다만, 그 걱정도 기우였던 모양입니다.

하지만 그럼 무슨 일이 있었던 걸까요?

"그럼 무슨 일이?"

그렇게 묻자, 루데우스 님은 복잡한 표정으로 시선을 돌렸습니다.

옆에 있던 아이샤가 껄끄러운 표정을 하고 있습니다.

뭔가 다른 문제가 있었던 모양입니다.

아이샤의 안색을 보니, 그녀의 문제일까요.

"아이샤가 무슨 잘못이라도?"

방금 전에도 엘리나리제 님과 의논했습니다만, 이 아이는 이제 15세를 넘었으면서도 좀처럼 어른이 되질 않습니다.

능력은 있는데, 항상 마음이 어린아이인 상태입니다.

과거에는 '이 아이는 천재다, 이걸로 루데우스 님에게 은혜를 갚을 수 있다'라며 자랑스러워했던 자식입니다만, 언제까지고 아이로만 있어서는….

"아뇨, 아이샤는 잘해 주었습니다."

"그럼 무슨 일이?"

이 이상 끼어드는 건 아니지 않나 하는 생각도 들었지만, 저는 그렇게 물어보았습니다.

"어어…. 이야기가 길어지니까, 가족이 모인 뒤에 해도 될까요."

"예, 죄송합니다."

"아뇨…. 아, 하지만 나쁜 일만 있는 건 아니에요. 일단 낭보도 있으니까. 아, 짐을 두고 올 테니까, 어머니를 부탁드립니다."

루데우스 님은 그렇게 말하고 힘없이 웃으시더니, 서둘러서 자기 방으로 향하셨습니다.

에리스 님이 걱정스럽게 그 뒤를 따라갔습니다.

남은 사람은 아이샤와 제니스 님. 아이샤는 고개 숙이고 있지만, 제니스 님은 기분 탓인지 밝아보였습니다.

"아이샤, 잘 했나요?"

"…조금 실수를 했어요."

아니었습니다. 고개 숙였던 게 아닙니다. 침울해졌던 모양입니다.

의외로군요. 아이샤는 이전부터 좀처럼 실수를 하지 않는 아이였습니다. 실수를 해도 적당히 넘기는 아이이기도 했습니다.

그런데 이렇게 솔직히 말하다니… 아이라고만 생각했는데, 조금은 어른이 된 걸까요.

"심각한 실수인가요?"

"아뇨, 바로 오빠가 해결해 주었어요."

"……."

그럼 무슨 일이 있었던 걸까…. 하물며 루데우스 님이 저런 얼굴을 하다니….

아니, 나중에 말해 주신다고 했으니까, 그걸 기다리지요.

일단 돌아오신 제니스 님을 돌봐드려야.

"……?"

그렇게 생각하는데, 제니스 님이 이쪽을 돌아보았습니다.

그리고 기분 좋은 듯이 제게 손을 내밀어 왔습니다.

저는 그 손을 잡고 제니스 님을 방으로 모셨습니다.

그 뒤 저녁이 지났을 무렵에 가족 모두가 모였습니다.

루데우스 님의 호령으로 모두가, 말입니다.

그 자리에 있던 엘리나리제 님은 물론이고, 학교에 가셨던 노른 님과 록시 님도.

물론 평소에도 루데우스 님이 돌아오실 때에는 모입니다만, 아이샤나 실피 님이 재치를 부려서 모두 모이는 경우가 많지, 루데우스 님이 일부러 모두 모이라고 제안하시는 경우는 적습니다.

게다가 루데우스 님의 심각한 얼굴.

이건 분명히 뭔가가 있다.

그런 마음에 긴장하면서 우리는 보고를 들었습니다.

"보고하겠습니다. 일단 미리스에서의 활동은 성공적으로 끝났습니다. 크리프도 교단에 잘 정착했으니 안심해도 되겠습니다."

클레어 님과는 작은 트러블은 있었지만, 당초 예정대로 크리프 님은 교단에 정착했고, 용병단 설립도 성공. 게다가 교단에 큰 빚을 지워 주었으며 무녀님을 올스테드 님의 동료로 삼는 것도 성공.

대성공이라고 해도 과언이 아닙니다.

크리프 님이 미리스에 잘 자리 잡았다는 말에 엘리나리제 님도 안도하셨습니다.

하지만 문제는 그 뒤에 일어난 일이었습니다.

"기스가 인신의 사도였습니다."

기스. 파울로 님의 이전 파티 멤버이며 마족 시프.

그는 이번 트러블을 일으키고, 마지막에는 선전포고를 하고 떠났다고 합니다.

기스가 적이 되었다고 해도 실감이 나지 않았습니다.

그와는 베가리트 대륙으로 넘어간 이후에 알고 지낸 사이입니다. 그 무렵에도 그는 계속 파울로 님이나 제니스 님을 걱정했습니다. 또한 정보 수집이나 미궁 탐색을 위한 준비를 하는 모습은 성실하고 진지했다고 기억합니다.

기스는 록시 님과 제니스 님을 돕기 위해 필사적으로 움직였습니다.

민완 전사를 파티로 끌어들이려고 하고, 자기가 작성한 지도를 헐값으로 팔아치우고, 기력을 잃고 우울해진 파울로 님을 뒤에서 도왔습니다.

그런 그가 사실은 루데우스 님이나 록시 님을 함정에 빠뜨리려고 움직였다고 해도 석연치 않았습니다.

"지명수배를 해달라고 연락이 왔을 때부터 생각했습니다만… 무슨 착오 아닙니까?

록시 님이, 그렇게 말했습니다.

그녀 또한 미궁 탐색의 숙련자로서, 기스를 높게 쳐 주고 있었습니다. 전투 이외의 부분에서 그만큼 든든한 자는 없다고.

"착오라면… 좋겠는데 말이죠."

루데우스 님은 쓴웃음을 지으며 그렇게 말하고, 품에서 편지를 하나 꺼냈습니다.

록시 님이 그걸 받아서 내용을 확인하더니, 평소의 졸린 듯한 표정이 어두워졌습니다.

하지만 곧바로 납득한 것처럼 끄덕이고 편지를 제게 건네 주셨습니다.

그걸 읽고 간신히 납득했습니다.

편지 내용은 표표하고, 장난스럽고, 하지만 어딘가 굳은 심지 같은 것을 남긴, 기스다운 것이었습니다.

딱히 루데우스 님이나 록시 님이 미웠던 것이 아니고, 처음부터 함정에 빠뜨리려고 했던 것도 아니겠지요.

적이 되었지만, 원수가 된 건 아니라는 느낌일까.

"평소에는 대충이지만 가끔씩 이렇게 신사답게 행동하는 게 기스답다면 기스답네요…."

엘리나리제 님은 한숨을 내쉬면서 그렇게 말씀하셨습니다.

생각해 보면 예전에 있던 아슬라 왕국의 후궁에서도 이런 적은 몇 차례 있었습니다.

권력 다툼이 심했던 그 나라에서는 서로 미워하는 것도 아닌데 서로 적이 되는 경우도 많았습니다.

다만 적이 되었으면 정정당당히 싸우려는 풍조는 있었습니다.

이런 편지는 그런 정신에 따른 것일지도 모릅니다.

"기스에게 신세 진 모두에게 미안합니다만, 나는 아마도 기스와 싸우고⋯ 죽이게 될 겁니다."

그렇게 선언하는 루데우스 님의 얼굴은 아주 힘들어 보였습니다.

루데우스 님은 아무래도 기스를 높게 쳐 주었고, 에리스 님에게 들은 바로는 서로를 '선배', '신입'이라고 부를 정도로 사이도 좋았다고 합니다.

기스도 기스대로 루데우스 님의 활약을 자기 일처럼 말할 만큼 루데우스 님을 마음에 들어 했던 모양이고⋯.

제일 힘든 사람은 루데우스 님일지도 모릅니다.

"루디⋯."

실피 님도 루데우스 님의 표정을 보고 뭐라고 해야 좋을지 모르는 모습이었습니다.

"그 기스가⋯."

록시 님 또한 험악한 표정을 하였습니다.

그녀도 저와 마찬가지로 기스와 파티를 짜고 신세를 졌던 몸입니다.

하지만 록시 님의 결단은 빨랐는지, 별로 망설이는 얼굴을 하지 않았습니다.

오히려 루데우스 님이 망설인다면 자신이 나서겠다는 얼굴이었습니다.

"어찌 되었든 나는 또 한동안 집을 비울 것 같습니다. 레오의 가호가 있다고 해도, 기스가 무슨 짓을 할지 모릅니다. 다들 위험이 닥치지 않도록 충분히 주의해 주세요."

마지막에 루데우스 님은 그렇게 말을 마쳤습니다.

물론 그런 말씀을 하지 않아도 우리는 루데우스 님의 약점이 될 생각이 없습니다.

루데우스 님이 안심하고 싸울 수 있도록, 자신은 물론이고 가족이 연대하여서 집을 지킬 마음입니다.

그런 우리의 각오를 알아차리지 못하고 항상 이쪽을 신경 쓰며 돌아보는 것은 루데우스 님의 좋은 면입니다만, 믿어 주시지 않는 것 같아서 조금 쓸쓸하기도 합니다.

루데우스 님 정도 되면 우리의 존재는 약하게 보이는 걸지도 모릅니다만.

"알겠습니다. 루디, 기스가 적이 되었다면 일 핑계나 대고 있을 수 없습니다. 필요한 일이 있으면 불러주세요."

"나도 지금은 움직일 수 없지만, 루디의 힘이 될게."

록시 님과 실피 님은 평소처럼.

"물론이야!"

"응!"

"알겠습니다."

에리스 님이나 아이샤도 당연하다는 얼굴로.

노른 님도 불안해 보이지만, 힘주어 끄덕이셨습니다.

"저도 미력하나마 방해가 되지 않도록 조심하겠습니다."

저도 물론 그렇게 대답했습니다.

예전의 부상만 아니라면 어쩌면 더 자신있게 대답할 수 있었을지도 모릅니다만, 지금은 이렇게 대답하는 게 최선입니다.

"고마워. 아까도 말했듯이 나는 또 집을 비우게 되겠지만, 일단 가족회의는 이걸로…."

"아, 오빠."

그렇게 해산을 선언하려는 루데우스 님에게 아이샤가 말을 걸었습니다.

"제니스 님에 대해서도 말해야지."

"아, 그렇지."

제니스 님에 대해서. 그 말에 나는 몸이 굳는 것을 느꼈습니다.

동시에 아이샤가 말했던 실수에 대한 언급이 었었던 것이 떠올랐습니다.

심해지는 긴장. 하지만 루데우스 님은 살며시 미소 지었습니다.

"실은 어머니의 저주에 대해 안 것이 있습니다."

아무래도 실수에 대한 것이 아니라 낭보 쪽이었나 봅니다.

"상대의 마음을 읽는 저주에 걸렸고, 모든 것을 읽지는 못하지만… 우리에 대해서도 잘 이해하는 모양입니다."

루데우스 님은 그렇게 말하더니, 무녀님에게 들은 내용을 우리에게 말해 주셨습니다.

그다음 이야기는 제니스 님이 보았던 세계. 그 이야기를 들었을 때, 제 눈에서 눈물이 넘쳐났습니다. 동시에 지금까지의 생활의 기억이 노도처럼 흘러나왔습니다.

생각해 보면 짚이는 점은 많이 있었습니다.

정원 손질도 솔선해서 하셨고, 루시 님이 아직 어릴 적에는 울기 전부터 미리 아시는 것처럼 먼저 움직이기도 했습니다.

게다가 이럴 수가….

제니스 님은 파울로 님이 돌아가신 일도 알고 계셨습니다.

우리는 파울로 님이 이미 돌아가신 일을 모를 거라고만 생각했습니다.

기억이 돌아오면 분명 괴로워할 거라고 생각했습니다.

하지만 제니스 님은 모두 알고 계셨습니다.

그리고 그것을 받아들여서 긍정적으로 그다음을 보고 계셨습니다.

그렇게 생각하니 눈물이 멈추지 않았습니다.

"리랴 씨…."

"죄송합니다… 루데우스 님…."

모두가 눈물을 흘리는 와중에, 저는 혼자 얼굴을 가리고 계속해서 울었습니다.

최근 계속 울기만 하는 것 같습니다. 젊었을 적에는 눈물 따윈 거의 흘린 적이 없었습니다.

더 감정이 없는 인간이라고 생각했습니다.

이것이 나이를 먹는다는 것일까요.

저는 아이샤의 손길을 받으면서 계속 울고, 울음을 그친 뒤에는 제니스 님이 쓰다듬어 주셔서 또 울었습니다.

★ 루데우스 시점 ★

가족에게 보고는 끝냈다.

평소처럼 바람직하다고 할까, 든든한 대답을 들었다.

특히나 리랴와 록시는 기스에 대해 여러모로 생각하는 바도 있을 텐데, 불평이나 난색을 보이는 일 없이 기스와 싸우는 것에 동의해 주었다.

다음은 자노바에게 가자.

왕룡 왕국으로 가게 되었으니, 그에게도 이야기를 해 두어야만 한다.

자노바에게는 여러 생각이 있을 테니까.

그러자 에리스, 실피, 록시가 따라왔다.

용병단이 소유한 마차로 이동하여 자노바 상점으로 갔다.

자노바와 이야기하는 내용은 마도갑옷의 파워업 계획에 대한 것이다.

"그럼 자노바. 마도갑옷은 그런 방향으로 부탁해."

'3식'의 개발 재개.

그리고 또 하나, 비장의 카드를 준비하기로 했다. 기스는 내 마도갑옷을 보고 무슨 대책을 세울 것 같으니, 뭔가 수를 더 쓰고 싶다.

"알겠습니다, 스승님. 이쪽도 기술자가 늘었으니 아마도 가능하겠죠."

"그럼, 저도 돕지요."

내 계획을 듣고 맡겨달라며 가슴을 두드리는 자노바.

그때 끼어든 사람은 록시였다.

"저도 몇 년 동안 마법진에 대한 지식도 늘었으니 도움이 되리라 생각합니다."

도움이라. 분명히 그건 고맙지만, 괜찮을까?

솔직히 지금의 마도갑옷은 나도 조립과 정비 정도밖에 할 수 없을 정도로 복잡하다.

"괜찮습니까…. 건드려본 정도로는 어려울 텐데요."

"음, 루디. 당신 누구에게 하는 말인가요?"

"시, 실례했습니다."

나는 제정신으로 돌아왔다!

록시 스승님이 못 하는 일이 있을 리가 없는데!

내가 무슨 소리를 하는 거야. 나는 바보다! 그냥 죽는 편이 나아!

"이래 보여도 루디를 위해 열심히 공부했습니다. 크리프나 자노바의 연구 자료를 보며 정비나 개량을 도울 수 있도록…."

"스승님…."

그러고 보면 실론에서는 화성급의 마법진도 그릴 수 있었지….

그것도 이전부터 할 수 있었던 게 아니라, 마법대학으로 돌아온 뒤에 마법진을 연구한 성과일지 모른다.

"알겠습니다. 내 목숨을 맡길 마도갑옷, 스승님에게 맡기겠습니다!"

"예, 알겠습니다."

크리프가 없다면 마도갑옷 연구는 이 이상 진척이 없으리라 생각했는데, 기쁜 오산이다.

록시가 만든 갑옷이라면 든든하다.

설령 소재가 종이박스라도 올스테드를 셋 정도 한꺼번에 해치울 수 있어.

"물론 크리프 정도는 아니니까, 너무 기대하지 말아 주세요."

그렇게 말하면서도 록시는 가슴을 폈다.

자신이 있는 모양이다. 어쩌면 이미 개량 구상도 있을지 모른다.

"하하하, 스승님의 스승님에게는 못 당하겠군요."

자노바의 한마디에 그 자리에 웃음꽃이 피었다.

"그래, 자노바. 오늘은 다른 이유가 있어서 왔어."

"호오. 그렇게 말씀하실 정도라니…. 혹시 제가 저번에 재미있는 인형을 입수한 것을 아셨습니까? 이게 또 제법 좋은 물건이지요. 특수한 소재를 사용해서 말이죠. 손발이 구불거리며….”

"왕룡 왕국에 간다.”

그렇게 말하자 자노바가 입을 다물었다.

"란돌프와 접촉할 거야. 갈 거지?”

자노바는 내 손을 잡았다.

꾸욱 힘주어 쥐었다. 자리프의 의수 덕분에 서늘한, 하지만 내 손을 으스러뜨리지 않을 정도의 적당한 힘으로.

"스승님. 감사합니다.”

인사는 됐어. 갈 건지 안 갈 건지를 우선 말해.

"지금 당장 준비하겠습니다.”

간다는 걸로 알아들으면 되지? 좋았어.

뭐, 자노바는 전부터 왕룡 왕국으로 진출할 때는 자기한테 말해달라고 했다.

안 올 리가 없겠지.

그는 팩스의 자식을 계속 걱정했으니까.

"진정해, 지금 당장 가는 건 아냐.”

"앗, 이거 실례…. 그럼 가게 인수인계 등을 해두지요. 물론 제 일은 거의 없지만요!”

자노바는 껄껄 웃었다.

자노바 상점은 나날이 계속 성장하고 있다. 점포도 사원도 늘어나고, 기본적으로는 현지 직원이 모두 해내고 있다. 그런 회사의 우두머리인 자노바의 일은 큰 프로젝트의 최종결정이나 간부의 면접, 각지의 공방의 품질 체크였다.

자노바 상점 자체는 우리 올스테드 코퍼레이션의 자회사 개념이고, 의사결정은 다른 이도 할 수 있으니까 솔직히 말해서 진짜로 할 일이 적다.

"뭐, 준비는 일찌감치 해 줘."

"알겠습니다."

그런 대화 뒤에 나는 자노바와 헤어졌다.

이번에는 무슨 일이 일어난 뒤에 현장에 가는 게 아니고, 아무 일도 없으리라 생각하지만….

뭐, 지금까지의 사례를 보면 사건에 휘말려들 가능성도 크다.

란돌프를 동료로 끌어들이러 찾아온 기스와 딱 마주친다… 같은 일은 없겠지만, 충분히 조심하도록 하자.

돌아가는 길.

"……."

말 없는 인물이 있었다.

에리스다. 그녀는 생각 중인 듯 마차 창문으로 바깥만 보고 있었다.

기스와의 일을 떠올리는 걸까.

에리스는 이러니저러니 해도 대삼림에서 만났을 적에 기스를 꽤나 잘 따랐다. 요리를 배우려고 했던 기억도 있다.

에리스는 여러 상대와 충돌하곤 하지만, 기스는 거기에 어울릴 수 있는 녀석이었다.

"……?"

실피가 꼭 손을 쥐어 왔다.

"루디, 괜찮아?"

"…어? 응, 괜찮아."

뭐가 어떻게 괜찮은지는 모르지만, 일단 그렇게 대답했다.

기스 관련으로는 쇼크가 컸지만, 그래도 괜찮은 것은 괜찮다.

실피의 배는 제니스가 미리스 신성국에 돌아가기 전보다 더 커져 있었다.

3개월일 때 임신한 사실을 알았고, 그 뒤로 한 달 반 지났으니까… 넉넉히 잡아서 지금 5개월 정도일까.

"실피도 괜찮아?"

"나는 다른 사람들하고 달리 기스 씨랑은 별로 면식이 없으니까."

"그래."

그런 의미로 물은 게 아니지만, 그래도 임신 이야기가 화제로 나오지 않은 걸 보면 괜찮은 모양이다.

둘째 아이니까 여유도 있겠지.

하지만 방심은 금물이다.

예전에 인신도 말했다. 임신 중에는 운명이 약해지니까 죽이기 쉽다나 뭐라나.

인신의 말이기도 하고, 올스테드의 말대로 수호마수도 소환했다.

그러니까 괜찮으리라고 생각하지만, 역시 불안하다.

어떻게 할까.

안심할 만한 재료가 하나 더 필요하다. 뭔가 할 수 있는 일은 없을까.

내가 할 수 있는 일은 했다고 생각하지만….

아.

"기스를 어떻게 할 때까지 야한 짓을 금할까 해."

내 입에서 나온 말은 내 것이라고 생각할 수 없는 내용이었다.

실피가 놀란 얼굴로, 록시가 입을 떡 벌린 얼굴로, 에리스가 새된 눈초리로, 각자 나를 보았다.

"저기…. 루디가 그러고 싶다면, 나는 상관 없, 는…데?"

"상관없습니다만… 무슨 기원 같은 겁니까?"

"전에도 말했을지 모르지만, 자식을 가졌을 때에는 인신이 노리기 쉬운 모양이야. 기스도 그걸 노리고 들지도 모르고, 한동안은 안 할게."

처음 듣는 말이라는 얼굴이었다. 전에 말 안 했나…. 말했는데 잊어버린 걸지도 모른다.

인간의 기억은 흐려지기 쉽다.

"어쩔 수 없네."

에리스는 불만인 모양이지만, 반대하지 않았다. 창밖으로 시선을 되돌리면서 중얼거렸다.

"하지만 루데우스가 그런 맹세를 지킬 수 있을 것 같지 않아."

신랄한 말이었다.

내 하반신에 신용 따윈 없는 모양이다.

나도 신용할 수 없다. 지금은 진정되었지만, 총탄이 장전되면 쏘고 싶어지는 게 남자다.

그리고 안전장치를 풀면 발사의 때만 기다리겠지.

"실피도 거절할 수 있을 거 같지 않아."

"우우…. 나도 루디가 그러고 싶다면 확실히 지킬 수 있어."

"거짓말. 루데우스가 '조금만'이라고 하면 '조금만이라면'이라며 봐줄 거잖아?"

"…봐줄 거야."

건드리는 정도라면 괜찮을지 모른다. 껴안고 에너지를 충전하는 정도라면….

조금만, 그런 마음에 목이 날아간다.

"그러니까 내가 항상 루데우스의 곁에 있다가 뭘 하려고 하면 때려서 막을게."

야한 짓을 하려고 한다.

에리스가 때린다. 나는 의식을 잃는다. 일어났을 때에는 잊어버린다.

완벽하다.

"부탁하겠습니다."

좋아, 오늘부터 나는 금욕의 루데우스다.

강하다.

제2화 란돌프의 고민

왕룡 왕국에 가는 사람은 나와 에리스, 아이샤, 자노바, 줄리까지 다섯 명으로 정했다.

본래 줄리를 데려갈 예정은 없었지만, 자노바의 허리에 딱 달라붙어서 떨어지지 않았다.

아무래도 실론 왕국에서의 일로 이번에는 반드시 자기가 따라가기로 결심한 모양이다.

생각해 보면 아슬라 왕국에서 자노바 상점의 지부를 만들 때도 당연하다는 듯이 따라왔다.

자노바에 대한 사랑이 느껴지는군.

YOU, 사귀어버려YO. 라는 느낌이지만, 자노바 쪽은 그런 마음이 없는 모양이다.

자노바도 과거에 결혼 관련으로 여러 일이 있었으니, 그리 쉽게 되지 않겠지.

진저는 그 모습을 보더니 자신이 따라가기를 포기하고, 자노바 상점 본부를 지키기로 한 모양이다. 자노바를 잘 부탁한다는 말을 들었다.

아무튼 아이샤와 줄리는 각각 루드 용병단과 자노바 상점의 지부를 만드는 일에 전념하게 하자.

그동안 우리는 란돌프와 접촉한다.

그런고로 우리는 왕룡 왕국으로 왔다.

평소처럼 전이마법진으로 근처까지 이동하고, 거기서 걸어서 왕룡 왕국의 왕도로.

왕도 와이번.

이 도시를 방문하는 것은 몇 년 만이더라.

오랜만에 보는 이 나라의 수도에서는 잡다한 인상을 받았다.

건물 높이는 제각각이고, 사람들의 옷차림도 제각각이다. 시내에는 구획 정리도 안 되어 있어서, 귀족 저택 바로 옆에 모험가용 숙박소가 있기도 하다. 검신류의 도장 맞은편에 북신류 도장이 있고, 바로 뒤에는 수신류 도장이 있기도 한다.

잡다하고 통일감이 없는, 하지만 활기 넘치는 나라.

역사는 있지만 격식은 없다. 실력주의 및 제국주의인 나라.

나쁜 나라는 아니라고 생각하지만, 나라는 나라니까 못된 짓도 하겠지.

그런 나라에 도착한 나는 하루 동안 숙소에서 쉰 뒤에 바로 왕성으로 향했다.

미리 전날에 란돌프 및 베네딕트와 만날 약속을 잡아두었다. 베네딕트는 이 나라에서 그리 우대받지 못하는 모양이지만, 그래도 왕족은 왕족. 그녀가 무시당하면 왕족 전체가 무시당했다고 여겨질 가능성도 있다.

뭐, 아무도 그렇게 생각하지 않는다고 해도 체면이란 것도 있고.

나라란 것은 야쿠자 같은 것이고, 언제든 싸움의 구실만 찾는다.

그런 느낌으로 나는 왕룡 왕국의 왕성에 찾아왔다.

그곳은 아슬라 왕국만큼 거대하지도 않고, 미리스만큼 세련되지도 않았다.

거듭된 증축으로 옆으로도 위아래로도 비대해진 경관은 기이하다고 할 수밖에 없었다.

전체적으로 '필요하니까 붙였을 뿐'이라고 말하는 듯한 난잡한 분위기가 풍겨왔다.

하지만 그 결과일까, 정체 모를 압도적인 뭔가가 느껴졌다.

혹시 여기를 공격하자고 생각했다면, 그때 그 뭔가에 압도되어서 주저하겠지.

물론 이번에는 나도 압도될 일이 없다. 딱히 공격하려는 것도 아니니까.

일단 왕성에 가는 이답게 깨끗한 옷과 백마가 끄는 마차는 준비해 왔다.

남은 일은 약속시간에 왕성 안으로 스윽 들어가서, 안내에 따라 베네딕트의 방으로 이동하는 것이다.

"사람들이 쳐다보네."

성 사람이 안내하는 대로 성 안을 걸었다.

역시 눈에 띄겠지. 귀족다운 복장을 한 자와 기사인 듯한 자가 빤히 쳐다보았다.

"당당히 있으면 돼."

이번에 나는 란돌프의 친구라는 입장으로 여기에 왔다.

딱히 켕길 것은 없다.

아니, 있었군⋯. 올스테드가 왕을 죽인 하수인이었다. 들키지는 않았을 텐데⋯.

들켰으면 또 아리엘 신세라도 지자.

그러는 동안에 베네딕트의 방에 도착했다.

"그럼 에리스, 자노바, 준비는 됐어?"

"그래."

"물론입니다."

"혹시 사신이 적이 되었으면 에리스와 자노바가 붙들고, 그 틈에 내가 '1식'의 마법진을 펼쳐서 단숨에 끝낸다. 오케이?"

"맡겨줘!"

"그렇게 되지 않기를 바랍니다만."

나와 에리스는 순수하게 전투력이 높은 조합이다.

이건 사신이 적이 되었을 경우를 상정하였다. 에리스라면 내 앞을 맡길 수 있다.

상대에게 마술사가 없다면 자노바의 방어력은 든든하다.

반대로 두고 온 아이샤와 줄리는 조금 걱정인데… 항상 안전한 장소와 시간을 제공할 수 있는 건 아니다. 반나절 정도는 무사하길 빌 뿐이다.

자, 그럼 갈까.

거기는 왕성치고 소박한 방이었다.

최소한의 크기에, 최소한의 시녀.

"오랜만입니다. 루데우스 님."

그리고 세계 최고봉의 호위.

사신 란돌프 마리안.

유령 같은 그는 주인인 베네딕트와 그녀가 안은 아기를 지키듯이 서 있었다.

"……."

베네딕트는 나를 보더니 꾸욱 입을 다물었다. 울 것 같은 얼굴로 아기를 껴안았다.

나는 일단 란돌프보다 먼저 그녀에게 인사하기로 했다.

그것이 예의라고 생각했으니까.

"베네딕트 님께서는 그동안 별고 없으셨습니까."

"……."

대답은 없었다.

하지만 어쩔 수 없을지도 모른다.

그녀가 그날 일에 대해서 나중에 전해 들었겠지만, 그 이전에 팩스에게서 나와 자노바에 대한 이야기를 들었을 테니까.

아무래도 팩스가 나와 자노바를 좋게 말했을 리가 없다.

"오랜만입니다. 베네딕트 님, 자노바입니다."

그때, 자노바가 앞으로 나섰다.

스윽 얼굴을 들이대는 행동은 평소처럼 분위기와 거리감을 생각하지 않는 모습.

베네딕트가 물러나고 란돌프가 앞으로 나섰다.

"아드님도 건강한 듯하여서 다행입니다."

"……."

하지만 자노바는 멈추지 않았다.

란돌프가 난처하다는 시선을 보내 왔다.

하지만 나도 좀 봐 줘. 내 딴으로는 자노바의 어깨를 붙잡고 물러나게 하려고 했다고.

전혀 움직이질 않지만.

"어라? 따님이었습니까?"

베네딕트가 천천히 고개를 내저었다. 아들이 틀림없는 모양이다.

"이름이 무엇인지 여쭈어도…?"

"…팩스."

"아버님의 이름을 따서 팩스 2세라고."

란돌프가 보충해 주었다.

아버지와 같은 이름을 붙인 모양이다. 팩스 주니어라든가, 작은 팩스라고 불리게 되려나.

그래. 좋은 일이지.

나도 다음 아들을 루데우스 주니어라고 해도 좋을지 모르겠다.

아니, 그만두자. 여자나 밝히는 애로 자랄지 모른다.

"그렇군요, 좋은 이름입니다. 아버지를 닮아서 건강하게 자라겠지요."

"……."

자노바는 기쁜 듯이 말했지만, 베네딕트는 겁먹은 기색이었다.

"흠…. 겁을 주고 말았나 보군요. 미안합니다. 애초부터 나

는 사람들에게 겁을 주는 성질이라서. 악의는 없으니 용서해
주시길."

자노바는 그렇게 말하고 뒤로 물러났지만, 분위기는 아직도
미묘한 상태. 아, 이래선 안 되지.

"어어…. 아, 그렇지. 오늘은 내 아내를 소개하겠습니다."

그리고 에리스가 앞으로 나왔다.

"에리스 그레이랫…이에요."

어색하게 말하는 에리스. 예의범절은 이미 머릿속에 남아 있
지 않은 모양이다.

인선을 그르쳤다. 이럴 줄 알았으면 씩씩하고 붙임성 있는
아이샤를 데려오는 게 좋았을까.

아니, 그러면 란돌프가 적이었을 경우에 큰일이다.

"……."

베네딕트는 대답하지 않았다.

그저 불안한 듯이 란돌프를 올려다볼 뿐이다.

"루데우스 님의 아내 분은 마족이었다고 기억합니다만?"

대답한 인물은 란돌프였다. 주인을 놔두고 잘도 떠들지만,
주인이 말을 안 하니까 오히려 그가 말하지 않으면 실례가 되
는 거겠지.

"세 명입니다. 록시는 그중 한 명입니다."

"그거, 그거…. 미리스교와는 안 맞을 듯한 이야기로군요…."

"신부인 친구에게 틈만 나면 그것 때문에 설교를 듣습니다."

나는 거기서 다시 란돌프 쪽을 보았다.

"오랜만입니다, 란돌프 씨."

그는 여전했다.

해골 같은 얼굴에 운수 없어 보이는 안색. 언뜻 봐선 빈틈밖에 없어 보이는 자세지만, 빈틈이란 게 없다.

에리스가 입을 삐죽거리는 걸 보면 안다.

"건강해 보이시네요."

"예, 그렇지요. 나는 언제나 건강합니다. 반대로 루데우스 님은 별로 기운이 없어 보이는데."

"지인이 적이 되어서요."

"이해합니다. 나도 젊었을 적에 친구를 베어야만 하는 상황에서 깊고 깊게 고민했으니까요."

란돌프는 그렇게 말하면서 힐끔힐끔 에리스에게 시선을 주었다.

끄덕이면서도 몸을 움직여 그녀와 베네딕트 사이에 들어가듯이, 아주 조금씩 몸의 위치를 움직였다.

"에리스, 한두 걸음만 뒤로 물러나 줄 수 없어?"

"왜?"

"란돌프 씨가 이야기하기 힘들어하는 것 같아."

에리스는 이미 란돌프를 사정거리 안에 넣었다.

그것도 내가 란돌프와의 사이에 들어가지 않도록, 조금씩 위치를 바꾸면서 말이다.

두 사람은 서로 거리를 재는 무사처럼, 조금씩 호를 그리면서 이동하는 형태다.

이대로 가다간 서로가 최적의 위치에 섰을 때, 싸움이 시작될지도 모른다.

"하지만 이 녀석도 적일지 몰라."

"적이면 에리스가 검을 들고 여기 들어오게 하지 않아."

더 말하자면, 이 방에 베네딕트를 놔두지도 않겠지. 지켜야 할 것을 뒤에 두고, 검왕과 대등한 마술사랑 싸울 리도 없다.

혼자서 기다리든가, 몇 명을 데리고 있겠지.

이 방에 베네딕트가 있는 시점에서, 란돌프가 적이 아닌 것은 거의 확정이다.

베네딕트가 가짜일 가능성도 있지만….

어찌 되었든 덫이라면 더 잘 준비했을 것이다.

물론 더 먼 미래를 생각하고 지금은 그냥 속이는 것일지도 모르지만, 그런 말을 하다간 끝이 없다.

지금 이 자리에서 덫에 빠지지 않았으니, 일단 신용하기로 하자.

"…알았어."

에리스는 떨떠름하게 입구 근처로 물러났다.

검에 손을 대고 있긴 하지만.

"미안하군요, 루데우스 님."

"아뇨, 이쪽이야말로. 용서해 주세요. 하지만 조금 일이 많아서….”

“방금 전의 그 친구 이야기입니까? 여쭤보아도?”

“물론이죠. 그 일 때문에 왔으니까요.”

미리스 신성국에서 일어난 일을 말했다.

기스라는 마족이 적이 된 것. 기스는 전투력이 없지만, 아주 말재간이 좋다는 것.

그 말재간과 인신의 도움으로 강자를 모은다는 것. 나는 그 기스를 없애기 위해 각국에 지명수배를 걸고, 주된 강자를 동료로 모으려고 한다는 것.

“정면에서 맞붙는 승부로군요.”

“딱히 좋은 방법이 떠오르지도 않아서.”

“아뇨, 오히려 칭찬한 겁니다. 잔재주를 하나씩 꼼꼼히 뭉개다 보면 지혜 있는 자라도 묘안이 떠오르지 않게 되니까요.”

란돌프는 카카칵 하는 웃음소리를 내었다.

그것은 자기 경험에서 나온 말일까. 불사마족들은 그런 쪽으로 능한 모양이다.

“뭐, 그렇게 된 겁니다. 꼭 좀 힘을 빌리고 싶습니다.”

“꼭 그러고 싶습니다만, 내게는 도울 이유가 없지요. 인신과도 별로 엮이고 싶지 않아서.”

“…인신이 팩스 폐하의 원수라도?”

“호오, 그건 또 무슨 말입니까? 자세히 알려주시죠.”

나는 실론에서의 일이 인신의 책략임을 말했다.

사도가 누구인가, 어떻게 한 것인지를. 란돌프는 끝까지 듣고 웃었다.

기분 나쁘게 광대뼈를 드러내며, 카카칵크크큭 하고 웃었다.

"그런 거라면 물론 상관없고말고요. 나도 폐하의 원수를 갚고 싶으니까요…."

란돌프는 웃으면서 그렇게 말했다.

으스스한 얼굴 탓에 '배신을 생각하고 있습니다'라는 얼굴이 되었지만, 사람을 얼굴로 판단하는 건 좋지 않다.

하지만 쉽게 풀렸군. 이대로….

"라고 말하고 싶습니다만… 이쪽도 좀 일이 많아서 말이지요."

어차, 이건 쉽게 안 풀리는 패턴이다.

"무슨 일인지 물어봐도?"

"우후후, 방금 전과 입장이 역전되었군요?"

그렇게 자신만만한 말을 들으면, 왠지 내가 궁지에 몰린 것 같은 기분이 든다.

란돌프 나름대로 머리를 쓴 대화술이겠지만….

"그런 말은 우세에 섰을 때에 해 주세요."

"우세고말고요. 내 힘을 빌리고 싶지요?"

분명히 우세인가. 내가 부탁을 들어줘야만 하는 상황이다.

자, 어떤 문제가 나에게 닥칠 것인가. 아니면 이것이 기스의 책략일까.

"아뇨, 딱히 대단한 것도 아닙니다."

란돌프는 한 걸음 뒤로 물러났다.

베네딕트를 지키는 위치에서, 그녀가 보이도록 하는 위치로 이동했다.

아기를 안은 베네딕트. 왠지 뭔가를 두려워하는 듯한 얼굴을 한 그녀.

"여러분도 아시리라 생각합니다만, 이 나라는 혼란이 계속되고 있어서요."

왕룡 왕국의 혼란.

그것은 실론 왕국 사건 때 올스테드가 왕룡 왕국의 국왕을 살해했기 때문에 일어난 것이다.

그렇긴 해도 선왕도 이런 사태를 대비해서 확실히 후계자를 정해두었다.

다음 왕은 곧바로 즉위했고, 왕룡 왕국은 안정을 되찾기 시작했다.

하지만 그것은 어디까지나 표면적인 이야기.

선왕이 누구에게 죽었는가.

타국 사람인가. 아니면 왕궁 안의 누구인가. 하수인도, 목적도 모른다. 그런 상황에서 궁중은 빈말로도 하나로 뭉치지 못하고, 서로가 서로를 의심하는 자들이 한심한 정치를 하였다.

"혼란 그 자체는 우리와 직접 관계된 것이 아닙니다만… 왕비님의 아이를 눈엣가시로 여기는 이들이 있어서."

란돌프는 역시 팩스의 아이를 걱정하고 있었다.

베네딕트는 전 국왕의 딸이다. 반쯤 없는 사람 취급을 받았고, 최종적으로는 내쫓듯이 실론 왕국의 팩스 왕자에게 주어졌다.

뭐, 그건 그거대로 좋다.

쓸모없던 왕녀에게 쓸모가 있었다. 그것뿐이다.

하지만 결혼한 팩스 왕자가 내란으로 죽고, 게다가 베네딕트가 그 왕자의 자식을 가졌다면 이야기는 다르다.

실론 왕국에서 팩스를 없앤 자들은 착실히 나라를 재건하고 있다.

지금은 아직 뭔가 할 여유가 없지만, 그들은 팩스를 미워했다.

자기들이 흠모하던 왕족을 몰살시킨 팩스를 미워했다.

"개인적으로 보기에 그 나라는 재건되기 전에 북쪽 나라에게 잡아먹힐 거라 생각합니다만, 불안하게 생각하는 이들이 많은 모양이라…."

왕족의 핏줄이란 것은 무엇보다도 귀찮은 것이다.

실론 같은 나라에서는 '왕의 정통 혈통을 이었다'로 왕이 될 수 있는지 아닌지가 결정된다.

그런데 현재 실론을 다스리는 이들에게, 팩스의 아들이 살아있는 이 상황은 그리 바람직하지 않다. 몇 년 더 지나서 실론 왕국이 안정되면 그들은 베네딕트의 아이를 요구하겠지.

실론 왕국과 왕룡 왕국의 앞으로의 우호를 바라며.

그렇긴 해도 작은 팩스는 따지고 보면 선왕의 외손자.

속국이 내놓으라고 한다고 여기 있습니다, 하고 내놓았다간 나라의 체면이 망가진다.

그렇다고 내놓지 않으면 실론과의 관계는 악화된다….

그런고로 걱정거리를 미리 제거하자는 움직임이 있는 모양이다.

즉, 말이 나오기 전에 작은 팩스를 죽이려는 것이다.

어? 그 애를 달라고? 그렇구나, 아쉽지만 그 애는 사고로 죽었어. 왜 사고가 일어났는지는, 뭐, 알겠지? 라고.

그러면 왕룡 왕국과 실론 왕국, 양쪽의 체면은 유지된다.

망가지는 것은 란돌프의 체면뿐이다.

"사신 란돌프와 싸우면서까지 죽이고 싶다는 겁니까?"

"나 개인과 싸우기보다 나라와의 전쟁을 피하는 편이 중요하다, 그렇게 생각하는 분도 많은 모양이라. 그 이외에도 여러모로 불안 요소가 있는 모양…. 뭐, 나는 정치에 밝지 않은 데다가 최근 베네딕트 님의 호위로 바빠서 자세하게는 모르지만요."

뭐, 그렇겠지.

현재 왕룡 왕국의 정치 중추는 혼란 속에 있다. 타국이 그 틈을 찌르지 않을 리가 없다.

눈에 띄게 왕룡 왕국을 공격하는 건 아니더라도, 예를 들어 속국에 대해서 조금 심술을 부리는 식의 일도 일어나겠지.

그런 상황에서 북쪽의 방파제인 실론이 적이 되면…이라고 불안하게 생각하는 이가 많겠지.

나라면 눈앞의 란돌프가 적이 되는 게 더 무섭지만.

"내가 있는 한 암살자들은 무의미합니다만. 다들 잘 모르는 모양이라서."

"암살자입니까."

"예. 나와 싸우게 되는 걸 모른 채 여기 왔다가 안색이 창백해지는 자, 울면서 목숨을 구걸하는 자, 그 자리에서 뒤돌아서 돌아가는 자, 많이 있었습니다."

"어머나, 무서워라…."

이건 올스테드에게 들은 이야기인데, 칠대열강 중 하나인 '사신' 란돌프 마리안은 그 이름처럼 암살자 업계에서 유명하다.

혹시 적이 되면 고용주를 죽여서라도 도망치라는 소리를 듣는 인물 중 하나.

그렇긴 해도 고용주 쪽은 그런 걸 모르겠지.

아무것도 모른 채 현장에 왔다가 사신과 만난 암살자들의 마음은 이해할 만하다.

무섭겠지. 나도 올스테드에게 도전했을 때는 그런 기분이었어.

"손님이 오시는 것은 괜찮습니다만, 이대로라면 왕자님의 장래가…. 아시겠죠?"

란돌프가 암살자를 아무리 쓰러뜨리더라도, 상황은 호전되지 않는다.

다음에 기다리는 것은 실론에서의 신병 요구다.

그걸 거부해도 국내의 평가는 악화되고, 건네주면 어떤 형태일지는 몰라도 최종적으로는 처형되겠지.

어떻게 되어도 작은 팩스에게 안녕이라는 생활은 오지 않는다.

그렇기는 해도.

"혹시 내가 그걸 해결했다고 해도, 란돌프 씨가 함께 기스와의 결전에 임하는 건 무리입니까?"

"예, 무리로군요…. 하지만 왕룡 왕국 안에서 아군은 필요하겠죠?"

"……."

"나를 한편으로 넣으면 아주 든든합니다. 다들 입을 모아서 든든하다고 말해줍니다. 그 외에도 특전이 붙을지도 모르지요."

"그렇겠죠."

란돌프가 옆에서 싸우는 일은 없다.

하지만 반대는 있을 수 있다. 인신 및 기스의 말에 넘어가서 적으로 참가할 수는 있다.

어쩌면 여기서 도와주더라도 그다음에 적이 될 가능성도….

"란돌프 님."

그때 자노바가 앞으로 나섰다.

"뱅뱅 도는 조건을 말할 필요는 없습니다. 나는 이미 왕족이 아니라고 해도, 그쪽의 아이와는 혈연이며 팩스 왕의 신하였습니다. 왕룡 왕국의 권력다툼에 관련 없습니다. 난처하다고 하면 당연히 도와야지요."

뭐, 그렇지.

나중에 적이 될지도 모르지만, 그렇다고 해서 무시할 수는 없다.

보답만 바란다면 사람이 붙질 않는다.

"베네딕트 님."

자노바는 한쪽 무릎을 꿇고 베네딕트를 보았다.

무릎을 꿇었어도 자노바의 머리는 의자에 앉은 베네딕트와 비슷한 높이였다.

시선을 맞추며 그는 말했다.

"나는 팩스의 형, 그렇다면 당신의 오빠라고도 할 수 있습니다. 부디 당신과 아기를 돕게 해 주겠습니까?"

"……."

베네딕트는 곁눈으로 슬쩍 자노바를 보고 몇 초 정도 침묵했다가… 마침내 조심조심 자노바에게 손을 내밀었다.

"…그, 그대에게, 나를 돕도록, 허락합니다."

"감사히 명을 따르겠습니다."

자노바는 그 손을 잡고 손등에 키스했다.

장수를 쏘려면 먼저 말을 쏘라고 하는데… 이건 멋지게 장수를 헤드샷했군.

뭐, 그는 이걸 위해 왔으니까 당연한가.

게다가 딱히 손익을 따져 봐도 나쁜 이야기는 아니다.

란돌프 본인도 말했지만, 왕룡 왕국 안에 든든한 협력자가 생긴다는 것은 변함없다.

란돌프만이 아니다. 베네딕트가, 그리고 작은 팩스가 지금보다 더 자라서 어떤 이유로 권력을 손에 넣는다면 플러스가 될지도 모른다.

10년 뒤, 20년 뒤에 영향이 오는 쐐기다.

앞날을 내다본 선행투자. 올스테드 코퍼레이션은 미래를 바라보는 기업입니다.

뭐, 아무래도 우리 사장님이 일으킨 혼란이기도 하고. 여기서 부하인 내가 어떻게든 해야겠지.

"예, 부디 잘 부탁드립니다."

사신도 다 알 텐데 그 점을 추궁하지 않았으니까 못됐군….

아무튼 이걸로 나와 자노바가 왕룡 왕국의 소동을 정리하는 흐름이 되었다.

제3화 왕룡 왕국의 내정

세상일이란 단순하지 않다.

A가 B를 괴롭혔다고, B를 두들겨 패면 A를 구할 수 있느냐 하면 의외로 그렇지 않은 경우도 많다.

A가 괴롭혔다는 분위기가 남아 있으면, A는 계속 얕잡히게

되어서 C나 D가 이어서 괴롭힐지도 모른다.

그럼 B가 괴롭힘을 그만두게 하려면 어떻게 해야 할까.

애초에 왜 B는 A를 괴롭히는 걸까.

따돌림에 이유가 없을까? A에게도 괴롭힘당하는 원인이 있나?

그럴지도 모른다. 뭐, 적어도 내가 이전 생에서 당했을 때에는 그랬을지도 모른다.

왕룡 왕국에서의 이번 케이스도 그럴지 모른다. 베네딕트가 그저 마족의 피를 이었다는 이유만으로 괴롭힘이 있는 걸지도 모른다.

혹시 그렇다면 나는 용서하지 않겠다. B를 박살낸다.

하지만 그게 아니라면.

B가 어떤 외적 요인으로 스트레스를 받아서 A에게 발산하는 거라면….

어쩌면 그 외적 요인을 제거하면 B는 그만둘지도 모른다.

뭐, 적어도 요인을 제거하고 디메리트를 제시하면 적극적으로 괴롭히는 일은 없어지겠지.

B에게도 그 정도의 지혜가 있으면 좋겠다.

그럼 그 외적 요인이란 무엇일까.

그걸 찾기 위해 우리는 정글 오지로…가 아니라 왕룡 왕국의 내정에 밝은 이에게 이야기를 듣기 위해 연병장으로 달려갔다.

란돌프의 말로는, 여기에 왕룡 왕국의 내부 사정에 밝은 샤가르라는 남자가 있는 모양이다.

물론 그 인물에 대해서는 올스테드에게 들었다.

왕룡 왕국의 최중요인물 중 하나다.

샤가르 가르간티스.

왕룡 왕국의 '제1장군'.

엘프족과의 혼혈로, 조야한 언동이 눈에 띄지만 행동파이며 머리가 잘 돌아가는, 통칭 '대장군'이다.

란돌프를 스카우트한 이유도 바로 이 인물이라는 모양이라서, 별로 내켜하지 않는 란돌프를 거듭 방문하는 삼고초려를 통해 영입했다나. 사람을 보는 눈은 있는 거지.

참고로 인신의 사도가 될 가능성은 현재로서는 낮지만, 왕룡 왕국이 멸망의 위기에 처하게 되면 그럴 확률이 쭈욱 올라간다.

애국자겠지.

"꽤나 활기가 있는 분위기로군요."

"그래."

나는 란돌프의 소개장을 한손에 들고 연병장 풍경을 바라보았다.

비서관인 듯한 인물에게 '선약이 없다면 끝날 때까지 기다려달라'는 지시를 받았다.

참고로 자노바와 함께 왔다. 에리스는 아이샤와 줄리의 호위로 남겨두었다.

콜로세움 같은 계단식 관객석으로 둘러싸인, 야구장 정도 크기의 타원형 공간.

거기에서는 병사가 여섯 명씩 팀을 이루어서 리더의 호령에 따라 연대를 취하며 싸우고 있었다.

샤가르는 그들을 모두 지켜볼 수 있는 위치에서, 몇몇 부하에게 뭔가 메모를 시키면서 가만히 시합 내용을 지켜보고 있었다.

그는 왕룡 왕국의 장병들을 단련시키기 위해, 정기적으로 연병장에서 소규모 연습을 벌인다.

어디까지나 군대를 지휘하는 것을 상정한 걸까, 개개인의 전투력이라는 점에서는 그리 대단치 않다.

하지만 역시나 통하는 바는 있겠지.

차폐물이 있는 연병장에서 적의 위치를 찾으며, 수신호로 아군에게 정보를 전달하여 포위하거나 양동을 취하며 상대의 움직임을 억누르고 섬멸한다.

"흠, 저건 자칼리아 전투의 재현이로군요."

"알아?"

"예전에 배웠습니다. 저 우익에 해당되는 남자. 저건 물 마술사들이었습니다만, 그걸 어느 틈에 불 마술사들로 바꿔치기 해서 적군이 저항 마술을 헷갈리는 틈에 괴멸적인 타격을 입혔다는, 고전적인 바꿔치기 작전입니다."

"헤에."

들고 보니 우익의 남자가 적군의 시야 밖에서 뒤쪽의 남자와 교체하여 좌익 쪽으로 이동했다. 뒤쪽의 남자는 마술을 사용하여 우익을 덮치는 적을 요격…하지만 간단히 상쇄된 끝에 반격으로 간단히 쓰러졌다.

진짜 마술이나 진검을 사용하여 싸우지만, 아무래도 마법대학에서 사용하던 것과 비슷한 마법진을 사용하는 모양인지 부상은 금방 회복되었다.

하지만 한 번 패하면 제외되는 식의 룰인지, 패한 사람은 곧바로 퇴장하였다.

그렇게 한 명, 또 한 명 당하면서 최종적으로 대장이 세 명에게 포위되어서 항복했다.

"끝났나?"

대장을 쓰러뜨린 쪽이 승리의 함성을 올리는 것을 보며 나는 슬슬 가보자는 마음에 일어서 샤가르에게 가려고 했다.

"아직 더 하는 모양입니다."

하지만 그렇게 가는 도중에 다른 팀이 들어왔다. 샤가르 쪽도 움직일 기척이 없었다.

방금 전의 팀과 다른 걸 보면, 몇 개의 팀이 돌아가면서 하는 거겠지.

토너먼트표 같은 게 없으니까, 앞으로 몇 시합 더 할 건지는 모르겠다.

어쩌면 해질 때까지 할지도 모른다. 끝날 때까지 시간이 꽤나 걸릴 눈치다.

"……."

자, 어떻게 한다.

기다리는 건 싫지 않지만, 시간을 낭비하고 싶지도 않다.

선약을 제대로 잡을 수 없나…. 란돌프의 소개장, 너무 효과가 없잖아.

아니, 이 연습풍경, 내가 봐도 되는 건가? 국가기밀 같은 거 아닐까….

딱히 내쫓아내려는 분위기도 없으니 문제 없을 것 같긴 한데.

"저기, 옆에 좀 앉아도 될까요?"

그때 내 옆에서 목소리가 들렸다.

고개를 돌려 올려다보니, 거기에는 빛바랜 금발에 살짝 수염을 기른 40대 초반의 남자가 있었다. 다소 경박하게 살았지만 요즘은 얌전히 살고 있습니다는 느낌이다.

어디서 본 적이 있는 것도 같은데, 지금은 떠오르지 않네.

올스테피디아는 정보 자체야 풍부하지만, 사진 같은 게 없다. 이름을 듣지 않으면 어떤 인물인지 모른다.

일단 왕룡 왕국의 왕성에 있는 것을 보면 귀족이나 왕족, 혹은 기사겠지.

왕성 안이라고 해도 왕족이 호위도 없이 어슬렁거리지는 않을 테니까, 귀족이나 기사일까.

검을 차고 있지 않는 모습을 보면 귀족이려나. 호위도 하인도 없으니까 그중에서도 하급이려나.

"예, 괜찮습니다. 내 지정석도 아니니까요."

일단 이름을 묻기 전에 이야기라도 나눠보기로 했다. 만에 하나, 상대가 대귀족이라면 이름을 모르는 것만으로도 실례로 간주될 수 있으니까.

"미안하군요."

남자는 옆에 앉더니 연병장 쪽을 바라보았다.

"좋은 훈련이죠?"

"그렇군요. 사실은 잘 모르겠지만요."

"우리나라가 자랑하는 훈련법입니다."

"모의훈련 정도는 어느 나라도 할 거라 생각합니다만?"

찬물을 끼얹는 것 같아서 미안하지만, 아슬라 왕국에서도 비슷한 것은 하고 있다.

규모도 크고 이렇게 가볍게 하지는 않겠지만, 군을 지휘하는 이들은 평소부터 장기 같은 것을 써서 훈련을 하리라.

"그렇게 생각합니까?"

"다른 나라와 다른 점이라도?"

"예. 예를 들어서 지금 서군에서 대장을 맡은 저 사람, 지방 귀족의 장남이지요. 본래 신분을 생각하면 저런 자리에 앉을 리가 없어요. 그런 경우가 있다면 자기 영지를 자기 병력으로 지킬 때 정도겠죠."

"호오. 하지만 지금은 대장을 맡고 있다?"

"모든 장병에게 모든 배치를 맡겨보는 겁니다. 순서대로."

로테이션이라는 건가.

그렇다면 이 훈련은 자기가 평소에 맡지 않을 포지션에 배치되었을 때의 기본적인 행동을 배우는 동시에, 그런 포지션의 효율적인 움직임을 배우기 위한 훈련인가.

머리로 아는 것과 실제로 자기가 그 포지션에서 움직이는 것은 크게 다를 테니, 이치에 맞는 훈련이기는 하다.

"그렇군요. 그렇다면 자기가 어느 배치에 적합한지 알 수도 있겠고."

"그런 겁니다."

"뿐만 아니라 저런 인재를 찾아낼 수도 있겠고요."

눈앞에서 서군이 동군을 압도하고 있었다.

지방귀족의 장남이 적절하게 지휘한 것이다. 초보의 눈으로 봐도 지시가 정확하며 군더더기가 없다. 견실하고, 기습이나 기책에 의존하지 않는, 안정적인 싸움을 보여주었다.

"더군다나 우리나라에서는 배치를 서열에 따라 정하지 않지요."

"호오."

즉, 그 같은 지방귀족이라도 실제로 군의 대장이 될 가능성이 있다는 소린가.

뭐, 모처럼 이렇게 인재를 찾아내도 제대로 배치할 수 없다면 보물을 썩히는 셈이고. 당연하다면 당연한가….

그게 마음대로 안 되는 게 봉건제도의 난점이다.

"아슬라 왕국에서는 이렇게 안 되겠죠?"

"그렇겠죠. 나도 그리 잘 아는 건 아닙니다만."

얼마 전에 아리엘이 아슬라 왕국군의 연습을 구경시켜 준 적이 있었다.

그때 옆에 있던 루크에게서 이런저런 설명을 들었는데, 아슬라 왕국에서는 귀족의 서열에 따라 배치가 다 정해져 있었다. 보레아스 그레이랫이라면 본진의 오른쪽 앞이라는 식으로.

과거에 라플라스 전쟁 때 당시 군사가 생각했던 배치가 그대로 전통으로 이어졌다나.

당연히 당시 가치관을 그대로 이은 진형도 많다.

보기로는 화려하고 멋지지만, 실용성이 전혀 없다.

라플라스 전쟁 이후로 큰 전쟁을 겪지 않은 폐해라고 루크는 한탄하였다.

반대로 이 왕룡 왕국의 방식이라면 각 지휘관을 최적의 자리에 배치할 수 있다.

우익에 배치되어 적의 옆구리를 찌르는 것이 특기인 자, 정면에서 맞부딪치는 것이 특기인 자. 마법병을 지휘하여 적절한 타이밍에 마술을 쓰는 것이 특기인 자.

각자 자기 특기분야를 파악하고 납득하여 그 역할을 다할 수 있다.

분명히 아슬라 왕국에서는 이렇게 되지 않는다.

개선할 생각이라고 루크도 말했지만, 오랜 전통이란 것은 바꾸려고 해도 시간이 걸리는 법이다. 설령 그것이 낡아서 쓰기 어렵다고 해도 지금까지 이걸로 괜찮았다고 말한다.

"당신은 이 훈련법을 배우러 이 나라에?"

그렇게 말하며 남자의 눈이 예리하게 빛났다. 속내를 캐는 듯한 눈초리.

혹시 이것은 그런 건가? 내가 스파이라고 의심하는 걸까?

아무튼 내가 이 나라 사람이 아니라는 것은 한눈에 알 수 있나 보군. 아까부터 이상하게 아슬라 왕국과 비교하면서 말하는 것을 봐도 그렇다.

"아뇨, 저 사람의 조카가 이 나라 사람이라서."

그렇게 말하며 자노바를 가리키자, 자노바는 고개를 숙였다.

"자노바라고 합니다."

"아, 인사가 늦었군요. 나는 비오 폼파도르라고 합니다."

폼파도르 가문인가. 그 이름은 올스테드에게 들었지. 왕룡 왕국의 귀족 가문 중 하나다.

북신영웅담에도 나오는 유서 깊은 무인 가문으로, 현재는 왕가에 속하는 가문이다. 분명히 현재 국왕의 할머니가 폼파도르 가문 혈통이랬던가.

이런, 거의 왕족이잖아. 무례한 소리를 안 하길 잘했네.

참고로 폼파도르 가문 사람이 인신의 사도가 될 가능성은 C 랭크. 중하에서도 아래다.

"바로 그 폼파도르 가문 분이었습니까. 몰랐다고는 해도, 이 거 실례를 저질렀습니다."

"아뇨…. 그런데 당신의 성함을 물어봐도?"

"아, 인사가 늦었습니다. 루데우스 그레이랫이라고 합니다. 칠대열강 제2위 '용신' 올스테드의 대리로 움직이고 있습니다."

"호오, 용신! 꽤나 거물과 만나게 된 모양이군요. 자노바 님도 용신님의 부하신지?"

자노바는 그 말에 고개를 끄덕였다.

"나… 아니, 저는 말단입니다만."

"이렇게 보여도 이 녀석도 꽤나 힘이 있습니다."

"그저 힘만 셀 뿐이지요."

물리적인 의미가 아냐.

자노바 상점도 각국에 지점을 두어서 제법 커졌다. 머니 이즈 파워. 힘이 있다고 해도 과언이 아니다.

"그렇게 힘 있는 두 분이… 우리나라에 어쩐 일로?"

"그게 말이죠."

으음. 무관계인 인간에게 지금 상황을 설명하기란 어렵군.

이 남자가 작은 팩스를 암살하려는 인물 중 하나일 가능성도 충분히 있겠고, 너무 정직하게 말하는 것도 좋지 않겠지.

"이 녀석의 조카가 조금 궁지에 몰려서, 그걸 좀 도우려고."

"호오."

"하지만 아무래도 이 나라의 정치적인 문제에 휘말린 모양이라서, 그걸 어떻게 도울 수 있을지…. 일단 이 나라의 근황을 알기 위해 샤가르 장군님을 만나야 한다는 말을 듣고 왔습니다만."

"샤가르 장군님과 연줄이 있다니…. 그 조카라는 분, 제법 거물인 모양이군요."

"아뇨, 샤가르 장군님의 인맥이 넓을 뿐이지요."

대장군 샤가르를 말하자면, 이 왕룡 왕국을 강국으로 만들어낸 사람 중 하나다.

올스테드의 말에 따르면, 재야에서 우수한 인재를 모아서 부국강병을 계속하고 있다나.

지금 눈앞에서 벌이는 이 훈련법도 그가 고안한 것일지도 모른다.

그런 그는 인맥이 넓다. 곳곳에 연줄이 있다.

아무도 그 교우관계를 다 파악하지 못할 정도로.

그러니까 나나 자노바가 아는 사이라고 해도 별로 이상하게 여겨지지 않을 것이다.

"하지만 샤가르 장군님은 바쁘신 모양이라, 여기서 기다리고 있는 것이지요."

"그렇군요."

남자는 뭔가 생각에 잠긴 얼굴을 하였지만, 고개를 들고 끄덕였다.

"친구의 조카라면 거의 남이나 다름없는데. 도우러 오다니 꽤나 훌륭하신 분이군요."

그 말에서는 방금 전까지의 의심스러움이 자취를 감추고 우호적인 분위기가 느껴졌다.

갑자기 우호적이 되었다…기보다는 낯선 상대의 목적을 알고 일단 경계를 거두었다는 느낌인가.

"그렇긴 해도 샤가르 장군님은 오늘 해가 질 때까지 연습할 예정인 모양입니다."

"아, 그렇습니까?"

하늘을 올려다보니 태양은 남쪽에 있었다.

훈련이 끝나려면 앞으로 다섯 시간은 더 걸릴까.

"뭣하면 내가 이야기 동무가 되어드릴까요? 이렇게 보여도 이 나라에 대해서는 제법 잘 아는 편입니다. 물론 이야기할 수 없는 것도 있습니다만, 근황 정도라도 좋다면 알려드리지요."

"괜찮습니까?"

우리로서는 근황을 알 수만 있으면 샤가르가 아니라도 좋다.

폼파도르 가문 사람이라면 실제로 이 나라의 정세에 밝겠고.

물론 샤가르에게서도 이야기를 듣고 싶지만, 몇 시간이나 여기에 앉아 있는 것도 시간 낭비다.

"이것도 무슨 인연일 테니까요. 그럼 여기서 이야기하기도 그러니 조금 더 편한 장소로 옮길까요."

이렇게 해서 우리는 비오에게 이야기를 듣기로 했다.

★　　★　　★

비오는 사실 인신의 사도였다.

어슬렁어슬렁 따라간 우리는 꼼짝없이 덫에 빠져서 절체절명….

에 빠지는 일도 없이, 왕성에서 조금 떨어진 장소에 있는, 제법 고급스러운 레스토랑으로 안내받았다. 이동은 역시 마차로.

물론 경계는 했다. 뭐, 덫이라고 하기에는 너무 노골적일까.

비오는 말이 많은 남자였다.

마차로 이동할 때에도 왕성 근처의 관광 명소, 또는 볼 만한 장소에 대해 떠들었다.

멀리서 보이는 왕성의 외관에 대해서 말하기도 하고, 우리가 이동하는 길의 일화에 대해서도.

마치 관광 가이드 같은 지식이라서 이동하는 동안 계속 감탄했다.

식사하는 동안에도 요리에 대한 설명이 거침없었다.

여기는 왕룡 왕국의 전통적인 요리를 내는 가게로, 실력 있는 쉐프가 있다. 작금의 왕룡 왕국의 풍조는 새로운 문물을 도입하는 것이기에 궁정요리사가 될 수는 없었지만, 전통적인 요리의 실력으로 말하자면 최고. 그리고 처음 나오는 요리는 이렇고, 다음에 나오는 요리는 저렇고….

솔직히 그 내용을 전부 이해할 만큼 나도 미식가는 아니었다.

하지만 왠지 자긍심과 애정이 느껴졌다.

이 나라를 좋아한다는 마음이 느껴졌다. 애국심. 훌륭한 것이다.

아쉽게도 그가 말한 내용 중에서 내게 필요한 정보는 없었지만.

"어떠셨습니까? 우리 왕룡 왕국이 자랑하는 전통요리는?"

"제법 맛있었습니다. 솔직히 얕보고 있었습니다. 예전에 이 나라에 왔을 때 갔던 요리집이 별로 맛이 없었던 걸로 기억하고 있어서."

"하하하, 가게에 따라서 요리사의 실력이 제각각이니까요. 그럴 수도 있지요."

그렇긴 해도 정말 맛있는 가게였다.

왕룡 왕국의 요리는 야채나 과일 중심의, 소박하면서도 건강에 좋을 듯한 요리. 건강 지향의 요리라는 것은 어딘가 맛이 없는 인상이 강한데, 이 가게는 훌륭했다. 좋은 식재료를 실력 있는 요리사가 조리하면 이렇게나 변하는구나 싶다.

"자, 또 듣고 싶으신 것 있으십니까?"

문화를 얼추 설명하고 만족했는지, 비오가 그렇게 물었다.

"그렇군요…. 그럼 이 나라의 정세는 어떨까요?"

"정세, 말입니까?"

"국가기밀까지 알고 싶은 건 아니니까, 적당한 소문만이라도."

"그렇군요…. 음, 그럼 우선… 이 나라는 현재 꽤나 혼란에 빠져서 말이죠. 그것도 몇 년 전, 전 국왕이 붕어하신 것이 발단입니다."

오오, 꽤나 귀가 아픈 이야기다.

전 국왕은 인신의 사도였다. 고로 올스테드가 죽었다.

"아, 그 이야기라면 들었습니다. 명복을 빕니다."

부하인 나는 뻔뻔하게 말했다.

"그 뒤에 왕룡 왕국의 속국 중 하나가 공격을 받기 시작했습니다. 적은 하나가 아닙니다. 북쪽 분쟁지대에서 짠 것처럼 세 나라가 쳐들어오고 있습니다. 소국이라고 해도 세 나라가 한꺼번에 오는 건 꽤나 귀찮지요. 왕룡 왕국으로서는 당연하게도 속국을 지원하였습니다만… 아무래도 이 세 나라의 움직임이 묘해서."

"묘하다고요?"

"물러나질 않습니다. 왕룡 왕국에서 원군과 지원물자가 도착하고 싸움에서 승리하여 국경 밖까지 밀어냈는데, 끈질기게도 또 쳐들어오려는 겁니다. 뒤에서 정전조정을 하려고 해도 들은 척도 하지 않습니다."

"공격하면 영토라도 좀 떼어줄 거라고 생각하는 걸까요?"

"아무리 왕룡 왕국이 혼란에 빠졌다고 해도 국력차를 생각하면 무리라는 걸 알 텐데…."

일반적으로 생각해서 왕룡 왕국의 속국을 대대적으로 공격해서 영토 일부를 점령했다면, 종주국인 왕룡 왕국이 가만히 있지 않는다. 종주국이 나서서 영토를 되찾고, 경우에 따라서는 그대로 공격해서 멸망시킬지도 모른다.

"세 나라가 다?"

"예, 세 나라가 다."

분명히 그건 묘하군.

단순히 왕룡 왕국이 약해졌으니까 그 틈에 공격했다는 건 이해한다.

하지만 힘을 되찾은 뒤에도 세게 나온다는 게 이해되지 않는다. 그럴 거면 애초에 틈을 노리지 않고 정정당당히 공격하면 될 텐데.

게다가 세 나라가 다 그런다는 것은….

"수상하군요."

"그렇지요. 혹시 그 세 나라의 움직임에 실론이 독립을 외치며 가세하면, 어쩌면 속국을 잃어버릴 가능성도 있습니다."

"그렇군요."

왕룡 왕국의 속국이라면 유명한 것이 실론 왕국, 사나키아 왕국, 키카 왕국인데, 그 이외에도 자잘한 나라 몇 개가 더 있다.

대단한 국토도 없고 국력도 부족해서, 왕룡 왕국의 지원을 받는 것으로 간신히 다른 나라에 먹히지 않고 살아 있다고 할 나라다.

그런 나라가, 작다고는 해도 세 나라에게 공격을 받는 상태

에서 또 실론에게서도 공격을 받으면… 어쩌면 나라가 멸망할지도 모른다

그래, 팩스를 죽이든가 신병을 넘기는 것으로 일단 실론 쪽의 침공을 모면하고 싶다는 의견이 나오는 것도 수긍이 된다.

"그리고….'

그 뒤로 비오는 왕룡 왕국의 내정에 대해 이것저것 말해 주었다.

대신에게 딸이 태어났다든가, 어느 귀족의 아들이 결혼해서 어느 파벌에 들어갔다든가, 그런 잡다한 이야기가 태반이고, 작은 팩스와 관련이 있을 만한 화제는 없었다. 물론 관계 있을 가능성도 있으니까 조사는 해볼 생각이지만.

"어라, 벌써 이런 시간입니까."

비오의 말에 창밖을 보니 이미 해가 질 무렵이었다.

"이다음에 볼일이 있으니까 나는 슬슬 실례하도록 하겠습니다."

"오늘은 고마웠습니다."

"아뇨, 이쪽이야말로. 이만큼 우리나라를 자랑할 기회도 좀처럼 없으니까요. 즐거운 시간을 보낼 수 있었습니다."

비오는 그렇게 말하고 내게 인사를 한 뒤 떠나갔다.

그 뒤에 연병장으로 돌아갔지만, 이미 샤가르는 돌아간 뒤였다.

타이밍이 안 좋았지만, 일단 어쩔 수 없다고 체념하고 숙소로 돌아갔다.

그리고 에리스 등과 합류. 다섯 명이 모여서 테이블을 둘러싸고 정보를 교환했다.

"내가 모은 정보로는, 이 나라에서는 미리스의 신전기사단이 기세를 떨치는 모양이었어."

아이샤의 말로는, 여기 수도 와이번에는 많은 신전기사단이 주둔한 모양이다. 시내 곳곳에 미리스의 문장이 달린 푸른 갑옷의 기사들이 서 있다나.

그 신전기사단을 조사해 보니 횡포깨나 부리는 모양이라서, 무전취식을 하거나 모험가와 충돌하거나 길드와 사건을 일으킨다나. 하지만 어째서인지 왕룡 왕국의 경비병이나 기사단은 그걸 묵인하고 있어서, 국민들 사이에서는 불안한 기운이 높아지는 모양이다.

물론 이대로 가다간 자노바 상점에서 루이젤드 인형을 판매하는 것은 절망적이겠다.

신전기사단 놈들은 대체로 마족을 싫어하니까.

그리고 수입품의 가격 상승, 증세 등의 불만도 남아 있다.

"일단 용병단의 거점이 될 만한 건물은 점찍어 놨는데, 어떻게 할까? 용병단의 설치, 진행시켜도 돼?"

"일단 평소처럼 전이마법진과 석판은 설치하자."

일단 이 나라가 품은 문제점은 보였다.

그러면 이걸 올스테드에게 알리고 배후관계를 캐 보자. 인신의 짓이라고 생각되지 않고, 내가 관여하면서 변화한 미래니까 올스테드가 뭘 알지는 모르지만… 뭐, **보고와 연락**은 중요하다.

"스승님, 어떻게 하시겠습니까? 뭣하면 베네딕트 님과 아들을 데리고 이 나라를 탈출하는 것도 어쩔 수 없지 않을까 합니다만…."

"아니…. 아마도 어떻게든 될 거야."

미리스의 기사단 쪽으로는 어떻게든 되겠고, 세 나라가 공격해 오는 거라면 짚이는 바가 있다.

"호오. 그럼 여기는 스승님에게 맡기도록 할까요."

아마도지만.

제4화　제일 못된 아이

며칠 뒤, 나는 아슬라 왕국을 방문하였다.

왕룡 왕국의 정세를 올스테드에게 의논해 보았더니, 그는 쉽게 흑막을 알려주었다.

그 흑막은 내가 예상한 상대였다. 아니, 올스테드에게 들어온 보고 중에 거기에 관련된 정보가 있던 것을 기억하고 있다.

나는 그 흑막과 직접 대결하기 위해 혼자 아슬라 왕국으로 날아갔다.

자, 나는 그 흑막에게 도달하기 위해 아슬라 왕국에서 재상 비슷한 일을 하는 루크에게 부탁했다.

루크는 내 이야기를 듣더니, 흑막이 있는 곳과 거기에 도달하기 위한 루트를 가르쳐 주었다.

역시나 친구는 두고 볼 일이야.

아니, 루크는 일단 내 사촌이니까, 이 경우에는 든든한 형일까.

루크에게 그렇게 말했더니 살짝 얼굴을 붉혔다. 아니, 그러지 마. 미안하지만 나는 여자를 좋아하거든.

흑막은 아슬라 왕국 중에서도 특히나 경비가 엄중한 장소에 있는 모양이다.

나는 루크가 준비해 준 통행증으로, 상급귀족조차도 통과할 수 없는 구역에 침입했다.

거기는 특히나 엄중하게 지켜지고 있었다.

경비병 여럿과 엇갈리면서, 나는 흑막이 있는 곳에 도달했다.

아슬라 왕국 왕성의 제일 안쪽… 왕의 방이다.

장엄한 장식이 된 문 앞에는 번쩍번쩍 빛나는 황금갑옷을 입은 거한이 도끼를 들고 떡 하니 서 있었다.

문지기다.

누가 어떻게 봐도 문지기로밖에 보이지 않는 남자다.

옆으로는 내 두 배 정도 되겠는데, 결코 뚱뚱한 게 아니다. 튼실한 근육으로 뒤덮여 있는 것이 그 자세에서도 왠지 모르게 느껴졌다.

좋은 근육이다. 바깥의 근육만이 아니라 내면의 근육. 이른 바 체간도 단련되었다.

에리스도 그렇지만, 체간이 단련된 이는 그냥 서 있기만 해도 다르다. 흔들림이 없고, 비틀거리지 않는다.

참고로 우리 마누라 중에서 제일 체간이 약한 사람은 록시다. 그러니까 곧잘 엎어진다.

뭐, 그건 그렇고.

"여어, 안녕하세요, 잠깐 지나가겠습니다."

나는 그 거한을 슬쩍 지나쳐서 왕의 방으로 들어가려고….

"……."

쿵 소리가 나면서 그의 다리가 내 앞을 가로막았다.

"어라?"

오른쪽으로 지나가려고 하면 오른쪽으로 이동하고, 왼쪽으로 지나가려고 하면 왼쪽으로 이동했다.

완전히 길을 가로막고 있다.

"저기, 어어. 지나가면 안 되겠습니까?"

"안 돼. 너 오는 거, 못 들었다."

루크에게 받은 통행증, 즉 아슬라 왕국의 문장을 슬쩍슬쩍 보여주었지만, 아무래도 안 되는 모양이다.

분명히 오늘 선약을 잡지는 않았지만….

그렇긴 해도 이런 문지기는 지금까지 없었던 것 같은데. 신참인가?

그렇겠지. 내가 지금까지 본 적이 없고, 나를 모르는 것을 보면 신참일 거다.

정말이지 아리엘 녀석도 참, 신참 교육을 어떻게 하는 거야?

"어이, 신참. 내가 화내기 전에 통과시키는 게 좋아. 일단 나는 여기를 통과할 허가를 받았어."

"안 돼, 이제 밤. 이제 루크 님과 실피 님과 실피 님의 남편밖에 못 보내."

어라, 교육을 잘 받았잖아. 좋아, 좋아.

말하자면 내 얼굴을 몰랐던 것뿐이네.

"그렇군! 이거 인사가 늦었습니다. 내가 실피의 남편인 루데우스 그레이랫입니다. 이제 지나가도?"

"안 돼, 증거 없어."

증거냐! 그렇게 말해도 말이지, 어떻게 하면 증거가 되지?

실피와 러브러브할 때에 찍은 투샷 사진이라든가? 하지만 아쉽네, 이 세계에 사진은 없다! 아니면 실피와의 사랑의 결정인 루시를 데려온다든가? 지금 없지만.

주머니 안에 신이 깃든 물건이 있긴 하지만.

"으음, 증거라…."

"수상하다."

"아, 잠깐만, 조금 진정하고 이야기를 좀."

고민하고 있었더니 느닷없이 내게 도끼를 들이대었다.

날이 거의 내 얼굴만한 크기다. 중량만 해도 50킬로그램은 되지 않을까 싶을 정도의 두께. 중력에 따라 떨어뜨리기만 해도 나 같은 것은 성둥 잘리겠지.

아니, 지금은 마도갑옷도 입었고, 바로 즉사하지는 아니겠지만….

하지만 싸우는 건 좋지 않아.

나는 아리엘의 상사, 너는 아리엘의 부하.

분명 싸울 일은 없을 거야. 러브 앤드 피스.

"나, 문지기, 절대 안 보낸다…."

"으음."

어떻게 하지. 너무나도 융통성 없는 상대라서 문제네.

집무실에 있던 루크라도 데려오면 한 방이겠지만, 바쁜 모양이었고….

나는 문지기 앞에서 우왕좌왕, 오른쪽으로 우왕, 왼쪽으로 좌왕. 문지기는 내 움직임에 맞추어서 몸의 방향을 바꾸었다. 절대로 안 보내겠다는 강한 의지가 느껴졌다.

"지나가지 않겠다면 뭐든지 해도 될까?"

"……? 응, 그래."

그는 고개를 갸웃거렸지만, 곧 끄덕였다.

하지만 미안해. 역시 지나가야겠어.

"아리엘~ 놀~자~!"

큰 소리로 외쳤다.

몸은 지나지 못해도 목소리는 지나갈 수 있다. 이 재치, 잇큐 씨도 못 따라올걸. 렌큐 씨라고 불러다오.

"!"

문지기는 곤혹스러운지 움직이지 않았다.

잠시 뒤에 문이 열렸다.

안에서 나온 자는 낯익은 메이드였다. 아리엘 전속 근위시녀. 이름이 뭐였더라.

리랴와 동기였다고 들은 적이 있다.

"아, 루데우스 님. 어쩐 일이십니까?"

"아리엘 폐하를 뵈었으면 하고 왔습니다만… 여기 이 사람이 보내주질 않아서."

그렇게 말하자 메이드가 눈꼬리를 치켜 올렸다.

"이, 죄송합니다! 도가! 이쪽 분은 괜찮습니다! 들여보내세요!"

메이드가 그렇게 소리쳤지만, 문지기는 고개를 내저었다.

"안 돼, 오는 거 못 들었다. 무기도 갖고 있다. 이미 밤. 못 보낸다."

"이분은 루데우스 님이거든요?! 아무 때나 통과시켜도 된다고 설명드렸잖습니까."

"안 돼, 증거 없다."

"제가 말하는데도…."

메이드도 아직 신용이 없는 모양이다.

신참의 이름은 도가인가 본데, 제법 고집쟁이인 모양이다.

하지만 이런 녀석일수록 왕의 방을 지키는 역할로는 좋겠지. 매수에도 넘어가지 않을 것 같고.

"도가."

그때 방 안에서 늠름한 목소리가 울렸다. 듣는 이를 모두 기분 좋게 만드는 듯한 목소리에 도가의 어깨가 움찔 움직였다.

"그분은 실피의 남편분인 루데우스 님입니다. 언제 어느 때라도 들여보내세요."

아리엘의 살짝 화난 듯한 목소리에 문지기는 어깨를 움찔거렸다.

그리고 곧바로 문 앞에서 한쪽 무릎을 꿇었다.

"예."

지나가도 되나? 되지? 오케이?

도끼에서 시선을 떼지 않고, 흠칫흠칫하면서 방 안에 들어갔다.

아리엘은 방금 목욕을 마친 걸까, 편한 옷을 입은 상태로 시녀가 머리를 빗겨주고 있는 모습이었다.

"어서 오세요, 루데우스 님. 하지만 이런 늦은 밤에 미혼 여성의 방에 찾아오시다니, 배려가 부족하신 게 아닌가요?"

"아, 죄송합니다. 조금 급한 일이라서."

"괜찮습니다. 저와 당신 사이니까요…. 앞으로 일어날 일도 실피에게는 비밀로 해두지요."

"아니, 아무 일도 안 일어날 거고, 비밀로 할 필요는 없습니다. 그보다 내가 실피에게 보고할 거니까요."

"어머, 그건 아쉽네요."

아리엘은 때로 이런 농담을 한다.

내가 바람을 피지 않는지, 실피를 배신하지 않는지, 확인하는 것이다.

게다가 자기가 미인이란 걸 자각하고 있어서 이런 말을 한다.

정말로 유혹에 넘어가면 어쩔 생각인 걸까. 지금도 갓 목욕하고 나온 모양이라 왠지 좋은 향기가 떠돌고. 아리엘은 평소에는 빠릿한 탓에 좀처럼 그런 감정이 들지 않지만, 지금은 왠지 인간다움이랄까, 생생함이랄까….

아, 이런! 제길, 신이시여, 내게 힘을!

"킁킁, 후우후우."

일단 록시의 그것의 냄새를 맡고 심신안정을 도모한다.

야한 것을 끊은 탓인지 조금 에너지가 쌓인 모양이다.

"루데우스 님은 제법 좋은 취미를 가지고 계신가 보군요."

"취미가 아니라 신앙입니다. 자, 사람을 좀 물려 주시겠습니까? 아, 딱히 누가 있으면 안 되는 짓을 하려는 건 아니고요."

"물러가세요."

아리엘이 내 말에 반응하지 않고 손뼉을 쳐서 메이드를 옆방으로 보냈다.

왠지 도주로가 끊긴 기분이다.

하지만 아무튼 이제 이야기를 할 수 있다.

"그러면… 어이, 아리엘 씨."

"예."

"범인은, 댁이지…?"

"예. 그렇습니다…. 하지만 어떤 일 말씀일까요…. 짚이는 데가 너무 많아서."

아…. 뭐, 아리엘도 왕이니까.

나라의 이익을 생각하면 구린 짓도 많이 하고 있겠지.

"게다가 제가 했다는 증거는 있습니까?"

"잡아떼도 소용없어! 이미 다 알고 왔다고!"

흥에 겨워서 그렇게 소리친 순간 쾅 소리를 내며 문이 열렸다.

깜짝 놀라서 그쪽을 보니, 도가가 서 있었다. 커다란 도끼를 든 채로 방 안에 들어와서, 그대로 쿵쿵 발소리를 내며 내게 다가오더니 도끼를 쳐들고… 어이어이어이, 잠깐잠깐, 타임타임….

"도가, 돌아가세요."

"하지만, 이 녀석, 폐하, 위협했다."

"저는 위협당한 게 아닙니다. 그냥 장난이에요."

"…예."

"다음에는 제가 비명을 지르면 오세요."

"예."

도가, 야단맞고 풀죽어서 입구로 돌아갔다.

조금 귀엽네.

"죄송합니다. 융통성이 없어서…."

"아뇨, 나도 조금 장난이 심했습니다."

"저는 그런 장난이 좋지만요. 이 성에는 피에로를 두고 있지 않아서."

우훗. 그럼 다음에는 어디서 피에로를 육성해서 데려오자.

웃음만이 아니라 호위로도 써먹을 수 있는 녀석으로 키우자. 적을 하수도 안으로 끌고 가서 쓰러뜨리는 녀석 말이다.

"자, 그래서 무슨 이야기입니까?"

아리엘은 자세를 바로 하고 그렇게 물었다.

진지한 이야기를 하자는 거겠지.

"왕룡 왕국의 속국을 공격하는 세 나라 말입니다."

"아하, 그게?"

너무 당연해서, 하고 있다는 말조차 일부러 할 필요가 없다.

하지만 그렇군.

올스테드에게 확인해 보았더니, 왕룡 왕국의 속국을 공격하는 세 나라를 뒤에서 지원하는 것은 바로 아슬라 왕국이었다.

아니, 그런 보고가 올스테드에게도 들어와 있었다.

세 나라를 이용해 왕룡 왕국의 속국을 공격할 건데, 해도 돼? 라는 이야기. 나도 확인한 것을 기억하고 있다.

물론 아슬라 왕국으로서는 그 속국을 없애고 싶다든가, 영토를 확대하고 싶다는 의미가 아니다.

왕룡 왕국을 더욱 지치게 만들기 위한, 단순한 심술이다.

왕룡 왕국의 물가가 오르는 것도, 아슬라 왕국이 수입품이나 교역품에 다소 높은 세금을 물리기 때문이다.

"왕룡 왕국과의 교섭에 쓰고 싶으니까 공격을 멈춰 주실 수 없을까요?"

"알겠습니다."

아리엘은 펜을 들더니, 근처의 종이에 뭐라고 술술 쓰고 옆에서 옥새 같은 것을 끌어와서 쾅 하고 찍었다. 그리고 그걸 착착 접더니 봉인해서 내게 건넸다.

"이걸 루크에게 주면 며칠 뒤에 세 나라는 공격을 멈추겠지요. 편한 타이밍에 쓰도록 하세요."

"예!"

감사히 받았다.

일단 이걸로 교섭 소재는 얻었다. 역시 친구와 권력은 두고 볼 일이야.

"아, 그렇지. 그리고 왕룡 왕국에 있는 아슬라 왕국의 대사관을 좀 이용해도 되겠습니까? 역시 '용신의 오른팔'이라는 간

판만으로는 좀 얕보이는 모양이라."

"알겠습니다. 그쪽으로도 준비시키지요."

아리엘이 짝짝 손뼉을 치자, 방금 전의 근위시녀가 들어왔다.

아리엘이 귀엣말을 하자, 근위시녀는 고개를 끄덕이고 방에서 나갔다.

"대사관에는 필요한 것이 준비되어 있습니다만, 필요하다면 대사에게 말해 주세요."

"이거고 저거고 정말 감사합니다."

"아뇨."

아리엘은 살짝 눈짓을 하였다. 야한 느낌이다.

"그걸 위해 저를 이 지위에 앉힌 거지요?"

"아니, 올스테드 님의 생각으로는 그렇지만, 나는 실피의 바람을 들어주고 싶었을 뿐입니다."

"우후후, 그럼 실피에게 감사해야겠네요."

"아하하, 우리는 실피에게 아무리 감사해도 모자랍니다."

우후후, 아하하, 하고 함께 웃었다.

아리엘과 이렇게 악당 같은 대화를 나누는 건 즐겁다. 기본적으로는 뭐든지 할 수 있고.

"그런데 아까는 도가가 무례를 범했군요."

"아, 아까 그 문지기."

"문지기로는 든든하지만, 조금 융통성이 없는 아이라서."

문지기로서 든든하다는 게 무슨 말인가 싶지만, 분명히 그

거구, 출입구를 지키는 역할로는 안성맞춤이다. 어쩌면 야구의 포수라든가. 그 선천적으로 축복받은 체격을 보면 타자로도 일류겠지.

"앞으로는 주의시킬 테니까 용서하시길."

"아뇨, 일에 열심인 젊은이가 한 일이니까, 자르지는 말아주세요."

"물론 그럴 생각은 없습니다."

뭐, 갑옷을 입고 있는 게 젊은이인지는 모르지만.

"자, 미혼 여왕의 방에 오래 있는 것도 그럴 테니, 슬슬 물러나겠습니다."

"어머, 여성의 방에 느닷없이 나타나서 요구만 하고 돌아가시는 건가요?"

"신사 아닙니까? 실피도 자기 남편을 자랑할 수 있겠죠."

"현황 보고 정도는 해도 괜찮지 않나요?"

"아, 그렇군요."

일단 석판으로 미리스에서 일어난 일은 전달했지만, 말로 하는 편이 좋은 경우도 있다. 나 자신이 한 말이다.

아무튼 나는 미리스에서의 사건과 앞으로 내 행동에 대해 이야기했다.

"그런고로 언젠가 기스와 결전을 벌이게 될 것 같으니, 전력을 모으고 있습니다."

"그렇군요…. 전력은 저도 모으고 있으니, 여차할 때면 빌려

드리지요.”

“전력을 모으고 있습니까?”

“예. 언제 목이 날아갈지 모르니까 사병을. 그리고 올스테드 님도 아군이 강대한 편이 바람직하겠지요?”

“그야 물론.”

으음…. 우수하군.

아리엘은 왕이 된 뒤로 물을 만난 물고기처럼 정력적으로 움직이고 있다.

누가 뭐라고 하든지 자기 이상을 향해 착실히 발을 옮기고 있다. 게다가 그 보폭은 나보다도 훨씬 크다.

왕이 되는 게 목적이 아니다.

왕이 된 뒤에도 목적이 있다.

분명 죽기 직전까지 계속 목적이 있고, 그것을 향해 계속 나아가겠지.

으음, 보고 배우고 싶군. 손톱의 때라도 받을 수 없을까. 달여서 먹고 싶다.

하지만 요구하진 않는다. 실제로 말했다간 기쁘게 준비해 줄 것 같으니까. 그것도 달인 것으로.

“왠지 아리엘 님은 무섭군요.”

“어머, 그런가요?”

“너무 한심한 모습을 보이면 배신당할 것 같아서.”

“그런 말을 하시다니 뜻밖이군요. 그만큼 은혜를 입은 제가 배신한다니…. 걱정되면 약점 하나라도 쥐어두겠나요?"

"아뇨, 설마요. 다만 이익에 따라 움직이는 인간이라고 재확인했을 뿐이라."

"저는 정으로도 움직이는 여자입니다."

아리엘은 입을 삐죽거리며 그렇게 말하다가, 갑자기 뭔가 떠오른 것처럼 입술에 손을 댔다.

"하지만 재미있겠네요."

"뭐가 말이죠?"

"예를 들어 태어난 아이에게 '루데우스 주니어'라고 이름 붙인다든가. 분명 일이 재미있을 것 같지 않나요?"

"아니, 그만두세요."

그거 진짜로 의심 살 일이야….

실피가 백안시할 만한 일이잖아. 더 말하자면 루크도 '설마, 아니, 그럴 리가'같은 얼굴로 볼 만한 일이라고.

말로만 하면 '무슨 농담을' 정도로 넘어가겠지만, 말없이 아이에게 그런 이름을 붙인다면 내가 밖에서 낳은 자식이라고 말하는 꼴이라고. 내가 아무리 아리엘과 무관계하다고 주장해도 주위가 멋대로 착각할 거라고.

재미없다. 엄청난 배신이야. 올스테드에 대한 배신이 아니라 나와 실피에 대한 배신.

"아니, 저기. 내가 아니라 올스테드 님에 대한 배신이라고 할까."

"저도 수신 레이다가 죽었던 현장에 있었지요. 배신이라니, 그런 무서운 짓을 할 수 있을 것 같나요?"

수신 레이다가 죽을 때.

분명히 그 현장은 무시무시했다.

압도적인 강함을 자랑한 레이다. 우리만이 아니라 페르기우스조차 움직일 수 없는 자리에서, 올스테드가 파티장에 나타나서 레이다의 공격을 모두 쳐내고 맨손으로 일격.

힘이나 기술은 관계없었다.

아마 이게 제일 빠르다고 느껴지는 살인이었다.

혹시 내가 요인이고 그 녀석의 타깃이 되었다고 생각하면 소름이 끼치지.

언제 어느 때, 누가 지키고 있더라도 내 목숨은 없다… 완전 호러 영화잖아?

"아니, 물론 진심으로 배신할 거라고 생각하지 않습니다. 아무튼 꿈속에서 조언을 해주는 놈에게는 충분히 주의를."

"예. 하지만 괜찮아요. 저는 지금 제가 앉은 이 의자에 가치를 느끼고 있으니까요."

"그 말은 잃어버릴 것 같으면 위험하다는 소리 아닌가요?"

"그러니까 무서운 용신님의 밑에서 이렇게 교태를 팔고 있지요."

"기꺼이 사도록 하겠습니다."

"후후, 여차할 때는 제가 꼴사납게 왕 자리에 매달려 있을 수 있게 도와주세요."

꼭 도와주도록 하지.

뭐, 올스테드의 말로는 적어도 아리엘이 죽을 때까지 아리엘 정권은 흔들림 없다는 모양이지만.

"매달려 있다고 하니, 최근 록시의 딸인 라라가…."

그 뒤로 한 시간 정도 아리엘과 잡담을 나눈 뒤에 나는 그곳을 물러났다.

방에서 나오자, 문 근처에 기사 몇 명이 있었다.

도가와 기타 세 명.

마치 나를 기다렸다는 듯이 서 있었다.

솔직히 조금 쫄았다. 이제부터 왕성 뒤로 끌려가서 공갈이라도 당하는 건가 싶을 정도로. 모두 무서운 얼굴이었고.

하지만 제일 무서운 얼굴을 한 인간이 아는 사람이라면 이야기는 다르다.

"길레느, 오랜만입니다."

"그래."

길레느는 평소처럼 진지한 얼굴로 끄덕였다.

하지만 꼬리를 흔들고 있는 걸 보면, 나와의 재회를 기뻐하는 거겠지.

그녀는 금색 갑옷을 입고 있었다.

옆에 있는 두 남자와 달리 전신갑옷이 아니라, 몸의 중요한 급소만 지키는, 최소한의 경무장이었다.

솔직히 말하자면, 꽤나 멋지다. 길레느의 검붉은 피부에 금색 갑옷이 아주 잘 어울려서, 무진장 세게 보였다. 강하다는 오라가 마구 나오고 있었다.

뭐, 파울로가 보면 낄낄 웃으면서 안 어울린다고 했겠지만.

"여러분을 기다리게 한 모양이군요. 그럼, 난 이만."

"잠깐."

가려고 할 때 붙잡혔다.

"왜 그러나요?"

"에리스 님은 건강한가?"

"건강하지 않은 모습이 상상되나요?"

"아니."

"그럼 건강하지요. 언제나처럼."

"그런가…."

쌓인 이야기도 있다. 하지만 길레느는 지금도 근무 중이겠지.

아무래도 이런 밤중에 이렇게 번쩍대는 갑옷을 입고 왕의 방 앞에 있다는 건 분명 긴급한 용무인 거겠지. 방해하면 안 된다.

"하고 싶은 이야기도 많이 있지만, 나는 이만. 길레느도 바쁘겠고요…."

"그래, 아니, 잠깐."

왜 그러지? 길레느의 말이 어째 좀 이상한데.

"루크한테, 네가 여기 있다고 들어서."

"어라, 나한테 할 말이 있는 건가요? 무슨 일인가요?"

길레느의 부탁이라면 뭐든지 듣지. 뭐, 지금은 다른 일로 좀 바쁘니까, 내용에 따라서는 나중으로 미룰지도 모르지만.

"대단한 건 아니다. 네 얼굴을 보고 싶다는 모양이다."

대체 누가… 아, 옆에 있는 두 남자 말인가.

어디에나 있는 평범한 느낌의 중년 남성이다.

한쪽은 다소 키가 작고 백발 섞인 금발.

다른 한쪽은 보기 드문 흑발이었다.

양쪽 다 나이는 40대 후반에서 50 정도일까. 베테랑이란 느낌으로 관록이 있었다.

금발 쪽이 한 걸음 앞으로 나섰다.

"처음 뵙겠습니다. 실베스톨 이프리트라고 합니다. 근위기사단장으로 이 성의 경비를 맡고 있습니다. 앞으로 잘 부탁드립니다."

"루데우스 그레이랫입니다. 폐하의 호의로 허물없는 관계를 쌓고 있습니다. 앞으로 잘 부탁드립니다."

근위기사단장이라면 즉, 아슬라 왕국의 기사 중에서 제일 높은 사람이란 소리잖아.

어쩐지 번쩍대는 금색 갑옷을 입고 있더라니. 아니, 이 자리에 있는 사람들은 다 입고 있지만.

"호의라니 겸손의 말씀. 폐하와 막역한 사이라고 들었습니다."

"정확하게는 내 아내가 그렇지만요."

"실피에트 님 말씀이로군요. 마치 요정처럼 아름답고 귀여우며, 강하고 든든한 분이라고."

"바로 그렇습니다. 잘 아시는군요."

백점 만점의 정답이야.

"아무튼 아내 덕분에 나는 이렇게 폐하를 뵐 수 있는 거지요."

"그렇게 말씀하시지만, 루데우스 님이야말로 왕위쟁탈전에서 혁혁한 공을 세우셨다고 들었습니다…."

왕위쟁탈전이라는 단어를 들으니, 마치 각지의 성에서 5대 5의 토너먼트라도 벌인 것처럼 들리네.

"아니, 뭐…. 그렇다고 해도 나는 상사의 지시에 따른 것에 불과하지만요. 진짜로 평가받을 것은 내 주인이신 용신 올스테드 님이라고 생각합니다."

"오호, 충성심도 훌륭하시군요."

이걸 충성심이라고 말할지는 조금 미묘하지만.

어찌 되었든, 이런 사소한 것부터 올스테드의 권위를 늘려가고 싶다.

"당신이 계시지 않았으면 나도 이렇게까지 출세할 수 없었습니다."

"아, 그렇습니까."

"결국은 가난뱅이 중급귀족 출신이었으니까요. 하지만 이렇게 중임을 맡아서 막내아들을 학교에 보낼 수도 있었습니다."

"그거 잘된 일이군요."

근위기사단장이라기에 분명히 아슬라 대귀족이라고 생각했는데, 아니었나.

아리엘은 실력주의라서, 우수한 자를 쑥쑥 발탁했으니까 그중 하나겠지.

…잠깐. 그렇게 해서 근위대장이라면 이 사람, 무진장 우수하단 소린가?

그럼 언젠가 신세 질 일도 있겠지.

"어어, 아드님에게 힘이 필요하시면 말씀해 주세요."

"예…? 아, 하하하, 들었던 대로 재미있는 분이로군요. 괜찮습니다. 내 아들은 나를 닮아서 우수하니까요."

"우수하다고 해서 고민이나 곤경이 없는 건 아니니까요."

"그렇군요. 염두에 두도록 하지요."

일단 인사를 마치고 다른 한 명을 보았다.

이쪽도 번쩍이는 금색 갑옷이다.

실베스톨, 길레느, 도가, 이 남자.

네 명이 다 번쩍대니까 왠지 이 공간이 이상하게 밝네.

"어어, 당신은?"

"…훗."

흑발은 내 시선을 받더니 훗 하고 웃었다.

나도 웃었다. 역시 커뮤니케이션의 첫 걸음은 미소에서 시작된다.

스마일은 세계를 구한다.

"처음 뵙겠습니다. 루데우스 그레이랫이라고 합니다."

그렇게 말하자 그는 나를 뚫어져라 보았다.

머리끝부터 발끝까지 본 뒤, 일부러 뒤로 돌아가서 등까지.

신기한 동물이라도 보는 듯한 그 모습은 기억에 있다. 키시리카다. 그렇다면 마안을 가진 분일까.

"왜 그러시는지?"

"아니, 용신님의 부하를 직접 보는 일은 꽤 드물어서."

"별로 없으니까요."

"그렇겠죠."

이렇게 말하는 걸 보면 올스테드를 만난 적 있는 인간일까.

"저기, 그런데 당신의 성함을 여쭈어도?"

"아, 이거 인사가 늦었습니다. 나는⋯."

그는 거기서 놀란 기색으로 입가를 눌렀다.

그리고 또 훗 하고 웃더니 눈짓을 보냈다.

"아니, 네가 내 이름을 알기에는 아직 일러⋯."

갑자기 그런 말을 하였다.

방금 전과 달리 다소 깊은 목소리다.

"언젠가 때가 오면 알게 된다. 내 이름을, 그 이름을⋯."

흑발의 중년남성은 그런 말을 하더니 성큼성큼 걸어갔다. 걷는 법도 꽤나 멋부리는 것처럼 보였다.

"저 녀석 왜 저리지?"

길레느도 곤혹스러워 하는 눈치였다.

"저 녀석이 먼저 말을 꺼냈다. 네 얼굴을 보고 싶다고."

그게 사실이라면 진짜로 대체 뭐지? 저 나이를 먹고 중2병인가?

"산도르 녀석… 루데우스는 내 스승이기도 한데…."

이름은 산도르인 모양이다.

참고로 그 직후에 실베스톨 씨에게서 흑발 남자의 이름이 산도르 폰 그랑도르이며, 아슬라 황금기사단의 단장이라는 말을 들었다.

대체 뭐지? 싶은 느낌이다.

하지만… 훗, 녀석과는 또 언젠가 만날 예감이 든다.

그때까지 남겨두도록 하지. 너의 자기소개를…!

라고 말하는 편이 재미있을 것 같으니까, 그렇게 하기로 했다.

제5화 왕룡 왕국 왕

"격식은 몰라도, 권위는 보여야만 한다."

이것이 몇 년 동안 배운 것이다.

커다란 조직을 상대할 때는 이쪽의 위세를 보이지 않으면 얕잡혀 보인다.

로마에 가면 로마 법을 따르라…라는 말과는 좀 다르지만, 상대에 맞춘다는 의미로는 이쪽도 상응하는 준비를 해야만 한다.

  그런고로 우리는 현재 왕룡 왕국의 수도 와이번에 있는 아슬라 왕국의 대사관에 왔다.

  아리엘은 우리 회사의 대주주. 올스테드 코퍼레이션의 배후에 아슬라 왕국이 있음을 어필하면 어느 나라에게도 권위를 보일 수 있다.

  그야말로 호랑이의 위세를 빌리는 여우다.

  실제로는 아슬라 왕국의 뒤에 올스테드가 있는 느낌이지만, 내 뒤에는 양쪽 다 있는 거니까 관계없다.

  뭐, 어찌 되었든 이번에도 나라와 직접 담판을 벌이는 일. 나 혼자 갔다간 문전박대 당할지도 모른다.

  하지만 아슬라 왕국의 위세를 빌리면 미리스에서처럼은 되지 않는다.

  그런 생각에 대사관에서 옷이나 마차 등을 빌리고, 거기에 아리엘의 인감이 찍힌 서류까지 갖추어 왕성에 가기로 했다.

  "……."

  그렇게 대사관의 한 방에서 어슬렁대며 현황을 확인하는 것은 약 한 명의 준비가 덜 끝났기 때문이다.

  "아이샤, 마음에 드는 게 있으면 가지고 가도 되니까 얼른 해. 에리스가 기다리고 있어."

"으응…. 하지만 오빠, 여기저기 눈이 가서…. 역시 마지막 것이 좋지 않을까? 에리스 언니는 빨간색이고, 오빠는 회색이고…."

아이샤는 방금 전부터 속옷 차림으로 우왕좌왕하면서 오늘의 의상을 정하지 못하고 있었다.

원래는 여성이 옷을 갈아입는 장면을 빤히 쳐다보면 안 된다.

하지만 아이샤가 '오빠가 정해줘'라고 하기에, 다른 메이드들의 새된 시선을 받으면서 아이샤를 봐 주고 있다.

물론 아이샤는 말로는 나더러 정해달라고 하면서도, 결정권을 내게 맡길 생각이 없는 모양이다.

내가 '그럼 그걸로 해'라고 정해도, '아니, 이러면 에리스 언니랑 겹쳐'라고 하면서 다른 것을 본다.

저번에는 메이드복으로 갔다가 문제가 생겼다.

그러니까 그녀에게 좋은 옷을 입히면 불만 없겠지만… 이번에는 너무 공을 들이고 있다.

하늘하늘하고 팔랑거리는 드레스가 세 벌.

내 주위에는 준비에 시간을 들이지 않는 사람이 많으니까 신선하기는 한데, 아무래도 지치기 시작했다.

"아니, 내가 주역이 아니니까 수수한 게 좋겠지?"

"아니, 화려해도 돼. 응, 아이샤의 귀여움으로 왕룡 왕국의 높으신 분들의 간을 쏙 빼놓는 거야."

"진지하게 대답해 줘!"

야단맞았다.

하지만 진지하게 말해서, 아이샤는 평소에 남자랑 어울리질 않으니까 이럴 때에 멋 부리고 상대를 찾는 것도 좋지 않을까.

멋진 코디로 왕성의 귀족들에게 어필해서 신데렐라를 노리자! 같은 느낌.

너무 이상한 놈이 데려가면 안 되지만….

아이샤도 자기 입으로 말한 것처럼 이번에는 일다운 일도 없고, 애초에 연애는 자유다.

"그럼 그쪽의 진녹색으로 해. 에리스랑 안 겹치고, 적당히 수수하고, 좋지 않아?"

"어어…. 싫어, 이거, 치마 짧으니까… 다리 보여."

보여도 되는 거 아닌가. 오히려 보이는 쪽으로 가자. 자랑하는 걸로 가자.

그렇게 말하고 싶지만, 주위 메이드가 '그래선 안 됩니다'라는 얼굴을 하니까 보이면 안 되는 거겠지.

"우우…."

아이샤는 끙끙대면서 계속 드레스를 골랐다.

하지만 속옷 차림이라서 그녀의 성장을 잘 알 수 있군.

붙어야 할 곳에 살이 잘 붙었다. 아이샤도 그렇지만, 아무래도 우리 집안은 나이스 보디의 집안인 모양이다. 안 좋은 벌레가 모여드는 보디다.

제니스도 리랴도 그렇지만, 파울로의 친가인 노토스 그레이랫은 원래부터 왕가슴을 좋아하는 일족이다. 그러니까 내 할머니도 빵빵했을 게 틀림없다.

유전이겠지.

분명 내 딸도 빵빵하게 자라겠지.

루시가 빵빵해지는 장래는 잘 상상이 안 가는데… 에리스가 딸을 낳으면 확실히 쭉쭉빵빵이겠지.

"…저기, 오빠."

"응?"

"웃훙~"

아이샤가 허리를 내밀고 손을 머리 뒤로 돌려서 옆구리를 보이는 포즈를 취했다.

어디서 본 적이 있는데.

"누구한테 배웠어?"

"프루세나. 이러면 한 방이래."

"그거 거짓말이야. 녀석의 그 포즈, 지금까지 전부 불발이었니까… 믿으면 안 됩니다."

"에에~! 용병단에서는 인기 있는데…."

"장난치지 말고 얼른 골라."

그렇게 재촉하긴 하지만, 시간에는 아직 여유가 있다.

이 나라는 의외로 시간에 관대하니까, 조금 늦어도 눈총은 받지 않는 모양이다.

좋은 나라로군.

만사를 아슬아슬하게 하지 않는 것이 지금의 내 모토다.

여유란 것은 언제나 중요하다. 마음도 시간도 여유를 가지고 행동하자.

"늦어!"

하지만 만사를 빠르게 처리하고 싶은 인간은 존재한다.

녀석은 문을 쾅 소리 내며 열더니 방으로 들어왔다.

에리스다.

그녀도 휘황찬란한 붉은색 상의에 검은 바지를 입었다. 왕룡 왕국의 귀족예복으로, 머리를 포니테일로 묶은 그녀에게 실로 잘 어울렸다.

멋진 여검사다.

하지만 사실 이건 남성용이다. 메이드의 말로는, 대사관에 있는 드레스 중에는 검을 찰 수 있는 게 없어서 즉각 이걸로 정했다는 모양이다.

"언제까지 고르는 거야!"

"아, 에리스 언니. 미안, 고민되어서."

"흐응⋯."

그녀는 새빨간 머리칼을 흔들면서 성큼성큼 아이샤에게 걸어오더니, 그 주위에 진열된 드레스 중에 하나를 덥석 쥐었다.

와인레드의 새빨간 드레스다.

"이걸로 해!"

"어, 하지만 빨간색이면 에리스 언니랑 겹치잖아."

"뭐야, 나랑 같은 색인 게 싫어?!"

"싫진 않지만, 나는 뒤에 대기하는 역할이니까. 에리스 언니가 눈에 띄어야 하는 거잖아?"

"오늘은 뒤가 아냐! 내 시동생으로 부끄럽지 않은 차림을 해!"

에리스의 말에 아이샤는 살짝 얼굴을 붉혔다.

그리고 헤헤 웃으면서 에리스에게서 드레스를 받았다.

"에리스 언니가 그렇게 말한다면 이걸로 할게."

살짝 기뻐 보였다.

시동생이란 말이 기뻤던 걸까.

소녀의 마음은 잘 모르겠지만, 기쁜 모양이라 다행이다.

그렇게 아이샤의 드레스도 정해지고, 우리는 왕룡 왕국 왕성으로 가게 되었다.

★　　★　　★

나는 등성하여 왕룡 왕국의 알현실로 왔다.

자랑은 아니지만, 나는 알현실에 꽤나 까다롭다.

아슬라 왕국, 실론 왕국, 키시리카 성… 각지의 성에 있는 알현실에 가 보았다.

알현실이란 허영으로 가득하다.

넓은 장소에 멋진 장식을 하고, 때로는 번쩍대는 갑옷을 입은 기사를 세워놓고, 우리나라는 이렇게 대단하다, 왕은 대단하다, 그런 식으로 외부인에게 힘을 과시하는 장소.

그게 알현실이다.

넓이와 아름다움으로는 아슬라 왕국이 훌륭했다. 넓고 사람도 많고 눈부신 인상을 주는 아슬라 왕국의 알현실. 아리엘의 대관식 때였으니까 평소 이상으로 장식했겠지만, 넓이, 인원, 들어간 돈, 옥좌, 옥좌에 앉은 자의 아름다움, 어느 것을 보아도 일등급이었다.

다만 확실히 말하지.

아슬라 왕국의 알현실, 분명히 훌륭한 것이었다.

하지만 세계 순위로는 2등이다.

내가 인정하는 세계 최고의 알현실은 알현실만이 아니라 거기에 도달하는 과정까지도 주의를 기울였다.

성 밖부터 기품 있는 정원이나 고상한 취미의 예술품을 배치해서 내방자의 눈을 즐겁게 하면서도, 도중에 누군가와 만나는 일이 없다.

조용히 이어지는 복도에 내방자는 장엄한 분위기를 느끼고, 아무래도 그 긴장감을 드높인다.

그리고 알현실까지 가는 도중 이어지는 거대한 문은 내방자를 압도한다. 그 끝에 있는 것은 과연 무엇일까 하는 기대감으로 가슴이 벅차오른다.

문을 열면 빈말로도 화려하다고 할 수 없는 공간이 기다리고 있다.

장식은 필요최소한으로 심플.

또한 옥좌 앞에 늘어선 열두 명의 기사들. 그들은 모두가 가면을 쓰고 있으며 정체 모를 위압감을 띠고 있다. 하지만 그 자체는 수수하게도 느껴진다.

하지만 그것들에는 이유가 있다.

모든 것은 옥좌로 주목을 모으기 위해서다.

옥좌에 앉는 것은 유일하게 가면을 쓰지 않은 남자.

그의 압도적인 섬세함, 아름다움, 존재감… 모두가 숨을 삼키고 위대함을 칭송하겠지.

그 알현실은 어디인가.

숨길 일도 아니다, 공중성채 케이오스브레이커다.

갑룡왕 페르기우스다.

당시에는 몰랐지만, 페르기우스의 센스는 세계 최고라고 해도 과언이 아니다.

"…오오."

그런 나도 왕룡 왕국의 알현실을 보았을 때에는 감탄사가 나왔다.

이 나라의 알현실은 아슬라나 케이오스브레이커와는 느낌이 다소 달랐다.

무엇보다 난잡했다.

일단 알현실 입구에 거대한 갑옷 두 개가 문지기처럼 서 있다.

그 높이는 3미터 정도 되겠지.

마도갑옷과 비슷한 크기를 가진 갑옷이 떡 하니, 무슨 금강역사상처럼 알현실에 오는 자를 내려다보는 것이다.

이 세계에 거인족이란 것은 없다.

내가 모를 뿐이지 키가 큰 종족은 있겠지만, 적어도 왕룡 왕국에 이 갑옷을 입을 수 있는 녀석은 없다.

즉, 이 갑옷은 오는 자에게 충격과 공포를 주기 위해 존재한다.

안으로 더 들어가면 눈에 띄는 것은 역시나 갑옷이다.

입구 부근부터 옥좌 근처까지, 알현실을 주욱 에워싸듯이 텅 빈 갑옷이 줄줄이 늘어서 있다.

그리고 옥좌로 이어지는 금실 융단 옆에는 사람이 들어있는 갑옷이 왕을 지키듯이 서 있다.

그들이 지키는 것은 쇳빛의 강철 옥좌다.

갑옷을 그대로 의자로 만들었나 싶은 금속 옥좌에 압정으로 쿠션을 박아놓았다.

앉아 있으면 불편할 것 같다.

그 이외에 장식이라곤 거의 없다.

일단 동맹국의 마크나 기사단의 문장 같은 것은 장식되어 있지만, 그것뿐이다.

장식 없는 돌벽에 은빛 갑옷.

그냥 강해보이는 걸 늘어놓으면 된다는 듯이 대충한 느낌.

그렇긴 해도 수많은 이가 지켜보는 듯한 이 위압감.

…만인에게는 추천할 수 없으니, 평가는 별 네 개를 주도록 하겠습니다.

그리고 평가점을 깎은 이유를 더 들자면….

"왕룡 왕국 제1왕자 커크랜드 폰 킹드래곤 전하이십니다!"

그래, 옥좌에 앉은 것은 국왕이 아니었다.

나이는 나와 비슷. 금발에 약간의 수염을 기른 청년이었다.

물론 그에 대해서도 조사하였다.

커크랜드 폰 킹드래곤. 현재 제1왕자로, 언젠가 국왕이 될 인물이다.

대단히 영리하고 정치적인 수완에 능하여서, 국왕이 부재일 때에는 대리로 정무를 맡는다.

그렇긴 해도 이쪽은 아슬라 왕국의 이름을 대고 왕에게 알현을 청했다.

이것은 날 얕보는 걸지도 모른다. 아슬라 왕국 사람이 아니라 어디까지 재야의 사람이라고. 그러니까 왕이 나오지 않아도 괜찮다고.

일단 나는 무릎을 꿇고 고개를 숙인 채로 다음 말을 기다렸다.

"고개를 들고 이름을 대라."

"처음 뵙겠습니다. '용신 올스테드'의 부하, 루데우스 그레이랫이라고 합니다. 전하께 인사드립니다."

"호오. 귀공이 바로 그 수신 레이다를 꺾고, 실론을 공격한

군대를 혼자 막아내었다는 루데우스 그레이랫인가?"

또 소문에 꼬리가 붙었다.

슬슬 꼬리가 너무 길어질 것 같군.

"아뇨, 수신 레이다는 제 주군이, 군대는 혼자가 아니라 제 스승 및 카론 요새의 장병들이 함께 이뤄낸 성과입니다."

"솔직한 자로군. 하지만 수신 레이다나 북신 오베르의 죽음에 그대가 관여한 것은 틀림없겠지."

"예, 부정은 하지 않습니다."

"우리나라는 격식보다도 실력을 중시한다. 그대처럼 재야에 있으면서 실적을 남긴 자를 높이 평가한다."

"감사한 말씀."

어차, 날 얕보는 건가 했더니 의외로 느낌이 좋군.

아니, 역시 이건 아슬라 왕국의 이름 덕분이겠지.

"일단 내 아버지, 왕룡 왕국 제33대 국왕 스텔비오 폰 킹드래곤 폐하께서는 와병 중이시기에 내가 대리로 이 자리에 있는 것을 사죄하지."

"아뇨, 천만의 말씀입니다."

뭐야, 병인가. 그럼 어쩔 수 없지, 응.

"자, 오늘은 뭔가 유익한 이야기가 있을 것 같군. 그대 같은 자에게 이야기를 들을 기회는 좀처럼 없다…. 하지만 반대로 그대 같은 자가 일도 없이 내 앞에 모습을 보이는 일도 없다."

"그것은…."

"아, 잠깐, 말하지 마라. 맞춰 보지."

왕자는 나를 향해 손바닥을 보이며 내 말을 가로막고 자기 턱을 쓸었다. 참으로 흥미 깊은 듯이 이쪽을 바라보았다.

제법 총명한 느낌의 남자였다. 그리고 자신감으로 가득했다.

자기는 실력 있고 사람을 보는 눈이 있다고 생각하는 듯한 느낌이었다.

실제로 그건 잘못 본 것이 아니다.

그는 앞으로 수십 년에 걸쳐서 이 왕룡 왕국을 아슬라 왕국과 대등, 혹은 그 이상의 나라로 계속 지켜낸다.

즉, 아리엘과 호각 이상의 정치적 수완을 가졌다는 뜻이다. 그를 둘러싼 심복들도 대단히 우수하다는 소리다.

다만 그에게는 가엾은 미래가 기다리고 있다.

실연이라는 이름의 미래다.

현재 그는 사랑을 하고 있다. 아슬라 왕국의 대관식에 대사로 찾아간 그는 아리엘에게 한눈에 반해 버렸다.

그 뒤로 몇 번이나 아슬라 왕국에 갈 기회가 있었지만, 25세 정도에 고백. 대실패.

아리엘도 꽤나 심한 방식으로 거절했는지, 그 이후로 커크는 안티 아슬라를 내걸게 되었다.

물론 아직은 차이지 않았다.

현재의 그는 아슬라 왕국과의 우호를 주장하고 있다. 그럴 터이다.

"일단 임관은 아니로군. 그대는 아슬라의 아리엘 왕과 돈독한 사이일 터. 임관할 거면 우리나라보다도 아슬라에 가면 된다. 관직만이 아니라 작위도 받을 수 있을 테니까. 아닌가?"

"옳으신 말씀입니다."

그리고 왕자는 내 모습을 찬찬히 훑어보았다.

그리고 히죽 웃으면서 말을 이었다.

"그대 정도 되는 자가 이 나라에 와서 내게 편의를 봐달라고 부탁해야만 하는 일이라면, 어디 보자…. 오오, 그렇군. 그러고 보면 항간에 이상한 소문이 나돌았지…. 샤가르, 어떤 소문이었더라?"

왕자의 말에 옆에 있던 기사 중 한 명이 꾸벅 고개를 숙였다.

얼굴을 보면 무슨 불량배 같고, 란돌프와 같은 갑옷을 입었다.

"루데우스 그레이랫은 80년 뒤에 있을 라플라스의 부활에 대비하라고 각국에 호소하고 있다는 것입니다."

대장군 샤가르 가르간티스.

엘프족과의 혼혈로 조야한 언동이 눈에 띈다고 들었지만, 귀는 짧고 어조도 정중하다. 왕의 앞이기 때문일까.

"그렇지."

미리스의 교황도 알고 있었지만, 대국의 정보망은 얕볼 수 없군.

"그리고 그 호소의 일환으로 각국에 자신의 조직을 두고, 그

조직을 사용한 장사를 하고 있다…. 아닌가?"

"틀림없습니다."

틀리진 않지만… 하지만 왠지 이야기가 좀 다른 방향으로 가는 것 같다.

"그리고 그대는 타국과 마찬가지로 내게도 협력과 허가를 받으러 왔다… 그렇지?"

왕자님, 회심의 미소.

어어, 응. 기스 문제만 아니었으면 그럴 생각이었어.

이번에는 조금 다르다…지만 이 정도까지 자신만만한 모습이니까 부정하면 기분 상하려나. 그럴 생각이 없는 것도 아니지만.

"멋대로 하면 될 것을 일부러 허가를 얻는다. 나는 그런 자세가 싫지 않다."

왕자는 기분 좋게 이야기를 이어나갔다.

그렇긴 해도 나는 딱히 놀라지도 않았다. 란돌프와 샤가르는 막역한 사이고, 내가 여기저기 기웃댄다는 이야기가 전해졌어도 이상하지 않다.

"하지만 요청한다고 바로 허가해 주면 나라의 위신 문제가되지. 왕족에게 부탁하면 뭐든지 들어준다면서 어리석은 군중이 밀려들어도 곤란하고."

"……."

"그래서 한 가지 조건을… 뭐지?"

내가 말없이 손을 들자, 왕자는 의아하다는 표정을 하였다.

조금 이야기가 엇나가기 시작했다. 이건 좋지 않다.

"말을 잘라서 죄송합니다, 전하. 하신 말씀은 틀림없습니다만, 오늘 여기에 온 이유는 다른 일이 있기 때문입니다."

"…호오."

먼저 용건을 말하도록 하지.

"베네딕트 님의 자제분에 대한 일입니다."

왕자의 안색이 변했다. 그 분위기도.

"제 친구 란돌프에게 들은 이야기로는, 아무래도 베네딕트 님의 아들… 팩스 2세님을 눈엣가시로 취급하며 조만간 죽이자는 움직임이 있다고."

"그게 어쨌단 말이냐."

왕자는 전혀 주눅 든 빛도 없이 거만하게 말했다.

"어미가 그래서야 정략에도 쓸 수 없지. 언젠가 족쇄가 될 게 뻔한 자를 살려둘 이유라곤 이 나라에 없다."

"란돌프 님은? 그자를 죽이면 란돌프 님이 여기를 떠날 겁니다."

"왕룡 왕국은 단 한 명의 열강에게 좌우될 만한 약소국이 아니다."

그렇겠지요. 안 그러면 작은 팩스를 죽이자는 이야기가 나올 리도 없다.

"즉, 귀공이 여기에 온 이유는 그 아이의 구명 탄원을 위해서인가?"

"…아뇨."

나는 왕자의 눈을 보며 말했다.

"구명이라기보다는, 필요 없다면 제가 데려갈 수 없을까 해서."

"허어."

그 말에 왕자는 코웃음을 치며 옆의 기사 샤가르를 보았다.

"들었나, 샤가르."

"예, 이 귀로."

왕자는 쿵 하고 발소리를 내며 상반신을 앞으로 기울였다.

무릎 위에 팔꿈치를 두고 쏘아보듯이 나를 바라보았다.

방금 전과는 태도가 전혀 다르다. 이게 이 왕자의 본성일까.

"그럼 묻지. 루데우스 그레이랫. 그 제안, 우리에게 무슨 득이 있지?"

당황할 것 없어. 쫄 것도 없어. 페르기우스 쪽이 더 위엄 있었다.

"그럼 들려드리도록 하겠습니다."

이 나라의 내정은 모두 우리 회사의 수중에 있다.

"일단 전 국왕 폐하가 붕어하셨을 때부터 왕룡 왕국의 속국이 세 곳 정도에게 공격을 받은 모양이더군요. 북쪽의 분쟁지대에 있는 나라에게서."

"……."

"지배 하에 있다고 해도 속국은 속국, 지원은 해야만 한다. 혼란 속에서 일어난 그 전쟁에서 왕룡 왕국은 타격을 입었고, 지금도 대응에 빠듯할 터."

"그게… 어쨌단 말이지?"

"저는 그걸 막을 수 있습니다."

애초에 그 전쟁을 부추긴 것은 아리엘이니까.

왕룡 왕국을 공격하고 싶어서 좀이 쑤시던 나라를 선동하고 무기를 팔았다.

게다가 배후에 자기가 있으니까 좀 세게 나가보라고 계속 부추겼다.

아슬라 왕국은 부자라서 나도 곧잘 신세를 지긴 하지만, 그 돈은 결코 무진장하게 나오는 게 아니다.

때로는 더러운 일도 하는 것이다.

물론 이것은 아슬라 왕국이 왕룡 왕국에게 심술 정도로 하는 짓이고, 그만두라고 하면 그만둔다.

"그리고 전하. 전 국왕이 붕어하셨을 때 급히 거금이 필요해지셔서 미리스 교회에 빚을 지셨지요?"

"……."

"현재 그 빚은 갚았지만, 국내에 신전기사단의 주둔을 허락하였습니다. 그 신전기사단은 국내에서 좀 억지스러운 종교권유를 하고 있어서 문제를 일으키는 모양이더군요."

"그것도 막을 수 있다?"

"막을 수 있습니다."

빚이 남아 있으면 나도 뭐라 할 수 없지만, 없다면 이것도 미리스 신성국이 왕룡 왕국에 심술부리는 것에 불과하다.

무녀나 교황에게 말하면 곧바로 신전기사단은 본국으로 돌아갈 것이다.

교황에게 빚을 지게 되지만 문제없다.

이럴 때를 위한 연줄이다.

"또한 장래에 실론 왕국과의 사이에서 팩스 2세님이 문제시되었을 경우, 책임을 지고 제가 중재하지요."

그 경우에는 자노바도 데려간다. 자노바와 란돌프까지 셋이서.

팩스를 위령하는 싸움이 되는군.

"어떠십니까?"

일단 제안한 것은 세 가지. 눈엣가시를 살려두는 메리트로는 충분할 것이다.

"귀공의 이익은?"

"이름은 말하지 않겠지만, 올스테드 님의 간부 중 하나가 베네딕트 님과 팩스 2세에게 큰 관심을 보이고 있어서. 그와의 교섭소재로 써먹을 생각입니다. 우리 용신 진영은 올스테드 님 밑에서 일치단결하고 있습니다만, 교우를 다지는 것도 중요하니까요."

거짓말은 하지 않았다. 자노바를 위해 베네딕트와 팩스 2세를 돕고 싶다는 것을 의미심장하게 말했을 뿐이다.

"……."

하지만 왕자의 표정은 밝지 않았다.

무서운 얼굴로 나를 노려보았다. 뭔가 부족한 걸까.

"저는 좋은 생각이라고 봅니다."

그때 거들어준 인물은 샤가르였다.

"루데우스 님은 아슬라 왕국, 미리스 신성국, 쌍방에 대해 발언권을 가지고 있습니다. 신빙성은 있겠지요. 루데우스 님의 제안은 우리나라에서도 이미 대응책을 준비하고 있기에 큰 플러스는 되지 않겠지만…. 하지만 듣기로는 루데우스 님은 아리엘 왕과 미리스의 무녀의 약점을 쥐고 있다는 말도 있습니다. 인맥 있는 루데우스 님과 손을 잡아두는 것은 이득이 됩니다. 현재의 큰 마이너스를 보다 작은 마이너스로 만드는 형태, 고로 플러스가…."

"샤가르, 잠깐 조용히 해라."

왕자의 조용한 목소리에 샤가르는 황급히 입을 다물었다.

"득이 된다는 것은 알고 있다."

그럼 뭐가 불만일까.

"하지만 이 남자의 태도가 마음에 안 든다. 마치 손바닥 위에서 놀아나는 느낌이다."

아, 더 굽실거리는 게 좋았을까.

잘난 척하는 느낌이 좀 심했을까. 그런 쪽의 조정이 어렵네.

"마음에 안 드니까 받아들이지 않겠다는 말은 아니다. 베네딕트의 자식의 처우는 의회에서 결정해야 할 일이다. 그것을 갑작스럽게 나타난 자의 제안 하나로 결정해도 좋은 걸까?"

"전하, 그러니까 의회에서도 고육지책이라고 설명하지 않았습니까. 장래의 소란의 씨앗을 남길까, 지금 '사신'을 잃을까. 의회에서는 전자가 다수입니다만, 혹시 보다 좋은 선택지가 있다면 그걸 택하는 것에 아무런 문제도 없지 않습니까."

"그게 아니다, 그게 아니야. 다만 내가 걱정하는 것은 역사 있는 왕룡 왕국의 위신이 지켜지느냐다. 아바마마가 왕이 되신 순간, 우유부단한 정치를 한다고 타국에게 얕잡혀 보이게 되면, 백성들이 생각하게 되면, 앞으로 신하의 충성심에도 영향이 가겠지."

왕자는 아버지의… 나아가서 나라의 체면을 걱정하는 모양이다. 아직 젊은데도 대단하군.

하지만 이런 대화를 내 앞에서 하면 위신이고 뭐고 없는데.

반대로 샤가르는 내 편인 모양이군. 란돌프의 친구인 탓도 있을까. 내 쪽으로 치우친 의견을 말해 준다.

"으음…."

뭐, 여기 없는 이들과도 함께 느긋하게 결정해 주면 돼.

와병 중이라는 왕이나 재상도 포함해서 천천히 말이야.

진지하게 이야기하다 보면 안 좋은 이야기가 아니라는 걸 알 수 있겠지.

그러고서 거절한다고 해도 다음 수단을 준비했다. 이 나라의 중진의 개인정보는 모두 다 얻어두었다. 좋아하는 것, 싫어하는 것, 약점, 전부 써서 해자를 메우다보면 의견을 바꿔줄 수도 있겠지.

후일에 안 좋은 영향이 생길 것 같아서 되도록 하고 싶지 않지만.

"…그러니까 말하지 않았나?"

목소리가 들렸다.

그 자리에 있는 전원이 그 목소리가 들린 방향을 보았다.

옥좌의 대각선 뒤, 알현실 안쪽으로 이어지는 문에서 그 남자가 나타났다.

평범한 남자였다.

빛바랜 금발, 야윈 느낌의 40대.

분위기로는 아리엘의 오빠와 비슷한… 아니, 더 비슷한 사람을 나는 만난 적이 있다.

란돌프의 말에 따라서 샤가르를 만나러 갔을 때 만났던 인물.

이 나라의 문제점을 줄줄이 떠들어 준 인물….

비오 폼파도르.

하지만 대체 어떻게 된 일일까…. 오늘은 꽤나 멋진 옷을 입고 있었다. 특히나 머리 위에 있는 왕관은 어디서 갖고 온 걸까….

"적으로 돌리면 안 되는 남자라고."

"폐하…!"

왕룡 왕국 제33대 국왕 스텔비오 폰 킹드래곤.

이 나라의 왕이 그곳에 있었다.

"알겠나, 커크. 분쟁지대를 평정할 때까지는 아슬라 왕국과 대놓고 적대 관계가 되면 안 돼. 루데우스 님이 아리엘 왕과 두터운 사이라는 건 이미 공공연한 사실. 여기서 루데우스 님의 제안을 받아들이고 용신 올스테드와 협력관계를 맺으면, 아슬라 왕국도 지금처럼 나서기 어려워진다. 무엇보다 우리나라의 미래를 위한 일이다."

비오… 아니, 스텔비오는 그렇게 말하면서 옥좌로 걸어가서 왕자와 자리를 교대했다.

그렇게 단언하는 그에게서는 능력 있는 남자의 오라가 떠도는 게 아니다.

오히려 대단치 않은 남자의 오라가 떠돌았다.

"자, 루데우스 님."

"예."

"귀공의 제안을 받아들이도록 하겠소."

왕은 선선히 그렇게 말했다.

분명 이미 답이 나왔던 거겠지.

내게 자신의 나라에 대해 이것저것 떠들던 그 순간부터.

어쩌면 내가 온다는 이야기를 듣고 신분을 숨기고 접근하려고 생각한 때부터.

다만 납득하지 않은 자도 있을 뿐이다.

그걸 납득시키기 위해 이런 자리를 준비해준 걸지도 모른다.

"고맙습니다."

나는 예법에 따라 고개를 숙였다.

하지만 곧바로 왕의 목소리가 들렸다.

"됐으니, 고개를 드시오."

시키는 대로 고개를 들자, 왕은 쓴웃음을 짓고 있었다.

위엄이고 뭐고 없는, 지친 남자의 쓴웃음이었다.

"지금의 왕룡 왕국은 이 정도지. 우유부단하고 위엄 없는 왕 때문에 혼란스러운 상황이 계속되고 있소. 80년 뒤를 내다보고 준비하는 귀공에게는 미안하지만, 그리 큰 협력은 할 수 없을지 모르겠군."

"…아뇨. 다만 한 가지 여쭈어도 되겠습니까?"

"뭐지?"

"왜 그런 짓을?"

그렇게 묻자 왕은 또 쓴웃음을 지었다.

"그저 귀공에 대해 알고 싶었을 뿐이라오."

"저를, 말입니까…."

"지금처럼 위아래로 서 있는 게 아니라 좌우에 나란히 앉았을 때, 무슨 이야기를 하고 무엇을 하는가, 신뢰할 만한 인물인가를…. 나로서는 그 정도밖에 할 수 없군."

아하, 이건가. 이게 이 왕의 본성인가.

그렇게 깨닫는 순간 올스테드의 정보가 떠올랐다.

왕룡왕 스텔비오의 재위기간은 짧다.

앞으로 10년도 못 되어서 큰 병에 걸려 왕자에게 왕위를 양도한다.

커크랜드가 왕이 된 뒤의 왕룡 왕국은 엄청난 약진을 보인다. 그때부터가 진짜 왕룡 왕국의 시작… 스텔비오는 징검돌 같은 인물이다.

그러니까 나도 이 인물에 대해서는 별로 기억하지 못했다.

하지만 어째서일까. 지금 나는 중요인물인 샤가르나 커크랜드보다도 이 왕이 마음에 걸렸다.

어제 만났을 때 자국의 요리나 명소, 특산품을 말하던 그의 얼굴이 머릿속에 스쳤다.

정말로 기쁜 듯이, 정말로 자랑스러운 듯이 말하던 그의 얼굴.

"나는 그런 걸 좋아합니다."

분명 그는 왕 같은 게 되고 싶지 않았겠지.

자신에게 그 적성이 있다고는 요만큼도 생각하지 않았겠지.

그리고 실제로 적성도 재능도 없겠지.

하지만 그는 이 갑옷으로 둘러싸인 옥좌에 앉아서, 왕으로서의 역할을 다해야만 하게 되었다.

하지만 결코 썩어버리는 일 없이, 주위의 도움을 받으면서 할 수 있는 일을 하고, 왕으로서 최선을 다해 살았겠지. 아니, 그렇게 살겠지.

하다못해 왕답게 연기하면서.

좋아하는 이 나라를 위해서.

"하하하, 무례한 자로군. 루데우스 그레이랫."

"이거, 실례를."

분명 그는 역사에 아무것도 남지 않는 인간이다.

친하게 지내더라도 큰 이득으로 이어지지 않겠지.

"무례한 자에게는 노파심으로 좋은 사실을 알려 주지. 팍스 2세에게 큰 관심을 가진 자노바 전 왕자에게도 전해두도록 하시오."

"무엇을?"

"각국의 왕의 얼굴 정도는 기억해두는 편이 좋지. 평범한 얼굴이더라도."

"아하하…. 이거 고개가 숙여집니다."

하지만 살아 있는 동안은 친하게 지내고 싶다.

왕의 말에 쓴웃음을 지으면서 순수하게 그렇게 생각했다.

그렇게 해서 작은 팩스의 목숨을 구할 수 있었다.

베네딕트는 어디까지나 왕족이니까, 작은 팩스와 베네딕트의 신병은 왕룡 왕국이 책임을 지고 보호하는 형태가 되었다.

일단 베네딕트도 공포에서 해방되어 란돌프도 만족.

왕룡 왕국도 눈앞의 위협이 사라지고 란돌프도 잃지 않아서 만만세란 느낌이겠지.

더불어서 나도 당초 목적인 '기스의 지명수배'를 얻어낼 수 있어서 안심.

용병단 설립은 일단 다음 기회로 미루겠지만, 저 왕이 있는 동안에 이야기를 꺼내면 아마도 괜찮겠지.

왕룡 왕국과는 앞으로도 친하게 지낼 수 있을 것 같다. 이게 내 쪽에서 일으킨 일이 아니라면 최고였겠지만… 그런 식으로 말하자면 끝이 없다.

아리엘과 교황에게는 빚이 생겼지만, 언젠가 갚자.

작은 팩스 때문에 몇 년 뒤에 또 무슨 일이 있을지도 모르지만, 그때는 또 자노바와 함께 그 일을 다시 처리하자.

"으음, 고맙습니다. 이대로 가다간 주인을 모시고 왕룡 왕국을 멸해야만 하는 판이었으니까."

헤어질 때 란돌프는 꺽꺽 웃으면서 그렇게 말하였다.

실제로 이 남자에게 그런 힘은 없다. 올스테드에게 들었다. 하지만 각오는 있었겠지.

란돌프와 싸워서 병사들을 잃을 것인가, 장래적으로 실론 왕국과의 사이에 문제를 일으킬까.

왜 실론의 상층부는 전자를 택했을까, 바보 아닌가…라고 내가 생각하는 건 란돌프가 얼마나 강한지 직접 맛보았기 때문이겠지.

"하지만 국왕 폐하께서 인정하셨다면 내가 도울 일도 없어졌군요. 왕룡 왕국 안의 든든한 아군으로 있고 싶었는데…. 이건 좋지 않지요. 은혜를 갚으려면 어떻게 해야 하나…."

"일단의 위협도 없어졌으니, 싸움의 자리에 와 주면 기쁘겠는데요."

"노리는 자가 없다고 해도 생명의 위협이 없다고 할 수는 없겠지요?"

"한 방 먹여놓고 그런 말도 아니겠지요."

아마도 내가 왕룡 왕국에 왔다고 스텔비오에게 전한 것은 란돌프겠지. 왕룡 왕국의 문제에 대해 넌지시 말하면 아무래도 좋은 방향으로 흘러갈 거라고 진언한 것도 란돌프일지 모른다.

아니, 그건 아무래도 좀 지나친 생각일까?

하지만 의심하게 된단 말이지…. 다름 아닌 사신 란돌프니까.

"무슨 이야기일까요. 폐하가 어떻게 움직이실지는 나로서는 예상도 할 수 없어서."

란돌프는 그렇게 말하지만, 얼굴은 '내가 꾸몄습니다'라는 느낌이다.

아무튼 베네딕트의 곁을 떠날 생각은 없는 모양이다.

기스와의 싸움에서 전력은 되지 않겠지만… 뭐, 그건 그거대로 좋다.

"란돌프 님은 베네딕트 님과 왕자님 곁에 있어 주시면 됩니다."

그때 자노바가 끼어들었다.

그는 이번 교섭이 어그러졌을 때를 대비하여 란돌프와 함께 있었다.

정말로 일이 위험해져서, 곧바로 작은 팩스를 죽여라! 라는 일이 일어나면 즉각 움직일 수 있도록.

물론 그렇게 되지 않도록 움직였고, 실제로 그렇게 되지는 않았지만 보험으로 말이야.

"예. 그러도록 하겠습니다."

란돌프는 히죽 웃었다. 계획대로 되었다는 얼굴이다.

"하지만 형태만이라고 해도 사례는 해야만 하겠지요. 이대로는 은혜도 모르는 남자라고 후세에까지 전해질 테니까."

아니, 그렇게 전해질 일은 없을 거라 생각해.

더 사기꾼 같은 느낌으로 전해질 거야. 무슨 짓을 하든지.

"그런데 루데우스 님은 마계대제 키시리카 키시리스를 아시는지?"

"예. 두 번 정도 만난 적이 있습니다."

"혹시 사람을 찾는 거라면 먼저 그녀를 찾는 것을 추천하겠습니다."

그래. 키시리카가 있었지.

록시는 그녀의 능력을 써서 제니스를 찾았다고 했다. 천리안과 비슷한 마안을 가졌다. 분명히 그녀에게 부탁하면 기스의 위치도 단방에…까지는 아니겠지만, 꽤나 좁힐 수 있겠다.

왜 그 생각을 못 했을까.

아니, 녀석이 믿음직한 존재라는 느낌이 좀처럼 안 들어서.

"대가를 요구할지도 모릅니다만, 이 반지를 보여주며 '란돌프의 부탁'이라고 하면 웬만한 요구를 들어줄 겁니다."

"오오…."

키시리카에게 밥을 사 주지 않아도 되나.

"알겠습니다. 그럼 받겠습니다."

나는 란돌프에게서 하얀 반지 하나를 받았다.

아마도 무슨 뼈로 만든 으스스한 아이템. 저주가 걸려 있을 듯한데 장비해 볼까.

란돌프가 준비해 준 소개장도 그리 도움이 되지 않았고, 이 반지에 어떤 효력이 있는지는 모른다.

그렇긴 해도 란돌프는 이래 보여도 의리가 굳은 남자인 모양이고, 일단 이걸로 만족하도록 할까.

"어찌 되었든 팩스를 구해서 다행입니다. 이것으로 베네딕트 님도 안심하고 육아에 전념하실 수 있겠지요."

자노바가 스윽 베네딕트에게 고개를 가져갔다.

정확하게는 작은 팩스에게.

"……."

베네딕트가 또 겁을 먹고…라고 생각했는데, 그녀는 입가를 꾹 다물면서도 자노바를 바라보았다.

"고."

새어 나오는 작은 목소리.

"고맙습니다. 그대들의, 조력에, 감사, 하고 있습니다."

주저주저하는, 익숙하지 않은 말. 하지만 그건 분명 진심에서 나온 말이었다.

"음."

자노바가 미소 지었다.

"오오, 그렇지. 잊을 뻔했습니다."

그때 자노바는 문득 떠오른 것처럼 손뼉을 쳤다.

"줄리."

뒤에서 대기하던 줄리를 불렀다.

그녀는 고개를 끄덕이더니, 지고 있던 짐을 내리고 안에서 상자 하나를 꺼냈다.

하얗게 칠하고 장식한 상자… 아, 어디서 본 적이 있는 것 같은데…. 그래, 실론 왕국의 왕성과 분위기가 비슷하다.

줄리가 상자를 열자, 안은 레이스가 쳐진 침대처럼 장식되어 있었다.

그 침대에 누워 있는 것은 인형이었다.

"아."

"이날을 위해 만들게 했습니다. 받아주십시오."

베네딕트가 천천히 손을 뻗었다.

상자 안에 누워 있던 인형을 꺼내어 뚫어지게 바라보았다.

금발에, 덩치가 작고 땅딸막한, 하지만 '그'라고 한눈에 알아볼 수 있는 인형.

팩스의 인형이었다.

"재위기간도 짧아서 초상화도 그려지지 않았을 테니까, 제 기억을 토대로 만들게 했습니다. 실제로 작업을 한 것은 이쪽의 줄리입니다만."

"아, 아아…."

베네딕트의 눈에서 주르륵 눈물이 흘러내렸다.

인형을 보고 몸을 떨면서 오열하고… 하지만 그녀는 곧 콧물을 훌쩍이면서 자노바 쪽을 보았다.

"소중히, 할게."

아들과 팩스 인형. 양쪽을 안고 베네딕트는 그렇게 말했다.

"예, 그래 주십시오. 그러나 형태 있는 것은 깨지는 법입니다. 망가지면 제게 알려 주십시오. 금방 고치러 달려오겠습니다."

"고마, 워."

베네딕트는 고개를 끄덕였다.

이런. 나도 울 것 같다. 자노바, 좋은 일을 했잖아.

"그럼 자노바. 슬슬 나는 갈게."

"알겠습니다, 스승님. 뒷일은 제게 맡겨 주십시오."

아이샤, 자노바, 줄리는 이번 일에서 아슬라와 미리스의 조정역으로 잠시 동안 남아 있게 되었다.

"그래, 맡길게."

나는 물론, 자노바도 할 일이 많다.

자노바 상점은 궤도에 올랐다고 해도 아직 발전시켜야 한다.

마도갑옷의 개발도 해야만 한다.

이번에는 활약할 자리가 없었지만 믿음직한 남자고, 앞으로도 의지하자.

"그럼 나는 이만."

"예, 루데우스 님. 건투를 빌겠습니다."

"란돌프 씨도 건강히."

이렇게 나는 왕룡 왕국을 뒤로 했다.

다음 목적지는 마대륙이다.

물론 키시리카를 찾으러 가는 게 아니다. 어느 곳에 있을지 모르는 존재를 찾으러 방방곡곡 돌아다닐 여유는 없다. 물론 안 찾는 건 아니지만, 그건 일단 부차적인 일.

다음에는 다른 인물에게 말을 걸러 간다.

불사마왕 아토페라토페에게.

막간 청과 적

그날 록시는 자택에 머물며 학교에서 쓸 시험문제를 만들고 있었다.

본래 휴일이지만, 록시는 학생들의 이해도에 따라 교육을 조정하기 때문에, 이렇게 휴일에도 문제를 만들 때가 있었다.

"응?"

그런 록시는 문득 타는 냄새를 맡았다.

고개를 들어보니, 어째서인지 방에 하얀 연기가 감도는 것이 느껴졌다.

"……!"

록시는 벌떡 일어나서 문을 열었다.

그러자 복도는 록시의 방보다 더욱 연기가 많았다.

록시는 로프 자락으로 입가를 누르고 복도를 향해 달렸다.

'화재?!'

다행스럽게도 오늘은 집에 아무도 없다.

실피는 아이들을 데리고 산책을 나갔다. 아이들과의 산책은 어머니의 일이지만, 오늘은 리랴와 제니스도 함께 나갔다. 오후까지는 돌아오지 않겠지.

평소라면 아이샤가 있지만, 오늘은 루데우스와 함께 왕룡 왕국에 갔다.

고로 누굴 피난시킬 필요는 없다.

하지만 여기는 집이고, 록시는 주인이 없는 동안 집을 맡은 몸이다. 모두가 돌아왔을 때에 집이 없으면, 그게 아니더라도 반쯤 타 버렸으면 볼 낯이 없다.

록시는 진화를 위해 연기의 발생원을 찾았다.

계단을 내려가서, 활짝 열린 문들의 안을 살폈다. 오른쪽의 거실, 왼쪽의 방.

곳곳에 설치된 난로에는 불이 없었다. 이 근처에서 난 불이 아닌 모양이다.

그래서 록시는 복도를 지나 부엌으로 향했다.

불은 거기서 난 것이었다.

아니, 정확하게 말하자면 불은 아니었다.

여기서 볼일 없는 사람이 화덕 앞에 버티고 서 있었다.

빨간 색의 장발을 머리 뒤로 묶고, 몸매가 드러나는 검은색 옷을 입은, 키가 큰 여성.

에리스였다. 물론 에리스가 집에 있는 것은 드문 일이 아니다. 부엌에 있는 일이 드문 것이다. 에리스는 기본적으로 부엌에 들어오지 않는다. 부엌에 있는 누군가에게 일이 있을 때라면 몰라도, 자기 영역이 아니라고 말하듯이 들어오지 않는다.

하지만 오늘은 어쩐 일로 부엌에 에리스가 있었다.

평소처럼 팔짱을 끼고, 무럭무럭 연기를 내는 뭔가를 노려보고 있었다.

그 뭔가는 이미 시커멓게 타서 판별할 수 없지만… 20센티미터 정도 크기라는 건 대충 알았다.

'쥐라도 있었을까요.'

이 그레이랫 저택에서 쥐는 금기다. 보이는 대로 바로 죽이고, 장갑과 마스크를 끼고 소각 처분하여 시외에 재를 버리는 것이 이 집의 규칙이다.

참고로 이건 루데우스의 방침이다. 미래의 자신이 가져왔다는 일기에 적힌 쥐 이야기가 원인이겠지.

특히나 록시는 쥐를 조심하라는 엄명을 받았다.

땅에 떨어진 것을 주워 먹는 애도 아니라고 생각했지만, 일이 일인 만큼 록시도 조심하고 있었다. 특히나 임신 중에는.

목을 넘어가면 뜨거움을 잊는다고, 최근에는 마음이 조금 풀어졌지만.

하지만 아무리 에리스라도 집의 부엌에서 쥐를 태우지는 않겠지.

아마도.

"…아."

에리스는 록시의 모습을 보더니 움찔 몸을 떨었다.

마치 무슨 잘못을 목격당한 것처럼.

"…뭐라도 먹었나요?"

"아, 아냐."

에리스가 그렇게 말한 직후, 그녀의 배에서 꾸르륵 소리가 났다.

그래서 록시는 깨달았다.

오늘은 집에 아무도 없다. 그건 즉, 점심을 해 줄 사람이 아무도 없다는 소리다.

그렇기는 해도 에리스는 오후까지 마법대학에 가서 학생들에게 검술을 가르칠 예정이었다. 이런 날에 그녀는 학생식당에서 점심을 먹는 것이 일상이다. 휴일이라도 마법대학의 식당은 열려 있다.

"학생식당에는 안 갔습니까?"

"요리사가 쓰러졌다면서 닫혀 있었어."

"그렇군요."

참고로 록시는 일이 끝나면 학생식당에 갈 예정이었기 때문에 일정이 어긋나게 되었다.

어떻게 할까. 그렇게 생각한 록시는 일단 무럭무럭 연기를 내는 뭔가를 가리켰다.

"그건?"

"고기야."

"너무 구운 거 아닌가요?"

"…오랜만이니까."

실패한 모양이다.

그렇게 판단한 록시는 즉시 물 마술을 써서 화덕의 불을 껐다.

"아."

에리스는 작게 항의하였지만, 연기 안에서 나온 숯을 보고 군소리 없이 입을 다물었다.

록시는 그대로 뒷문을 열고 바람 마술을 써서 환기를 시작했다.

"이건 못 먹습니다."

"그래."

에리스는 그렇게 말하면서 노려보듯이 록시를 보았다.

화나게 했다. 그렇게 생각했다.

하지만 록시는 화내지 않았다. 이유가 확실하다면 딱히 화낼 필요도 없다. 화재가 난 것도 아니니까.

"괜찮으면 제가 뭐라도 만들까요?"

"할 수 있어?"

"음. 이래 보여도 모험가였지요. 간단한 요리 정도는 할 수 있어요."

"그래…. 그럼 부탁할게."

록시가 작은 가슴을 펴자, 에리스는 그렇게 말하며 한 발 물러났다.

"그렇기는 해도 정말로 간단한 것이지만요."

부엌은 실피, 리랴, 아이샤의 성역이다.

그 이외의 세 명이 쓰면 안 되는 것은 아니지만, 너무 어지럽히면 아무래도 좋아하지 않는다. 예를 들어서 저녁용으로 준비한 식재료에 손을 대는 것은 NG다.

그럼 모든 재료가 다 쓰면 안 되는 것이냐 하면 그것도 아니다.

보존식인 말린 고기나 생선, 야채 등은 배가 고플 때에 먹어도 된다고 되어 있다.

록시는 그것들을 써서 수프를 만들기로 했다.

물 마술로 냄비에 물을 받고, 화덕에 불을 올리고 식재료를 잘라서 냄비에 넣었다.

요리라고 할 정도도 아니지만, 록시는 예전에 모험가였다. 먹을 수만 있다면 마물의 날고기라도 문제는 없다.

또한 록시는 아침에 구운 것인 듯한 빵을 발견했다.

그레이랫 가문은 가장인 루데우스 외에는 기본적으로 빵을 즐긴다.

"……."

에리스는 부엌 구석에 서서 그런 록시의 모습을 가만히 지켜보았다.

"록시는 이런 걸 못 할 줄 알았어."

"어째서인지 다들 그렇게 생각하더군요. 실로 뜻밖입니다. …에리스도 못 하잖나요?"

그렇게 말하자 에리스는 울컥하는 얼굴을 했다.

"불을 피워서 고기를 굽는 정도는 해…. 실패했지만."

"그렇군요. 하지만 보통은 그렇지요."

모험가들은 에리스와 별 차이가 없다.

하지만 보통 파티에 한 명 정도는 말린 고기를 굽거나 수프를 만들 줄 아는 녀석이 있다.

록시는 원래 그런 쪽이 특기가 아니었지만, 혼자서 여행하는 일도 많았기에 자연스럽게 익혔다.

"예전에 배우려고 했어."

"헤에, 누구한테요?"

"…기스."

"아하, 좋은 상대네요. 기스는 어지간한 요리사보다도 잘하고요."

록시는 일부러 화제를 피하지 않았다.

기스는 적이 되었지만, 지금 이 화제와는 관계없다.

"그래서 배웠나요?"

"안 가르쳐 주더라고."

"어째서?"

록시가 그렇게 되묻자, 에리스는 얼굴을 살짝 붉히며 고개를 돌렸다.

"…여자한테 요리를 가르치는 게 안 된다나 봐."

"아하, '징크스'로군요."

"그래, '징크스'야."

록시와 에리스는 서로의 얼굴을 보며 가만히 웃었다.

★　★　★

록시가 끓인 수프는 맛있지도 않고, 그렇다고 딱히 맛없지도 않은, 미묘한 맛이었다. 구체적으로 말하자면, 소금간이 대충이라서 꽤나 짰다. 더 말하자면 너무 많이 만들었다. 대충 5인분은 되었다.

"더 줘!"

하지만 에리스는 맛있게 먹었다. 세 그릇이나 더 먹었다.

오히려 평소보다 맛있게 먹는 눈치였지만, 록시가 보자면 일부러 그러는 건가 싶기까지 했다. 맛있지는 않지만, 남기면 미안한 마음에 일부러 더 먹는 게 아닐까 하고.

물론 에리스에게 그렇게 대단한 커뮤니케이션 능력이 있는 것은 아니다. 그저 운동 직후라서 배가 고팠고, 땀을 흘렸으니까 몸이 염분을 필요로 했을 뿐이다.

'생각해 보면 에리스와는 이렇게 단둘이서 이야기한 적이 거의 없었지요.'

에리스가 그레이랫 가문에 온 지 이미 몇 년 지났다.

왠지 모르게 서로의 특기 분야에 의지하긴 하지만, 두 사람도 말재간이 좋은 편이 아니기 때문에 별로 친밀해진 느낌이 없었다.

"저기, 록시."

록시가 그런 생각을 하고 있는데, 에리스가 말을 걸었다.

"더 줄까요?"

"아니. 그게 아니라 부탁이 있는데."

"흐음."

부탁. 드문 일은 아니다.

에리스는 남에게 부탁하는 것을 꺼리지 않는다. 자기가 어려워하는 일은 사양 없이 남에게 맡기는 타입이다.

"제가 할 수 있는 일이라면."

"마신어를 가르쳐 줘."

"…에리스는 이미 마신어를 습득했다고 들었습니다만."

"오랫동안 말한 적이 없어서 제대로 할 수 있나 불안해."

"그렇군요."

루데우스는 지금 왕룡 왕국에 갔지만, 다음에는 마대륙으로 갈 예정이라고 들었다. 마왕 아토페라토페에게 말이다.

그때 록시와 에리스도 동행한다.

에리스가 말하는 상황은 거의 없겠지만, 대화를 따라갈 수 없는 것은 불안하겠지. 대화를 할 수 없으면 단독행동도 하기 어렵다.

[맛은 어땠나요?]

록시가 갑자기 마신어로 그렇게 물었다.

에리스는 순간 놀란 얼굴을 했지만, 곧 진지한 얼굴로 돌아와서 록시를 보았다.

[맛있었습니다.]

[제게는 조금 짧습니다.]

[무슨 소리야?]

에리스가 그렇게 말하더니 후훗 하고 웃었다.

"잘하지 않나요."

"그래. 생각 이상으로 알아들을 수 있네."

"계속할까요?"

"부탁해."

그 뒤로 록시는 에리스와 마신어로 잡담을 나누었다.

아이들 이야기나 학교 이야기. 평소에는 별로 이야기하지 않았던 것도 마신어라면 할 수 있었다.

그런 시간을 거치면서 록시는 왠지 에리스와 조금 가까워진 느낌을 받았다.

제6화 잠입, 네크로스 요새

마대륙 가스로 지방.

그곳은 마대륙에서 가장 가혹한 지방 중 하나다.

마대륙에 사는 마물은 다른 대륙과 비교해서 상당히 강하고 숫자가 많다.

하지만 그래도 분포란 것이 존재한다.

비에고야 지방에는 애시드울프나 팩스코요테가 많은 모양이고, 이 지방에도 일정한 마물이 많이 산다.

석화 브레스를 뿜는 바실리스크.

하늘을 자유롭게 날아다니고 강인한 턱과 독발톱을 가진 블랙드레이크.

점액으로 연못을 만들고, 물을 마시러 온 자를 덮치는 거대한 레이크워터버그.

높은 민첩성과 마술에 대한 내성을 갖는 딱딱한 비늘로 뒤덮인 흰 이빨 이무기….

그 외에도 독가스의 발생지대나 깊은 협곡도 있다.

어느 마물이고 전부 흉악하고 난폭하며, 위험지대투성이다.

고로 가스로 지방은 마대륙 중에서도 특히나 마경으로 꼽히는 지방이다.

도시나 마을의 숫자도 극단적으로 적고, 튼튼한 요새처럼 꾸며놓았으며, 모험가도 웬만해선 오지 않는다.

하지만 어떤 자들은 최종적으로 여기를 목표로 한다고 말한다.

왜냐면 여기에는 과거의 '오대마왕'인 불사의 네크로스라크로스가 세운, 마대륙 최대의 요새가 있기 때문이다.

그곳을 지배하는 자는 마왕 아토페라토페.

가스로 지방의 '불사마왕'.

400년 전의 전쟁에서 라플라스 측에 붙어 맹위를 떨치고 몇 번이나 갑룡왕 페르기우스 등과 맞부딪친 강자.

무술가들 사이에서는 그녀에 대한 전승이 떠돈다.

[힘을 원하는 자여, 여행을 하라.

힘을 원하는 자여, 마대륙으로 가라.

마대륙을 답파하라. 네크로스 요새에 도달하라.

네크로스 요새로 진격하라. 불사마왕 아토페라토페를 알현하라.

그 마왕에게 힘을 보이고, 또 다른 힘을 갈망하라.

그러면 힘을 얻으리라. 압도적인 힘을 얻으리라.]

그래, 그자들은 무사수행자. 그들은 힘을 찾아 전승을 믿고 이 땅을 향해 여행을 한다.

그리고 거기 도착한 자는 아무도 돌아오지 않는다. 과연 전승은 사실일까, 아니면 단순한 헛소문일까…. 진실은 아무도 모른다.

뭐, 나는 알지만.

절반은 여행 도중에 죽고, 나머지 절반은 그대로 아토페 친위대에 흡수되는 것이다.

가끔씩 돌아오는 자도 있지만… 한둘 정도가 진실을 말해 봤자 소문이 사라질 리도 없다.

이 소문은 분명 아토페의 측근 무어 정도가 흘린 거겠지.

참 못된 덫이다. 무술가의 순수한 마음을 이용하는 악마의 덫이라고 할 수 있다.

자, 그런 그녀에게 가는 멤버는 나를 포함하여 세 명.

나와 에리스와 록시다.

참고로 공물로 술도 가져왔다.

올스테드의 정보에 따르면 아토페는 술을 좋아한다는 모양
이니까.

뭐, 그래도 아마 싸움은 일어나겠지.

네크로스 요새는 전이마법진의 유적에서 세 시간 정도 거리
에 있었다.

그리 멀지 않은 거리였지만, 전이마법진이 있는 유적은 산
속이고, 게다가 블랙드레이크의 둥지가 되어 있었다.

공격해 오는 검은 비룡을 찢어버리고, 또 찢어버리고.

쓰러뜨린 비룡은 구워먹고, 발견한 알은 프라이해서 배를 채
우며 답파.

다소 높은 위치에 있는 장소에서 공격해 오는 수많은 마물
을 때로는 피하고, 때로는 쫓아버리면서 산을 내려와 꼬박 하
루 걸렸을까.

이 정도로 마을이나 도시에 가까운 위치에 있는 전이마법진
은 처음이다….

아니, 이만큼 마력이 진한 장소에 있는 도시가 처음이다.

"뭐, 여유였네."

한편 에리스는 공격해 오는 마물을 기쁘게 베어넘겼다.

평소의 훈련의 성과인 모양이다. 뭐, 평소부터 휘두르기 훈련을 게을리 하지 않는 것치고 싸울 기회는 적었겠고….

내가 안 보는 곳에서 도시 주변의 마물을 사냥하는 모양이지만.

"역시나 힘든 장소였네요…. 혼자 왔다고 생각하니 소름이 끼칩니다."

반대로 록시는 지친 기색이었다.

그녀는 최대한 마물에게 들키지 않는 루트를 고른다고 노력하였다.

그녀 덕분에 선물로 들고 온 술을 지켰다고 해도 과언이 아니겠지.

"록시도 아직 멀었네! 풀어진 거 아냐?"

"부정할 수 없네요. 모험가였을 시절에는 더 움직일 수 있었지만, 최근에는 책상 앞에서만 일해서."

"그래선 학생들에게 얕보일걸."

"그럼 다음에 연습 좀 같이 해 주세요."

"좋아!"

에리스와 록시의 대화를 들으면서 나는 아래쪽에 펼쳐진 요새를 내려다보았다.

일단 전체적인 색깔은 검정이다. 키시리카 성과 같은 재질로 만들어졌겠지.

그리 큰 것은 아니고, 두꺼운 성벽으로 지키는 성과 시내라는 느낌이라서 이 세계에서는 드물지 않은 모습이다.

요새라는 말에 어울리는 것은 그 구조다.

성벽을 이용하여 다섯 구역으로 나누고, 각각이 계단 형태로 연결되어 있다.

아래쪽 세 군데는 단순한 시내다. 위에서 두 번째에는 생활감 없는 건물이나 넓은 운동장 같은 것이 보였다. 아마도 군사 시설일 것이다.

가장 높은 위치에는 성처럼 시꺼먼 건물이 떡하니 서 있었다. 저게 천수각이겠지.

우리는 그런 요새의 뒤쪽에서 다가가는 형태가 된다.

이쪽에서 보면 무방비한 느낌이군.

배후는 산이 지켜주고 있으니까 당연하겠지만.

"아, 사람이 있네요."

그렇게 생각하며 다가가자, 성벽 위에 사람이 서 있는 게 보였다.

검은색 갑옷을 입은 인간 다섯 명 정도.

그들은 우리를 보고 뭐라고 웅성대는 모양이었다.

"이쪽에서 들어가는 건 예의에 어긋나는 일일까요."

"아니, 그런 예의는 없습니다. 산쪽에서 오는 여행자가 적을 뿐이겠지요."

록시가 딱 잘라 대답하는 사이에, 에리스가 성큼성큼 앞으로 나섰다.

위에서 화살이라도 쏘면 어쩌려는 걸까. 그렇게 생각했지만 성벽 위의 녀석들은 딱히 움직이는 기색이 없었다.

이윽고 성벽 바로 아래까지 도달했다.

저것이 뒷문인지, 커다란 문이 있는 것도 확인하였다.

검은 성벽에 검은색 문이라서 멀리서는 알 수 없었지만, 가까이 가서 보면 일목요연했다.

[영웅이여! 네크로스 요새에 잘 왔다!]

마신어다.

오랜만이군…. 옛날에 탔던 자전거는 나이를 먹고도 탈 수 있는 것처럼, 한 번 배운 언어도 그리 쉽게 잊지 않는 모양이다.

근데 영웅이란 소리는 뭐지?

[마의 산을 넘어오다니, 그 마음가짐은 실로 좋다!]

[네가 원하는 것은 용사의 명예인가? 아니면 마왕의 힘인가?!]

[어느 쪽이든 상관없다!]

[여기를 지나고 싶으면!]

[우리 아토페 친위대를 쓰러뜨려라!]

요약하자면 여기는 지나갈 수 없다는 소리인가 보다.

그도 그렇지. 모르는 사람을 뒷문으로 들여보내는 나라 따윈 어디에도 없다.

[알겠습니다. 정문으로 가겠습니다.]

로마에 가면 로마법 어쩌구 하는 말도 있지.

여기서는 얌전히 정문으로 가자. 나는 부탁을 하러 온 입장이니까.

[…….]

[…….]

검은 갑옷들은 왠지 곤혹스러운 눈치였다. 어째야 할지 몰라서 옆의 녀석과 의논하고 있다.

아토페에 대해서는 들었지만, 성문에서의 문답에 대해서는 들은 바 없다.

뭐 이상한 소리라도 했나…?

[아, 일단 무어 씨에게 루데우스 그레이랫이 아토페 님에게 공물을 바치러 왔다고 전해주시면 감사하겠습니다.]

수상한 자가 아니라고 미리 전해두는 편이 좋을지 모르겠다.

그렇게 생각하면서 발길을 돌리려던 때,

[잠깐! 너는 아토페 님의 손님인가?!]

그런 말이 들렸다.

[예. 이전에 잠깐 신세를 진 적이 있어서! 인사를 드리러!]

[…알았다, 잠깐 기다려라!]

오오, 열어 주려는 모양이다.

정문까지 돌아가는 것도 귀찮으니까, 들여보내 준다면 고맙지.

"정문으로 들어가고 싶었어."

에리스는 투덜거렸지만, 나는 뒷문이 좋아.

친위대 사천왕을 순서대로 쓰러뜨리는 이야기 같은 건 사양이야.

★　★　★

네크로스 요새의 알현실.

거기에는 천장이 없었다. 야외다. 악마 같은 조각이 새겨진 커다란 기둥 사이에 있는 기나긴 계단.

계단을 올라간 곳에 커다란 공간이 있었다.

그곳은 보라색 불이 켜진 촛대로 둘러싸였고, 또 촛대 앞에는 검은 갑옷을 입은 병사가 한 명씩 직립부동으로 서 있었다.

탁 트인 공간이라서 벽도 난간도 없었다. 가장자리로 가면 네크로스 요새의 저자거리를 내려다볼 수 있겠지.

그 안쪽에 흉흉한 장식을 한 옥좌가 있었다.

아니, 여기는 알현실이 아니로군.

아마 그거다. 유사시에 거대한 마법진을 그려서 태고의 대악마 같은 것을 불러내는 장소다.

그리고 그걸 저지하는 용사 일행이 마왕과 싸우는 것이다.

여기는 그런 장소다.

알현실이 아니다.

결전장이다.

"영웅이여, 용케 여기까지 왔구나!"

그리고 옥좌에 앉은 인물은 한 여성이다.

주위와 마찬가지로 검은색 갑옷을 입은 여성. 키는 에리스와 비슷한 정도.

그녀는 몹시 기쁜 얼굴로 일어서서 망토를 펼쳤다.

산 너머로 지는 저녁 햇살이 진한 그림자를 만들었다.

모습만 보면 실로 장엄하고 환상적이었다. 모습만 보면 말이지.

"내가 불사마왕 아토페라토페 라이백이다!"

뒷문으로 들어가서 무어를 만나고 이 결전장으로 안내받기까지 약 두 시간 걸렸을까.

그 짧은 시간 동안 일부러 준비해 준 것일까.

아니면 이 환상적인 풍경을 알기에 해 질 때까지 기다린 걸까.

어느 쪽인지는 모르지만, 별 다섯 개를 주도록 하지.

"용케 인간의 몸으로 여기까지 왔군!"

"수많은 난관을 뛰어넘은 용기 있는 자여! 묻노라!"

"그 몸이 바라는 것은 용사로서의 명예인가? 영웅의 호칭인가! 아니면… 마왕의 힘인가?"

불쾌한 질문이군. 여기서 용사나 영웅이라고 대답했다간 신나게 두들겨 맞고 부하가 되거나, 마왕의 힘이라고 대답하면 신나게 두들겨 맞지 않고 부하가 된다.

'예'라고 대답할 수밖에 없는 궁극의 양자택일이다.

"흐흥…."

아, 왠지 에리스가 히죽대고 있다. 그래, 너는 이런 거 좋아하지.

"아토페 님… 속닥속닥….'"

그때 옆에 있던 검은 갑옷을 입은 무어가 아토페에게 뭐라고 속삭였다.

수순에 대한 이야기일까. 내가 사죄하러 왔다는 이야기는 해두었을 텐데 영웅 운운하는 말이 나오는 걸 보면 뭔가 착각하고 있을 가능성이 크다.

"시끄러! 이쪽에서는 눈부셔서 잘 안 보인다고!"

아토페 펀치!

무어 군 날아갔다.

"얼굴을 보여라!"

아토페는 무어를 때린 주먹을 그대로 쳐들고 이쪽으로 성큼성큼 걸어왔다.

그리고 바로 내 눈앞까지 왔다.

"아."

나와 눈이 마주친 순간, 아토페의 얼굴이 빠르게 일그러졌다.

씨익 하고.

그리고 낮은 목소리로 말했다.

"너냐….'"

찾았다, 라고 말하는 듯한 목소리로.

무섭다.

"…오, 오랜만입니다."

"페르기우스랑 같이, 나를, 덫에 빠뜨린, 네가, 어슬렁어슬렁, 내 앞에, 나타났나…."

아토페는 사나운 웃음을 띠고 있었다.

하지만 그건 예상한 바다. 그러니까 선물을 들고 왔다.

이번에는 사과하러 왔다고 해도 과언이 아니다.

"그 일은 제가, 저기, 사죄를 드렸으면 하고…."

"좋아. 전보다 꽤나 남자다운 얼굴이 되었군. 좋은 얼굴이야. 각오를 한 얼굴이야. 내게 도전하는 용사는 다 그런 얼굴을 하고 있었지."

아토페는 내 말을 들어먹질 않았다.

그저 눈을 크게 뜨고 내게 얼굴을 들이대더니 이빨을 드러내며 웃었다.

반짝 하는 소리가 들리는 듯한 이빨이 보였다.

"죽을 각오를 한 자의 얼굴이다."

어, 어라. 이상하네.

다 생각하고 왔을 텐데… 어라? 왜 다리가 떨리지?

이, 이런, 다리만이 아니라 온몸이 떨려….

"응?"

그때 내 시야를 붉은 것이 가득 채웠다.

빨강머리.

"떨어져."

에리스가 나와 아토페 사이에 끼어들었다.

"넌 뭐냐?"

"에리스 그레이랫이야."

"호오."

아토페는 한 걸음 물러났다.

그리고 에리스의 얼굴을 찬찬히 바라보았다.

"좋은 낯짝, 좋은 살기, 좋은 무기도 가졌군. 그리고 당장이라도 나를 베려고 하는 그 기개….."

아토페는 날카로운 눈빛으로 에리스를 노려보았다.

에리스 또한 야수처럼 날카로운 눈으로 아토페를 되노려보았다.

긴장감이 일었다.

"네가, 용사냐."

"그래."

아니잖아. 무슨 소리야.

"그쪽의 여자는 주위를 확실히 관찰하고 있다…. 마술사로군?"

"…예. 록시 그레이랫이라고 합니다. 이렇게 뵙게 되어서 영광입니다."

록시가 모자챙을 손으로 살짝 누르며 인사하였다.

마술사라고 묻지 않아도 복장을 보면 알 텐데.

"너도 좋은 낯짝이로군. 나랑 싸울 생각인가?"

"…마왕님이 저의 제자를 죽이겠다고 하신다면 미력하나마."

아, 저 냉정한 록시까지 싸울 마음을 먹었나. 그렇다면 지금의 나는 그만큼 떨고 있다는 소린가.

지켜야 한다고 생각할 정도로.

이래선 안 된다.

내가 정신 똑바로 차리고 행동해야지.

"그러면 너는…."

내 쪽을 보았다. 이젠 떨지 않는다. 마음을 굳히고 마주보았다.

"너는… 뭐냐?"

뭐냐는 게 뭐지? 뭘까? 뭐냐고 물어도 답하기 어렵네.

아니, 잠깐, 진정하고 생각하지. 에리스가 용사에, 록시가 마술사. 여기에는 없지만, 아마도 실피가 마법전사나 시프에 해당되겠지. 그럼 나는 승려… 아니, 잠깐만, 나는 별로 승려란 느낌이 아니지. 승려는 크리프다. 물론 전사도 아니다.

그럼 역시….

"마술사?"

"바보냐! 마술사가 왜 둘이나 있는데!"

바보한테 바보 소리를 들었다…. 하지만, 그래, 그렇군. 그런 룰이로군. 1인 1역.

응? 하지만 마술사가 아니면 내 역할은 뭐지?

나는 이 파티에서 뭐에 해당되는 걸까.

아니, 잠깐만, 여기서는 진정하고 넓은 시야로 생각하자.

에리스가 용사, 지금 떨고 있는 내 앞에 멋지게 나타나서 내 방패가 되어주었다.

즉, 나는 그녀의 도움을 받는 입장의 인간… 그렇다면 나는….

"공주?"

"크크큭, 네가 공주인가… 크크크… 크크큭?"

이런, 아토페 님을 곤혹스럽게 만들었다. 웃음소리에 의문이 섞였어.

저 아토페가, 사냥감을 앞에 둔 육식동물처럼 시비를 걸어대는 아토페가, 난처한 듯이 주위에 시선을 돌리고 있다.

"무슨 소리를 하는 건가요…."

록시도 황당하다는 얼굴이다.

"루데우스는 그거야. 현자나 그런 거야!"

에리스가 그렇게 거들어 주었다.

하지만 에리스, 최근의 나는 금욕의 루데우스니까 별로 현자가 되지 않았어. 오히려 어리석지. 더 풀The fool. 아리엘에게도 피에로라는 소리를 들었고.

"아무거나 됐습니다. 제가 루데우스 그레이랫입니다."

나는 나다! 그 이외의 누구도 아냐.

"크크큭, 재미있군. 셋 다 그레이랫인가…. 우연히 같은 성의 이들이 모여서 내 앞에 나타나다니 실로 재미있어."

그 해석은 분명히 재미있네. 에리스도 록시도 내 아내입니다.

응, 좋아. 진정했다.

"아토페 님, 싸우기 전에 제 이야기를 좀 들어주실 수 없겠습니까?"

나는 떨리는 다리에 기합을 넣고 아토페 쪽을 보았다.

"왜지?"

"이야기를 하러 왔으니까요."

"나는 이야기가 싫다. 너희 인간들은 못 알아들을 소리만 하니까."

"오늘은 알기 쉬운 이야기를 하겠습니다."

그리고 나는 록시에게 눈짓을 했다.

그녀는 지고 있던 가방을 내리고 안에서 나무상자 하나를 꺼냈다.

나는 그것을 받아서 두 손으로 들고, 아토페에게 공손히 내밀었다.

"일단 이것을. 지난번 일에 대한 사죄의 뜻입니다."

"이건 뭐냐?"

"아슬라 왕국에서 빚은 와인입니다."

"술인가!"

아토페의 안색이 변했다.

정보가 정확했군. 올스테드의 이야기에 따르면 그녀와 싸운 용사 중에는 그녀와 술을 대작하는 승부를 벌여서 취하게 만들고 이기려 한 자도 있었다는 모양이다.

그래서 결과가 어떻게 되었냐 하면 졌다는 모양이다.

술 싸움에서.

"아슬라 왕국의 대관식 때 노토스 그레이랫 공이 궁정에 헌상한 것으로, 희소가치가 아주 높은 것입니다."

"맛있나?"

"틀림없이."

그렇게 대답하긴 했지만, 나도 마셔보지 않았으니 진짜로 맛있는지는 모른다.

아리엘의 말로는 이건 백 년 전에 빚은 와인이라나 보다.

얼마나 맛있는가를 말하자면, 와인을 만든 제작자의 저장고와 포도밭은 왕실 전용 납품업체로 지정되었고, 다 마셔버리면 아까우니까 창고 깊숙한 곳에 재워두면서 정말로 중요한 때만 꺼낼 정도라고 한다. 그로부터 백 년. 왕실의 중요한 이벤트에 전부 사용했다.

하지만 그건 어디까지나 왕실에서의 이야기다.

생산자인 노토스 그레이랫의 저장고에는 남아 있었던 것이다.

아리엘의 대관식 때 그 저장고에 보관되어 있던 열 병이 헌상되었다.

필레몬이 뇌물로 바친 것이다.

현재의 가격은 한 병당 아슬라 금화 300닢 정도. 2리니아 정도로군.

그러니까 맛있겠지.

물론 산 건 아니다.

아리엘에게 뭐 좋은 술 좀 없겠냐고 물었더니, 이걸 한 병 내주었다.

나중에 다른 이에게서 가격을 듣고 깜짝 놀랐지.

왕룡 왕국 건도 쉽게 승낙해 주었고, 최근 아리엘은 진짜로 나한테 빚을 지워 주려는 것 같아서 조금 무섭다.

왠지 조만간 진짜로 아이를 한 명 받아갈 것 같아서….

"그래, 맛있나."

"예. 그러니까 이전 일을 용서해 주세요."

"용서하지. 나는 페르기우스와 비교도 안 되게 관대하니까. 그 정도는 원망하지 않는다."

"감사합니다."

일단 이걸로 이전 일은 처리된 걸로 알면 될까?

마신 다음에는 잊을지도 모르지만.

"다만 페르기우스는 용서 못 한다. 녀석은 언젠가 죽여 주지."

그건 멋대로 하시죠. 그건 본인들의 문제고.

페르기우스도 일부러 고개를 숙이러 오지 않을 테지만.

"그럼 이야기는 끝인가?"

"아뇨, 하나 더."

나는 록시의 짐에서 술병을 하나 더 꺼냈다.

이건 올스테드가 준 것이다. 이건 나무상자에 넣지 않았고, 메이커도 가격도 모른다.

투명도가 낮고, 오래된 느낌의 병에는 무슨 무늬가 새겨져 있었다.

다만 아토페라면 이걸 좋아할 거라고 올스테드는 말했다.

그러니까 내용물이 상한 건 아니겠지.

"이쪽을⋯."

"어이!"

아토페가 고함을 질렀다.

"설마, 이건⋯ 그럴 수가⋯⋯ 무어어어어!"

갑작스러운 고함에 검은 갑옷들이 웅성대기 시작했다.

와글대는 분위기 속에서 한 명이 느긋하게 이쪽으로 다가왔다.

방금 전에 안면함몰로 피웅덩이 속에 가라앉았던 남자, 무어다.

"봐라! 어떠냐!"

무어는 술병을 받더니 표면을 찬찬히 관찰하였다.

그리고 안에 가라앉아 있는 유리구슬 같은 뭔가를 보고 호오 소리를 내었다.

"이전에 본 것과 완전히 똑같군요."

"그렇지! 너, 이걸 어디서 가져왔지!"

"그건 제 주군 '용신' 올스테드 님에게서 아토페 님과 친해질 거면 이걸 드리라면서."

"용신⋯! 그럼 틀림없나⋯!"

아토페는 부들부들 몸을 떨면서 술병을 바라보았다.

"이건 나와 칼이 결혼할 때 울펜 녀석이 보내온, 용족의 환상의 술!"

오오, 그런 일화가. 좋아할 만도 하네.

"그 이름은 '용신보옥주'."

우와, 무슨 필살기냐. 닭살 돋는다.

아니, 그 안에 든 건 맥주겠지. 병 색깔이 진해서 잘 모르겠다.

"이걸 마신 적은 그 전에도 후에도 없었다. 그 이후로 그 술을 계속 찾아다녔는데, 드디어 발견했군!"

짠짜잔, 하는 효과음이 들릴 듯이 기뻐하며 아토페는 술병을 쳐들었다.

아무튼 좋아하는 모양이라 다행이군.

역시나 올스테드라고 해야 할까. 누가 뭘 좋아하는지 잘 안다.

아리엘에게는 미안하지만, 이 승부는 올스테드의 압승인 모양이다.

"그럼, 그 술을…."

"좋았어! 나는 너를 쓰러뜨리고 이 술을 내 것으로 삼겠다!"

아토페는 오른손에 와인, 왼손에 용신보옥주를 들고 선언했다.

탐나는 것은 힘으로 빼앗는다.

그야말로 마왕이다.

"드리겠습니다!"

"뭐라고!"

"용신 올스테드가 불사마왕 아토페에게 드리는, 사소한 우호의 증표입니다!"

큰 소리로 외쳤다.

아토페와 대화할 때는 기세와 목소리가 중요하다. 내가 말하지 않으면 밀린다.

"?"

아토페의 머리 위에 물음표가 떠올랐다.

물음표가 세 개 정도 떠올랐을 때, 아토페의 머리가 한계를 맞았다.

"너 이놈! 겁먹었냐! 싸워라!"

"싸우는 건 좋습니다만, 그 술은 드리겠습니다!"

"뭔 소린지 모르겠다!"

모르는 거냐. 그러냐. 알기 쉽게 말했다고 생각하는데….

"연회도 아니고 축하도 아니고, 의례나 사죄도 아니다. 그럼 왜 당신은 이런 걸 바치는 겁니까?"

여기서 무어의 나이스한 어시스트.

그래. 그걸 설명해야만 하는군요.

"예. 실은 조만간 기스라는 남자와 싸우게 되는데, 녀석은 강력한 부하를 데려와서 저를 쓰러뜨린다고 하니까…. 그 싸움에서 아토페 님의 조력을 부탁드리고자, 합니다."

80년 후의 라플라스 전쟁에 대해서는 노 터치다.

올스테드 왈, 라플라스와 싸우기 위해 협력해달라고 해도 결코 고개를 끄덕이지 않고, 오히려 싸움이 벌어지는 결과가 될 거라 하였다.

딱히 라플라스에게 의리를 세우려는 것도 아니고, 단순히 너무 어려워서 이해할 수 없기 때문이라나.

올스테드가 아는 미래에서도 아토페는 거의 틀림없이 라플라스 쪽에 붙는 모양이고, 설득을 시도하지 않는 편이 무난하다는 방침으로 굳어졌다.

사소한 일이야 무어에게 부탁해두는 편이 좋겠지.

"즉, 아토페 님에게 함께 싸워달라고?"

"그렇습니다."

무어가 알기 쉽게 통역해 주어서 아토페도 이해한 모양이다.

"좋아, 알았어! 나는 바보가 아니니까! 좋아! 그렇게 해주지!"

음, 아니, 아토페는 아마 이해 못 한 것 같다.

모르는데 '알았다'라고 말할 때의 에리스랑 같은 얼굴을 하고 끄덕였다.

어찌 되었든 이런 대답이 나왔으면 아토페도 기스의 말재간에 놀아나지 않을 것 같다.

"그럼 이야기는 끝인가?!"

"예."

그렇게 나는 아토페의 협력을 얻는 것에 성공했다.

사신과 불사마왕.

내가 패배한 두 사람을 이쪽으로 끌어넣어서, 커다란 어드밴티지를 얻은 기분이다.

기스가 어디서 뭘 하는지는 모르지만, 지금으로서는 순조롭다고 봐도 좋겠지.

아니, 그렇긴 해도 싸우게 될 거라고 생각하고 준비했는데, 싸우지 않게 되어서 다행….

"좋아, 그럼 결투다!"

…어라?

"아까 '싸우기 전에'라고 말했지! 이야기는 끝났다. 그럼 다음은 싸움이다!"

어라? 그런 소리를 했나?

아니, 하지만, 어라라?

술을 헌상하고, 용서를 받았고. 내 쪽으로 붙어준다고 약속해줬고… 싸울 이유는 없잖아. 이상하네, 올스테드는 이런 걸 안 가르쳐 줬는데.

"나는 불사마왕 아토페라토페 라이백. 영웅들이여, 세 명이 한꺼번에 덤벼 봐라!"

뭐지….

곤혹스러워하는 나. 록시도 머리 위에 물음표가 떠올랐다.

친위대들은 딱히 움직이지 않으니까, 분명 이게 아토페의 기본인 걸까.

그래도 황당하다는 분위기가 떠돌았다.

무어도 '어쩔 수 없군요'라는 분위기였다.

유일하게 기다렸다는 듯이 앞으로 나선 녀석이 있었다.

"내가 상대할게."

에리스다. 서로의 거리 따윈 관계없다는 듯이 아토페의 코앞까지 걸어가서 그 얼굴을 들이댔다.

"호오, 나랑 1대 1로 싸우고 싶나."

키스라도 하는 거 아닌가 싶은 거리에서의 눈싸움.

"너 따위에게 루데우스는 아까워."

"말이 제법이군, 꼬맹이."

아토페는 그 노골적인 도발에 살기를 뿌려댔다.

"백 년 동안 나에게 그런 소리를 한 건 너뿐이다."

두 손에 술병을 들고 있지 않았으면 그 말은 정말로 멋졌겠지.

하지만 그대로 싸우면 분명 술병이 깨진다….

그렇게 생각했더니 무어가 옆에서 "받아가겠습니다."라고 말하며 가져갔다.

"네놈 같은 녀석이야말로 내 친위대로 어울린다. 때려눕힌 뒤에 부하로 삼아 주지."

"내가 이기면 루데우스의 말을 듣는 거지?"

"좋아."

싸운다, 쓰러뜨린다, 동료가 된다!

알기 쉽기 그지없다.

실수했군. 조금 착각했어.

선물을 바쳤으니까 이전 일을 용서해 줘, 선물을 하나 더 줄 테니까 동료가 되어 줘, 라는 흐름은 아토페에게 너무 어려운 거야!

어찌 되었든 싸우게 될 것 같다는 것은 처음부터 상정하였다.

싸우고 이겨서 마왕 아토페를 동료로 삼는다.

그걸 위한 수순도, 준비도 착실히 했다.

해볼까.

"기다려 주십시오, 아토페 님."

그때 제지하고 나선 자가 무어였다.

그는 아토페에게 달려가서 그 귓가에 뭐라고 속삭이기 시작했다.

아마도 싸움을 피하라고 설득하는 거겠지. 역시나 상식인은 다르군. 필요 없는 싸움은 필요없어. 러브 앤드 피스.

"뭐라고…?"

하지만 그건 아토페에게 별로 좋은 이야기가 아니었겠지.

싸움에 굶주린 마왕님에게 싸우지 말라는 말은 너무나도 무모한 제안이다.

"그건 안 되지…."

거봐, 아토페 님은 분노하셨다. 또 얻어맞을걸.

"어이, 너."

그런가 했더니 나를 불렀다. 손짓을 했다. 이런, 내가 얻어맞는 건가…. 제대로 가드할 수 있을까…. 무어처럼 안면을 얻어맞으면 난 죽어….

그렇게 조심조심 다가갔지만, 아토페는 뚫어지게 바라볼 뿐이지 딱히 때리려는 기색이 없었다.

"너 공주였지."

"예? 아… 어? 그런, 겁니까?"

"크크큭, 남자라고만 생각했다."

"남자니까요."

"뭐라고? 공주 주제에 남자인가?"

지금은 공주도 젠더프리야.

그렇게 말하고 싶지만 입은 다물자. 너무 어려운 단어를 쓰면 주먹을 휘두를 것 같고.

"흥, 뭐, 좋아… 여차."

갑자기 아토페가 내 허리춤을 덥썩 붙잡더니 그대로 들어올려서 어깨에 짊어졌다.

이런, 파워봄인가?!

하지만 내 마도갑옷이라면 견뎌줄 거다!

그렇게 생각하며 긴장했지만, 딱히 내던지는 기색도 없이 날 짊어진 상태였다.

공주라면 어깨에 짊어지는 게 아니라 다리랑 등 쪽을 받쳐서 들어주었으면 하는데.

"루디?!"

"루데우스?!"

록시와 에리스의 외침에 시선을 돌려보니, 왠지 지면이 멀었다.

아무래도 아토페, 나를 짊어진 채로 하늘을 나는 모양이다.

이런, 파워봄이 아니었어. 더 큰 기술이… 마왕봄이 온다! 아무리 그래도 이 높이에서 처박히면 내 뒤통수는 달걀껍질처럼 순식간에 깨져!

그렇게 생각하면서 긴장했다. 탈출하려고 두 손으로 아토페의 몸을 붙잡고….

"어이! 엉덩이 만지지 마!"

무심코 손을 거두었다.

아니, 아닙니다. 저기, 성희롱 같은 게 아니라, 아, 물론 바람피우는 것도 아니고요, 불가항력이라고 할까요…. 하지만 꽤나 근육질에 좋은 엉덩이네요, 역시나 마왕님. 에헤헤.

"용사여! 공주는 받아간다!"

그렇게 허둥대는데 아토페가 외쳤다.

"돌려받고 싶으면 내 네크로스 요새로 오도록 해라!"

아니, 여기가 네크로스 요새라고 생각하는데.

"크크큭…. 아하하하, 아하하하하핫!"

내 뒤통수 근처에서 아토페의 웃음소리가 울렸다.

그와 동시에 지면이 점점 멀어졌다.

대체 어디로 데려가는 걸까. 대체 무슨 일이 일어나는 걸까.

곤혹스러워하는 내 시야에 순간 보인 것은, 멍한 얼굴로 올려다보는 에리스와 록시의 모습이었다.

제7화 대결, 아토페 사천왕

루데우스가 잡혀갔다.

아토페에게 붙잡혀서 순식간에 하늘 높이 날아오르는 모습을 에리스와 록시는 멍하니 바라보았다.

너무나도 순간적이고 어이없는 일이라서, 두 사람의 대처가 늦었다.

아토페는 당연하다는 얼굴로 루데우스를 안아들었고, 루데우스도 그걸 얌전히 당했다.

그러니까 이게 당연하다고 무심코 인식하였다.

"루데우스!"

루데우스가 잡혀갔다.

그렇게 인식한 에리스의 행동은 재빨랐다.

"하아아아압!"

검을 뽑더니, 날아가는 아토페의 방향으로 달려가서 진행방향에 있는 아토페 친위대에게 덤볐다.

"우오옷?!"

그 친위대는 재빨리 검을 받아내었어도, 그 충격으로 다리가 비틀거렸다.

"비켜…!"

"잠깐, 이야기를 들어!"

"그건 저 마왕한테나 말해!"

"윽… ."

끽 소리도 할 수 없는 정론에 말문이 막히는 남자.

혹시 이 자리에 루데우스가 있었으면 '에리스가 할 말이야?' 라고 생각했을지도 모른다. 아토페 정도는 아니지만 에리스도 사람 말을 안 들으니까.

"아무튼 말을 좀 들어!"

"필요 없어! 루데우스를 돌려받을 거야!"

"어어… . 공주를 돌려받고 싶으면 제대로 수순을 밟아야지! 후하하!"

"비웃기나 하고!"

"쿠억?!"

에리스의 다음 공격을 가까스로 흘리면서 남자는 몇 걸음 뒤로 물러났다.

에리스는 으르렁거리면서 힐끗힐끗 하늘을 보았다. 아토페는 아직 공중을 빙글빙글 돌고 있었다. 그 모습은 마치 에리스를 놀리는 것 같아서 에리스의 짜증이 심해졌다.

하지만 공중에 있는 상대에게 에리스가 취할 수 있는 수단은 없다.

"!"

하지만 아토페는 요새의 한쪽으로 내려갔다.

에리스는 그걸 보고 또 뛰어갔다.

"에리스, 스톱입니다."

그걸 제지하는 목소리는 에리스의 뒤에서 들렸다. 차분한 목소리였다.

"왜!"

에리스가 돌아보자, 록시가 있었다. 그녀는 차분한 모습으로 에리스의 웃옷 자락을 붙잡고 있었다.

"루데우스가 잡혀갔잖아?! 얼른 구해야지!"

"저들은 돌려받고 싶으면 수순을 밟으라고 말합니다. 일단 그 수순이란 것을 들어보죠."

"하지만!"

"에리스, 진정하세요. 저는 차분합니다."

록시가 차분해서 뭐 어쨌단 말인가. 그렇게 생각할 수도 있는 말이었지만, 에리스의 마음은 쉽게 가라앉았다.

분명히 자신은 냉정하지 않았다. 그렇게 인식했다.

동시에 냉정해야 한다고도 생각하였다. 싸움에서도 냉정함을 잃으면 살기가 새어나간다. 살기가 새어나가면 검을 읽힌다. 검을 읽히면 진다. 이졸테와의 수행에서 배운 것이다.

그러니까 지금 공격도 간단히 막힌 것이다.

"후우…."

에리스는 상단세로 들었던 검을 중단세로 내리고 심호흡을 하였다.

루데우스의 안부가 걱정되어서 가만히 있을 수 없는 마음을 억눌렀지만, 다 억누르지 못해서 새어나왔다.

"루데우스가 걱정이야."

"그렇죠…. 하지만 불사마왕 아토페라토페에게는 전설이 있습니다."

"전설?"

"예…. 그 마왕은 재미로 공주를 잡아간다고."

그 말에 에리스의 긴장이 풀렸다. 그 이야기는 에리스도 들은 적이 있다.

아토페만이 아니라 몇몇 마왕의 일화로 그런 이야기가 있다.

마왕이 공주를 잡아가고 용사가 공주를 구하러 마왕성에 돌입한다는 식의 이야기다.

에리스가 어렸을 적에 몇 번이나 들었고, 언젠가는 자기도 그러겠다며 꿈꾸었던 이야기다.

동시에 '공주란 게 아까 그거 말인가'라고 깨닫고, 루데우스는 대체 뭘 한 거냐는 심정이 들었다.

하지만 아직 이해되지 않는 게 있었다.

"공주를 잡아가서 어쩌려는 건데?"

어렸을 적이라면 의문스럽게 생각하지 않았던 것이다.

"용사를 불러들이려는 모양입니다."

"용사를 불러들여서 어쩌려는 거야?"

"싸우려나 보네요."

"???"

아무리 에리스라도 이해할 수 없었다.

지금 자신들은 마왕 아토페와 싸우려고 했다. 그럴 터였다.

완전히 싸우는 흐름이었다.

그런데 왜?

"무슨 소리야?"

"그건 저들에게 들어보죠."

"…알았어."

에리스는 끄덕였다. 이야기의 흐름은 잘 이해할 수 없었지만, 평소 생활에서 록시가 든든한 인물임은 잘 알고 있었다.

좀 얼빠진 면도 있지만, 박식하고 싹싹하다.

에리스가 뭔가로 고민할 때도 끈기 있게 들어주고, 모르는 것이 있으면 가르쳐 준다.

이전에 샤리아에서 레오를 산책시킬 때에 이상한 모험가들에게 얽혀서 일촉즉발의 사태에 빠진 적이 있었다. 에리스와 레오만 있었으면 그대로 싸움이 벌어졌을 것이다. 하지만 그때 레오의 등에는 왜인지 라라가 매달려 있었다. 싸움은 피해야만 했다. 그렇다고 상대도 놓아줄 것 같지 않은 분위기였다.

라라를 어떻게 지키며 싸울까. 그런 생각만 하던 때에 록시가 나타났다.

그녀는 즉시 에리스와 모험가 사이에 끼어들더니, 바로 쌍방의 의견을 듣고 절충하여서 순식간에 그 자리를 수습해 주었다.

그러니까 에리스는 록시가 든든하다는 것을 안다.

특히나 이렇게 이해되지 않는 상황에서는.

"맡길게."

에리스는 검을 집어넣고 팔짱을 꼈다.

적재적소. 이야기를 한다, 이야기를 듣는다는 상황이면 에리스가 나설 때가 아니다.

"그렇게 되었으니 제가 이야기를 듣겠습니다."

록시는 한 걸음 앞으로 나서서 그들에게 물었다.

"수순이란 건?"

차분한 목소리였지만, 사실 록시의 속마음은 부들부들 떨리고 있었다.

아토페 친위대라고 하면, 마대륙에서 전설적인 존재다.

아토페가 모은, 최고의 장비와 최고의 실력을 갖춘 무투집단. 마대륙 최강으로 이름 높은 군대다.

혹시 지금 이 순간, 주위에 있는 친위대 전원이 적이 되면… 록시로서는 살아남는 것도 힘들지 모른다. 에리스가 옆에 있더라도 록시는 자기 몸조차도 지켜낼 수 없겠지.

하지만 지금 록시는 이 자리에 있다.

루데우스와 함께 그들을 상대하고 있다.

그녀는 평소에 루데우스에게 믿고 있다는 말을 들었다.

믿음직하지 않은 스승이라는 생각은 있지만, 기대에 부응하고 싶은 마음도 있다.

게다가 이 여행에 나서기 전에도 들은 말이 있었다.

혹시 자신이 무슨 이유로 떨어지게 되면 에리스를 잘 움직여 달라고.

설마 이런 이상한 이유로 떨어지게 될 줄은 몰랐지만, 지금 자기가 똑바로 하지 않으면 뭘 위해 따라왔는지 알 수 없다.

"음."

록시의 말에 방금 전에 에리스와 맞붙었던 남자가 물러나고 다른 인물이 나섰다.

두 사람 다 같은 갑옷을 입었기 때문에 구분하기 어려웠다.

하지만 차분하게 살펴보자, 친위대라고 전부 험악하게 생긴 건 아니었다.

검게 빛나는 전신갑옷과 대검은 위압감을 주지만, 방금 전의 에리스처럼 살기를 뿌려대는 건 아니었다.

아토페와 달리 일단 이지적인 대화가 가능하다고 록시는 판단했다.

"어흠."

친위대의 대표인 듯한 인물은 헛기침을 한 차례 한 뒤에 목청을 높였다.

[영웅이여! 네크로스 요새 심충부에 용케 도달했구나!]

[우리 아토페 친위대를 무찌르고 여기까지 오다니, 상당한 강자인가 보구나!]

[인정하지! 그대들은 모두가 인정하는 용사다!]

[하지만 우리는 아토페 친위대! 명예와 긍지가 있다!]

[불사마왕 아토페라토페와 맞붙고 싶다면! 그리고 아름다운 공주를 돌려받고 싶다면….]

[우리 아토페 친위대 사천왕을 쓰러뜨리도록 하여라!]

그가 그렇게 말하자, 친위대 안에서 네 명이 앞으로 나와서 검을 뽑았다.

칼자루를 갑옷에 부딪쳐서 카앙 하는 커다란 소리를 내더니 검을 받쳐들었다.

록시로서는 아토페 친위대를 무찌른 기억이 없지만, 이야기의 내용을 보자면….

"즉, 당신들을 쓰러뜨리면 루데우스가 돌아온다는 말입니까?"

"크크큭, 글쎄, 과연 그럴까? 공주의 소원이 기적을 일으킬 수도 있겠지만 기대않는 게 좋을걸?"

"일단 공주를 자칭했습니다만, 그가 용사라고 할까요, 전력으로는 가장 강합니다만… 아토페 님은 그래도 괜찮습니까?"

"어? 으음…."

친위대의 대표는 한 차례 한숨을 내쉬더니, 무릎을 꿇고 록시에게 얼굴을 가져와서 작은 목소리로 말했다.

"마왕 케세라파세라와 참철의 용사 아트모스의 이야기에서는 공주가 성내에서 우연히 발견한 '무한한 불꽃'이 강철보다 강한 마왕의 몸을 태우고 용사를 승리로 이끌었잖아?"

"예?"

영문 모를 이야기가 갑자기 튀어나와서 록시는 되물었다.

그러자 대표는 "하아…." 라고 또 한 차례 작은 한숨을 내쉬고 작은 목소리로 말했다.

"그러니까 말이지, 큰 소리로 말할 수는 없지만 '공주의 소원이 기적을 일으킬 수도 있겠지'란 소리는 아토페 님과의 대결에서 공주의 가세를 인정한다는 소리야. 공주는 마왕하고 싸워도 돼."

"아하, 그렇군요. 죄송합니다. 그런 이야기는 아무래도 잘 몰라서."

"괜찮아, 보통 그래. 특히나 최근… 수백 년 동안은 용사도 별로 안 오게 되었고. 이런 이야기를 아는 이도 별로 없어."

"그렇습니까?"

"그래. 실제로 나도 용사를 맞는 건 처음이야."

불사마왕 아토페라토페.

악명 높은 마왕이지만, 최근 수백 년 동안은 악명만 드날릴 뿐이지 딱히 아무 짓도 하지 않았다.

라플라스 전쟁 이후, 북신 칼맨이 그 토벌에 성공한 뒤로 그녀는 스스로 마대륙 밖에 나가 전쟁을 일으키는 짓을 하지 않았다.

즉, 그녀가 싸울 만한 일은 거의 일어나지 않았다는 소리다. 기껏해야 다른 마왕에게 갔다가 경원당하는 정도다.

고로 아토페 친위대 또한 이번처럼 용사가 공격해 오는 사태는 처음이었다. 물론 용사 이외의 무사수행자는 곧잘 오기 때문에 대응 자체에는 어느 정도 익숙하지만.

"그래서 싸우는 겁니까? 이쪽은 두 명입니다만, 2대 4로?"

"아니, 이쪽은 한 명씩 나간다. 1대 2를 네 번 거듭해 줘."

"알겠습니다."

사무적인 대화 이후에 록시는 에리스를 돌아보았다.

"이야기가 정리되었습니다."

"그래서 어떻게 되는 거야?"

"저들을 쓰러뜨리면 루데우스가 돌아오고 아토페와 싸울 수 있다는 이야기입니다."

"그래, 알기 쉽네."

"하지만 지면 아마도…."

"졌을 때의 일은 생각하는 게 아냐."

"그렇군요."

에리스도 냉정해졌다.

그걸 확인한 록시는 고개를 끄덕이고 다시금 지팡이를 움켜쥐었다.

★　★　★

"내 이름은 카리나! 북신류 왕급 검사이며 아토페 사천왕 중 하나! '바람의 카리나'!"

저음에 이름을 대고 나선 검사는 여성이었다.

그녀는 바로 투구를 벗더니 밖으로 휙 내던졌다.

다급히 다른 친위대가 받았다. 비싼 거니까 하나도 잃어버릴 수 없는 거겠지.

"용사여! 나는 기다리고 있었다! 너를!"

투구 밑에서 나타난 것은 파충류를 방불케하는 모습이었다.

노란 비늘에 바늘 같은 머리칼. 튀어나온 코. 그것들에는 무수한 상처가 남아 있고, 역전의 용사임을 알려주었다.

"나는 평소에 이 요새에 설치된 전용 도장에서 훈련하고 있다! 제자도 많다! 아토페 님의 손자제자다! 내가 단련시킨다! 네게 제자는 있나?! 제자는 좋지! 나를 존경해 주니까!"

"왜 내가 그런 곳에서 수행하는가! 그건 오로지 아토페 님에게 도전하기 위해서다! 용사나 영웅을 한 명 쓰러뜨릴 때마다 우리 사천왕은 아토페 님에게 도전할 권리를 얻을 수 있다!"

"자, 싸우자, 용사여! 그리고 얼른 쓰러져서 내 초석이 되어라!"

"……."

줄줄이 떠드는 카리나와 달리 에리스는 묵묵히 검을 뽑았다.

이야기 따윈 듣지 않았고, 들을 생각도 없었다. 아무래도 좋았다.

눈앞에 있는 것은 적이다. 적을 앞에 두고 떠벌대는 것은 북신류와 수신류뿐이다. 에리스는 말하지 않는다. 검신류고, 애초부터 별로 말재간이 없다.

상단세로 자세를 잡았다.

"어차, 미안. 괜한 말이었군! 자, 싸우자! 간다! 바로…."

그것은 카리나가 '간다'라고 말한 순간이었다.

에리스가 움직였다.

그것은 자연스럽고, 일체 군더더기가 없는 움직임이었다.

상단세로 든 검을 그대로 내려친다. 에리스가 검의 성지에 간 뒤로 거의 매일 백 번 이상 거듭하고 이미 수만 번에 이르는 횟수 동안 해 온 동작이었다.

상단세에서 대각선 베기.

그 속도는 처음부터 인간의 눈에 남지 않는 속도를 발휘했다.

빛의 칼날.

소리는 없었다.

검은 주위의 아무도 알아차리지 못하는 가운데 움직여서, 카리나의 대각선 아래에서 정지. 에리스는 천천히 검을 상단세로 되돌렸다.

아니, 아무도 알아차리지 못했다는 말은 과한 것이겠지.

카리나는 알아차렸다.

하지만 그것은 어디까지나 그녀가 가진 특성에 불과했다.

위기 탐지 능력.

간다, 라고 말한 순간 자기 죽음을 보았다.

그것은 루데우스가 가진 미래시의 마안과는 다소 다른 능력
이다.

그녀는 어렸을 적부터 그랬다. 죽기 직전이 되면, 그걸 안
다. 지금 이 순간, 아무것도 안 하면 죽는다는 걸 알았다.

그게 올바른지는 모른다. 왜냐면 그녀는 이 위기 탐지 능력
을 따르지 않은 적이 없기 때문이다.

다만 적어도 그 능력은 그녀의 목숨을 계속 구했다. 구사일
생을 주었다.

북신류의 문을 두드린 것도 그 능력이 있었기 때문이다.

그런 그녀는 '간다'라고 말한 순간 자기 죽음을 보고, 재빨리
옆으로 뛰려고 했다.

결과적으로 말하자면, 옆으로 뛸 수는 없었다.

하지만 상체를 살짝, 10센티 정도 옆으로 움직이는 것에는
성공하였다.

그게 그녀의 목숨을 구했다.

카리나는 자기 몸 안에 검이 지나가는 감각을 확실히 느꼈다.

그녀 입장으로는 왼쪽 위에서 날아온 참격은 왼팔과 왼쪽 정
강이 뿌리 근처를 지나갔다.

카리나는 자기 몸에서 팔과 다리가 떨어져나가는 것을 목격했다. 갑옷의 단면도는 지금까지 카리나가 본 적이 없을 정도로 깨끗했다.

왼다리가 잘려나가서 설 수도 없는 채로, 그대로 쓰러졌다.

꽈당 하고 쓰러지는 소리가 났다.

동시에 하늘을 날던 카리나의 팔도 지면에 떨어졌다.

카리나의 왼다리만이 그대로 서 있었다.

"너무 빨라…."

그건 누가 한 말이었을까. 카리나일까, 아니면 다른 친위대일까.

적어도 누가 봐도 승패는 명백했다.

에리스는 방금 전과 마찬가지로, 하지만 이번에는 왠지 히죽대는 표정으로 카리나를 내려다보았다.

결정타를 꽂을 셈이다…라고 모두가 생각했다.

"……."

"……."

아무도 막지 않았다.

아토페 친위대, 결사의 군대. 그 사천왕으로 꼽히는 인물 정도 되면 목숨 구걸이나 구명 탄원 같은 짓은 하는 게 아닐까. 아니면 너무 빨라서 아무도 이해할 수 없었던 걸까.

잠시 동안 에리스는 묵묵히 자세를 취하고 있었다.

하지만 잠시 뒤에 그녀는 표정을 원래대로 되돌리고 의아한

듯이 물었다.

"벌써 끝이야?"

그 말에 카리나는 등에 오한이 좌악 끼치는 것을 느꼈다.

에리스는 아직 싸움이 끝나지 않았다고 말했다.

한쪽 팔과 한쪽 다리를 잃고 쓰러진 상대가 아직 싸움을 포기하지 않았다고, 아직 싸움이 계속된다고 믿은 것이다.

카리나는 이해했다.

실제로 그녀에게는 그렇겠지.

자기 팔다리가 없어졌더라도, 지금의 카리나와 같은 상태가 되었더라도, 싸움을 멈추지 않겠지.

북신류의 검사라도 그 정도로 각오가 된 자는 극히 소수다. 아무리 팔다리를 잃고도 싸울 재주를 익혔다고 해도.

그리고 카리나는 그 소수에 들어가지 않았다.

들어간다고 생각했는데… 그 마음은, 그 각오는 정말로 절박하고, 정말로 질 수 없을 때에 발휘되는 것이지, 자기가 쓰러뜨린 상대가 당연히 그런 각오를 가졌다고는 생각하지 않았다.

카리나는 그 각오의 차이를 인정한 순간.

"그래, 끝이다. 내 패배다, 용사. 완패다."

패배를 인정했다.

그 말을 들은 에리스는 검을 내렸다. 상단세에서 중단세로, 중단세에서 납도로, 천천히.

그 뒤에도 칼집에서 손을 떼지 않았다.

결코 방심하지 않고 에리스는 주위를 경계했다. 카리나가 다른 친위대의 부축을 받아 퇴장할 때까지 계속.

그리고 그 이외의 사천왕과 거리가 있음을 확인한 뒤에 간신히 칼집에서 손을 뗐다.

"사천왕이란 것도 대단하지는 않네."

에리스는 대수롭잖은 듯이 말했다.

카리나를 얕본 것도 아니고, 약하다고 생각한 것도 아니다.

유일하게 말할 수 있는 것은, 그 정도라면 같은 북신류의 오베르에게 훨씬 못 미친다는 것이다.

에리스와 함께 수행을 했던 니나나 이졸테라도 지금 그녀처럼 할 수 있겠지.

"제법이군, 계집. 하지만 카리나는 우리 아토페 사천왕 중 가장 머리가 나쁜 여자. 그걸로 우리 사천왕의 실력을 가늠했다고 생각하면 곤란하다."

"그리, 우리는 저렇게 바보가 아냐. 지혜가 있다."

"크큭, 우리의 지혜로 베어 죽여주마."

혹시 여기에 루데우스가 있다면 '무슨 만화의 쥐새끼 같은 소리를 하는 녀석이네'라는 감상을 품었겠지.

하지만 에리스는 그렇게 받아들이지 않는다.

그저 이 녀석들은 방금 전의 여자보다 세다면 상응한 각오가 필요하다고 생각했다.

에리스는 뻐기지 않는다. 자기가 얼마나 강한지, 그리고 얼마나 약한지를 알고 있다.

"록시."

그렇기에 에리스는 록시를 불렀다.

"예?"

"내 뒤에 있어…. 반드시 지켜줄게."

록시는 그 말에 조금 몸이 떨렸다.

에리스라는 여성을 록시는 잘 알고 있었다.

그녀는 노력가에, 자기가 집에서 가장 강한 폭력성을 가지고 있다고 자각하였다.

루데우스 정도는 아니지만, 폭력이 미치는 범위에서는 자기가 가족을 지켜야 한다고 생각한다는 것을 록시는 알고 있다.

에리스에게 가족이란 자기 검으로 지켜야할 존재다.

록시도 예외는 아니다.

예외는 루데우스뿐이다.

그녀가 이런 장면에서 의지하는 사람은 루데우스뿐이다.

옆에 서서 싸울 수 있는 사람은 루데우스뿐.

록시는 그 사실을 다소 분하게 생각했다.

"내 이름은 베네베네. 북신류 성급 검사이자 아토페 사천왕 중 하나! '물의 베네베네'."

두 번째는 특이할 점 없는 남자로 보였다.

카리나처럼 투구를 내던지지도 않고, 다른 두 사람과 비교해서 딱히 덩치가 좋은 것도 아니었다.

다만 털이 많은 종족인지, 투구 틈새로 하얀 머리칼이 흘러나왔다.

"북성? 아까 녀석보다 아래네?"

"흥, 분명히 내 검술은 카리나에게 뒤진다…. 하지만 싸움의 결과는 검술 실력만으로 정해지는 게 아니지."

"그래."

에리스는 그렇게만 말하고 검을 들었다.

상단세. 방금 전과 완전히 똑같은, 몇 밀리미터도 차이 없는 자세. 에리스의 얼굴은 웃고 있었고, 살기라고는 전혀 느껴지지 않았다.

하지만 그다음에는 아마 방금 전과 완전히 똑같은 참격이 날아가겠지.

알아도 회피할 수 없는, 필중필살의 일격.

빛의 칼날이.

"그럼 갈까. 어디서든 덤벼봐라."

그 말이 끝날까 말까 한 순간, 캉 하는 소리가 났다.

에리스가 어느 틈에 검을 휘두른 것이다.

방금 전과 완전히 똑같은 궤도로 날아간 검은 방금 전과 완전히 똑같은 궤도로 달려서, 방금 전과 완전히 똑같은 장소에서 정지했다.

눈 한 번 깜빡였을까 하는 속도.

그리고 방금 전과 똑같이 베네베네의 왼팔과 왼다리가 떨어지고, 몸이 기울….

기울지 않았다.

뿐만 아니라 잘렸을 터인 왼팔과 왼다리가 떨어지는 일도 없었다.

"!"

순간 에리스가 한 걸음 뒤로 물러났다.

그러자 그녀가 있던 장소를 휘잉 소리를 내며 검이 통과했다.

어느 틈에 베네베네의 손에 검이 쥐어져 있었다. 아토페 친위대가 쓰는 검은 대검이.

"피했나, 게다가 나에게…."

베네베네의 말이 끝나는 것보다 에리스의 행동이 빨랐다.

그녀는 스텝의 반동을 죽이듯이 한 걸음 앞으로 내딛더니, 하단에서 참격을 날렸다.

검은 베네베네의 오른쪽 손목을 노렸다.

캉 하는 시원한 금속음이 들리나 싶은 순간, 에리스는 상단 세로 돌아가 있었다.

"……?"

에리스는 의아한 듯이 숨을 내뱉었다.

베었다. 분명히 그 감촉은 있었다.

하지만 여전히 베네베네의 손은 몸에 붙어 있었다. 분명히 베어서 날려 버렸을 텐데.

"끝까지 말 좀 하게 해달라고."

베네베네는 검을 바닥에 꽂더니, 자신의 왼손으로 오른쪽 손목 부근을 쥐었다.

그러자 뚝 하는 소리가 날 정도로 간단히 오른손이 떨어졌다. 아니, 오른쪽 토시가 떨어졌다.

게다가 토시는 그대로 떨어진 게 아니었다. 떨어진 토시는 두 쪽이 나 있었다.

그 단면도는 방금 전에 카리나가 베였을 때와 마찬가지로 놀랍도록 깨끗했다.

특필할 것은 그것만이 아니었다.

털이다.

베네베네의 갑옷 안에서 하얀 털이 대량으로 나 있었다.

"내게는 점족과 헤어족의 피가 섞여서 말이지. 애석하게도 참격이 통하지 않아."

점성을 가진 털은 촉수처럼 굼실거리며 손 모양을 만들더니 검을 쥐었다.

베네베네는 자세를 취했다. 상단세를 취한 에리스를 상대로 정안세로.

"분명히 내 검 실력은 너와 비교하면 어린애 장난과 같겠지…. 하지만 과연 네가 나를 쓰러뜨릴 수 있을까?"

"……."

에리스는 말하지 않았다.

그저 참격으로 베네베네에게 답했다.

위에서 아래, 아래에서 위, 오른쪽에서 왼쪽, 왼쪽에서 오른쪽, 목, 어깨, 손, 다리… 모든 방향에서 참격을 날리며 모든 부위를 베었다.

베네베네 또한 검을 휘둘렀다.

참격 따윈 통하지 않는다. 그럼 방어는 필요 없다는 듯이.

에리스는 그걸 모두 회피하였다.

그 종이 한 장의 회피행동에 주위에서 지켜보는 친위대에게서 감탄사가 새어나왔다.

애초에 검신류 검사는 회피나 방어가 서투르다.

왜냐면 검신류는 적을 일격에 쓰러뜨리는 유파. 그 이념을 기반으로 생각하면 회피 따윈 필요없기 때문이다.

하지만 에리스는 다르다.

그녀는 올스테드와의 싸움을 상정하고 수행을 하였다.

갈 파리온은 에리스에게, 올스테드에게 이기기 위해 합리적인 이론을 기반으로 수행을 시켰다.

올스테드는 일격으로 해치울 수 없는 상대… 그럼 회피도 필요할 거라면서 북신류 검사에게 배우게 하고 수신류 검사와 싸우게 했다.

그들과의 수행은 에리스의 안에 깊이 뿌리를 내렸다.

오베르의 가르침이, 이졸테와의 대련이, 에리스의 몸에 적의 검이 닿지 못하게 하였다.

에리스의 검이 베네베네의 갑옷을 베고, 베네베네의 검이 허공을 베었다.

어른과 어린애 같은 참격의 응수.

하지만 그것은 에리스의 마음에 아주 약간의 초조함을 만들었다.

"읏!"

콰직 하고 금속이 우그러드는 소리가 났다.

에리스의 참격이 베네베네의 갑옷을 양단하지 못하고, 상처를 남기는 것에 머물렀다.

빛의 검에 흔들림이 생긴 것이다.

"칫."

베네베네의 반격을 칼자루 부근으로 흘리면서도 에리스는 충격으로 세 걸음 물러났다.

지친 것은 아니다.

하지만 어디를 베어도 반응이 없어서 답답함을 느끼고 있었다.

안 그래도 루데우스가 납치되어서 마음이 급한데….

"후우…."

에리스는 심호흡을 하고 마음을 진정시키며 생각했다.

이럴 때에 스승인 길레느라면, 혹은 검신 갈 파리온이라면 어떻게 할까.

하지만 머리 회전이 느린 에리스가 뭔가 떠올리기 전에 베네베네가 공격해 왔다.

"후하하하! 피로가 보이기 시작했군! 용사여! 이걸로 끝이다!"

그때였다.

"얼음의 정령이여, 나에게 힘을. '아이시클 필드'."

돌진하는 베네베네를 향해 안개 같은 물보라와 얼어붙는 냉기가 밀려들었다.

"아니?!"

베네베네의 몸이 쩍쩍 소리를 내며 순식간에 얼어붙었다.

"에리스! 지금입니다!"

"합!"

에리스의 행동은 신속했다.

눈앞으로 덤벼들던 베네베네를 향해 에리스는 한 걸음 내딛었다.

그대로 옆을 지나치듯이 몸을 미끄러뜨리면서 가로베기를 날렸다.

"끄아아아악!"

베네베네의 몸이 두 동강 났다.

베네베네의 몸은 상반신과 하반신으로 나뉘더니, 각각 지면에 처박혔다.

째애애앵 하는 큰 소리를 내며 갑옷이 흩어졌다.

남은 것은 새하얀 털 덩어리 두 개.

어느 것이고 표면이 얼어붙어서 꿈틀꿈틀 하고 둔한 움직임을 보였다.

"끄으으, 이럴 수가…. 우리 아토페 친위대의 갑옷이… 무의미하게 참격을 계속 날려댔던 것은 이걸 위해서였나…."

베네베네는 그렇게 말하더니 움직임을 멈추었다.

곧바로 다른 친위대가 달려와서 그의 신병을 받아갔다.

"……."

에리스는 그걸 멍하니 지켜보다가 뒤를 돌아보았다.

거기에는 지팡이를 든 자세로 굳어 있는 록시가 있었다.

"점족은 추위에 약하다고 들었는데… 정말로 먹히는군요…."

중얼거린 말.

록시도 에리스가 위기라고 보고 재빨리 마술을 쓰긴 했지만, 이게 통용될지는 몰랐다. 그게 뜻밖으로 통해서 놀란 것이다.

그런 록시는 에리스가 빤히 쳐다보는 것을 깨닫고 자세를 바로했다.

"어흠."

헛기침을 한 번.

"미안합니다. 괜한 참견이었습니까?"

"그렇지 않아! 고마워!"

에리스도 놀라고 있었다.

솔직히 막힌 상황이었다. 갑옷은 벨 수 있지만, 본체는 벨 수 없다. 이런 상대와 만난 것은 태어나서 처음…이라고 할 건 아니었지만, 예상하지 않았다.

그대로 계속 싸웠으면 밀렸을 가능성도 있었다.

"뒤는 맡길게!"

"알겠습니다. 원호하겠습니다!"

이번에는 조금 기쁜 듯이 록시가 대답했다.

그 모습을 남은 두 사천왕이 비웃었다.

"크큭, 베네베네는 결국 자기 종족 능력에 기댈 뿐인 약자!"

"분명히 검사로서 그 몸은 유일무이겠지! 그 몸을 우리 아토페 친위대가 자랑하는 검은 갑옷으로 감싸면 자기 힘을 과신하고 싶은 마음도 이해한다! 솔직히 부럽다!"

"하지만 갑옷을 믿고서 마술사에게 주의를 기울이지 않다니!"

"녀석이야말로 우리 사천왕 중 제일 어리석도다!"

남은 사천왕은 둘….

"자, 다음은 나다! 내 이름은…."

세 번째 상대와의 싸움이 시작되었다.

제8화 유폐, 네크로스 요새

★ 루데우스 시점 ★

"자, 여기다."

아토페는 네크로스 요새의 상공을 몇 바퀴 돈 뒤에 결전장에서 그리 멀지 않은 위치에 있는 건물에 내려가더니, 그 안의 어느 방에 나를 던져 넣었다.

"어어… 여기는…?"

소녀 취향의 방이었다.

전체적으로 엷은 핑크색. 지붕이 있고 커튼이 쳐진 침대에 하얀 가구, 레이스 달린 커튼, 멋진 티포트 등이 있었다.

마치 아슬라 왕국 왕성의 한 방 같은 모습인데, 아리엘의 방도 이렇게 소녀 취향은 아니다.

유일하게 소녀 취향이 아닌 곳을 말하자면, 창밖으로 보이는 풍경이겠지.

검붉은 대지와 으스스한 나무들이 있는 산, 그 산의 상공을 날아다니는 블랙드레이크의 모습이 보였다. 이건 이거대로 장관이지만….

"공주의 방이다!"

"공주의 방…? 즉, 아토페 님의 따님의 방입니까?"

"아니! 나한테 딸은 없다!"

그렇겠지. 올스테드에게 들은 바 있습니다.

마왕 아토페라토페 라이백의 자식은 한 명으로, 아들이다.

그 아들이 바로 북신 칼맨 2세.

현재 세상을 떠도는 북신영웅담은 대부분이 그의 이야기다. 거대한 왕룡을 쓰러뜨리거나, 베가리트 대륙에 사는 베히모스를 토벌하는 등, 그야말로 영웅이라고 하기에 어울리는 인물이지만, 올스테드의 말로는 '바보 아들'이라는 모양이다.

그 부모에 그 자식이라는 것일까.

"그럼 이 방은⋯."

"네 방이다!"

"내 취향과는 다른데요."

"크크큭, 용사가 구하러 올 거라고 생각하지 마라! 너는 여기서 평생 사는 거다!"

말이 통하지 않았다.

아토페는 아하하핫 하고 소리 내어 웃더니, 방에서 나갔다.

그래서 이게 어떻게 된 거람.

유폐⋯? 그런 것치고 문이 잠긴 것도 아닌 모양이다. 혹시 무슨 비유적인 프러포즈일까.

무슨 말인지 이해가 안 가는데?

"실례하겠습니다."

그때 뒤에서 목소리가 들렸다.

돌아보니, 거기에는 무어가 있었다.

"혼란스러우신 듯합니다만⋯."

"예."

"설명을 해드릴 테니 일단 앉아 보시지요."

시키는 대로 꽤나 소녀 취향인 의자에 앉았다. 좋은 재질로 만든 것인지, 꽤나 푹신푹신한 쿠션을 쓴 건지, 사용감은 나쁘지 않지만 내게는 좀 작군. 몸이 좀 작은… 아니, 십대 소녀가 앉는 것을 상정한 크기다.

의자에 앉자, 무어는 티포트로 컵에 차를 따랐다.

티포트도 컵도 그야말로 왕족이 쓸 법한, 아슬라 왕국의 왕성, 아리엘의 방에서 쓸 법한 것이었지만, 안에서 나오는 액체는 조금 달랐다.

홍차보다도 탁하고, 쓸 것 같은 색깔이었다.

이 액체는 뭐지…? 아니, 본 적은 있어. 이거 소카스 차다.

나나호시가 즐겨 마시는 차다. 아니, 딱히 좋아서 마시는 것은 아니지만.

"아, 감사합니다. 잘 마시겠습니다."

아무튼 내가 마시면 보통 차다. 고맙게 마시자.

"음, 어디부터 설명을 드릴까요."

"가능하면 처음부터 순서대로."

"처음부터…입니까."

무어는 조금 생각하는 시늉을 했지만, 떠오른 것처럼 말하기 시작했다.

"아토페 님은 제1차 인마대전이 끝날 즈음에 태어나셨습니다."

"헤에, 아토페 님도 평범하게 태어나셨군요."

"예. 아토페 님의 어머님은 바디가디 님과 비슷하게 총명하신 분이었다고 합니다."

바디가디와 비슷하게 총명해…?

뭐, 불사마족 기준이겠지만.

"바디 님은 총명하신 어머님을, 그리고 아토페 님은 아버님이신 불사의 네크로스라크로스 님을 보며 자라셨습니다."

"불사의 네크로스라크로스 님은 당시 최강의 마왕으로 군림하셨습니다."

불사의 네크로스라크로스.

제1차 인마대전 때의 오대마왕 중 하나.

정보는 별로 없지만, 격이 다르게 강했다는 모양이다.

"그런 네크로스라크로스 님은 용사 아르스에게 당하셨습니다. 그 불사의 왕을 어떻게 해서 절명시켰는지는 당시 태어나지도 않았던 나로서는 알 수 없고, 어렸던 아토페 님도 모릅니다. 다만 당시의 아토페 님은 그 광경을 보고, 자신도 강하고 위대한 마왕이 되어야 한다고 결의했다는 것만큼은 기억하는 모양입니다."

그래, 지금은 없는 아버지처럼… 말인가.

아무 생각도 없는 것처럼 보이면서 아토페도 제대로 이상을 가지고 행동하고 있는 걸까.

분명히 나도 많은 마왕과 만난 건 아니지만, 아토페는 지금까지 만난 마왕 중에서 가장 마왕다운 존재라고 생각했다.

폭력과 공포의 상징이라고 할까, 뭐라고 할까.

역시 마왕답다는 표정이 제일 그럴 듯하다.

"하지만 우리 불사마족은 과거를 돌아보지 않습니다. 네크로스라크로스 폐하는 위대하셨습니다만, 어떻게 위대했는지를 아무도 몰랐습니다."

아하, 그렇군. 아버지처럼 되자고 막연히 생각했지만, 애초에 아버지가 뭘 했는지 몰랐단 말이지.

아토페다운 에피소드다.

그리고 그 부모에 그 자식이라고 해야 할까. 아니면 종족 특성상 어쩔 수 없다고 할까.

부모 쪽도 자기가 어떻게 위대한 인물이었다는 기록을 남기지 않았다.

인간이라면 과장까지 하면서 기록을 남기겠지만, 불사마족은 너무나도 오랜 시간을 살기 때문에 과거를 돌아보지 않는다. 당시에는 기록한다는 개념조차 없었을지도 모른다.

어리석다고 단정할 수는 없다.

불사란 그만큼 오래간다는 것이고, 죽지 않는다는 것은 천적도 없다는 소리다.

당연히 과거에서 배울 필요도 없다. 그렇다면 문헌도 남기지 않는다.

"여기서 루데우스 님께 한 가지 묻겠습니다."

"예."

"마왕이란 어떤 존재입니까? 인간 사이에서는 어떻게 전해지고 있습니까?"

"으음…."

마왕, 마왕이라.

이 세계에서의 마왕은 어디까지나 마족의 영토상의 왕일 뿐이다.

하지만 그건 어디까지나 내가 마대륙에 대해 약간의 지식이 있기 때문에 불과하다.

평범한 인간에게, 아슬라 왕국이나 라노아 왕국에서 전해지는 것은….

"압도적으로 강대한 존재이며, 인간의 천적이고, 또 가끔씩 공주를 납치해서…. 아."

"그렇습니다."

그런 거군요.

"네크로스라크로스 폐하가 서거하신 뒤, 위대한 마왕이란 것이 뭔지 알 수 없었던 아토페 님은 인간에게 지혜를 구하며 문헌을 모으게 했습니다."

"그렇게 말하면 마치 아토페가 문헌을 탐독한 것처럼 들립니다만."

"물론 읽은 것은 당시 친위대입니다."

그렇겠지요.

"그렇게 모은 문헌에는 수많은 마왕에 대한 기록이 있었습니다. 그리고 위대한 마왕이라고 불리는 존재에게는 공통점이 있었습니다."

"공통점…. 그게."

"예, 지금 당신이 말한 특징입니다."

압도적으로 강한 존재이며, 인간의 천적이고, 공주를 납치한다.

그리고 공주를 구하러 온 용사에게 쓰러진다.

"이상하다고 생각하지 않았습니까?"

"나도 당시에는 아직 태어나지 않았고, 당시 부하들도 인간에 대해 거의 몰랐을 테니까요. 게다가 당시 마족들의 문헌에도 그런 자료가 남아 있었습니다. 물론 불사마족이 남긴 문헌은 아닙니다만. 어느 마왕은 공주를 납치했다가 용사 아르스에게 쓰러졌다, 라는…."

아하. 하지만 그런가. 그런 건가.

용사 아르스.

제1차 인마대전에서 여섯 명의 동료와 함께 여행을 하고, 오대마왕을 전부 처치하고 키시리카까지 쓰러뜨려서 천년에 걸친 싸움에 종지부를 찍은 영웅.

분명히 그의 일화 중 하나로 그런 이야기가 있다.

공주를 납치한 마왕을 쓰러뜨리고 공주를 구출하여 결혼, 아슬라 왕국을 건국했다든가 하는 느낌의 이야기다.

다만 내가 보레아스 집안에서 읽은 역사 자료에 따르면, 딱히 아르스는 공주를 구하려고 한 게 아니고, 마왕도 공주를 납치한 게 아니라는 모양이다.

어떤 인간의 나라가 외교 전략으로 공주를 마왕에게 인질로 바쳤고, 용사 아르스는 그와 관계없이 마왕성으로 쳐들어가서 마왕을 타도하여 결과적으로 공주를 구출한 것이 되었다. 그것뿐인 이야기다.

다만 후세의 작가들은 그렇게 쓰지 않았다.

수많은 작가가 용사 아르스가 공주를 구출하는 싸움을 드라마틱하게 그렸다.

다만 작가에 따라서는 지식에 차이가 있는 걸까. 아니면 역사적 사실과는 다른, 단순한 창작으로 만들려고 했을까….

작품에 따라서 공주를 납치한 마왕이 다르기도 하고, 공주의 이름이나 나라도 달랐다.

그런 작품들을 다 믿자면, 5대마왕 전원이 공주를 납치하고 전원이 용사에게 쓰러졌고, 용사는 그때마다 밤에 재미를 보게 되고, 아슬라 왕국의 초대 왕비는 여럿이 되게 된다.

그리고… 믿어 버린 거다.

아토페 님은.

용사란, 공주란, 그리고 마왕이란, 이런 것이라고.

"그렇군요. 아토페 님이 그렇게 난폭한 성격인 것에는 이유가 있었던 거군요."

"아뇨, 그건 선천적인 겁니다."

"아, 그렇습니까."

폭력의 화신인 것은 애초부터 그런 거였군.

"아토페 님은 그런 분이니까요. 마왕의 모습을 자기 좋도록 해석하신 겁니다."

자기 좋도록 해석했다기보다는 자기한테 안 좋은 쪽을 무시하고 생각했다는 느낌일지도 모른다.

그렇게 태어난 것이 불사마왕 아토페라토페라는 공포의 상징인 것이다.

아니, 그건 좋다. 실제로 아토페를 두려워하는 인간은 많이 있고.

"하지만 그 이야기를 듣자면 내가 여기에 끌려온 이유는?"

"당신이 공주라고 말했기 때문입니다."

"자업자득이었습니까…."

"농담으로도 그런 말을 하는 게 아니었습니다."

그렇게 말하지만 그때는 몰랐잖아.

공주는 잡아가서 가두어야 한다는 상식을 갖고 있었다니.

"그래서 내 아내들은 어떻게 되었습니까?"

"마왕은 강대하다는 것을 보여주어야만 하고, 용사에게는 시련이 필요합니다."

"그러면?"

"본래 아토페 님과 싸울 경우, 우리 친위대를 쓰러뜨려야만 합니다. 에리스 님과 록시 님은 우리 중에서도 특히나 대단한 바보… 아니, 특히나 강한 정예들과 싸우고 있습니다."

즉, 에리스와 록시는 아토페 사천왕(특히나 바보)을 하나씩 쓰러뜨리는 어트랙션 중이란 소리인가.

"그건 좋지 않군요."

단순한 장난이라면 나도 '그래, 에리스도 싸우고 싶어 했으니 딱 좋을지도.' 라고 생각했겠지만, 목숨이 걸린 일이라면 그렇지 않다.

"그럼 미안합니다만, 나는 이만 실례하겠습니다. 두 사람에게 가세해야 하니까."

"기다리십시오."

"막을 거면 싸우겠습니다. 요즘 세상에 공주가 싸움에 참가하는 것도 드물지 않지요."

무어를 돌파하려면 고생 좀 할 것 같다.

지난번에 아토페와 상대했을 때는 마술 싸움이 벌어졌고, 내가 한 발 뒤졌다.

물론 그 경험으로 다음에는 이렇게 하자고 생각한 바는 있지만… 경험의 차이가 너무 크니까 내 쪽이 쉽사리 승리할 일은 없겠지.

그렇긴 해도 지금은 마도갑옷도 있다. 마술 싸움만으로 승부를 낼 것도 아니다.

"그렇게 서두르지 마시죠. 아토페 님은 언제든지 진심입니다만, 우리 부하들은 요즘 세상에 사람을 함부로 죽이고 싶은 게 아닙니다. 패배했다고 해도 기껏해야 팔 하나를 잃는 정도겠지요."

"아, 그렇습니까?"

"그렇긴 해도 그들도 아토페 친위대의 일원…. 이곳에 와서 언제 끝날지 모르는 수행을 쌓는 이들입니다. 그렇게 쉽게 이길 수 있으리라고는 생각하지 마십시오."

그 말을 들으니 불안해지지만…. 그렇긴 해도 에리스라면 괜찮을 것 같다.

그녀는 이런 때를 위해서 노력해 왔다. 아니, 이 상황은 이런 때와 조금 다른가. 아무튼 무슨 일이 생겼을 때에 힘을 발휘할 수 있도록.

그곳에 록시도 있다.

힘의 에리스와 지혜의 록시. 두 사람이 힘을 합치면 어지간한 상대에게 질 리가 없다. 그렇게 믿고 싶다.

그렇긴 해도 여기는 네크로스 요새. 전승에 나오듯이 북신류 판 검의 성지다.

여기에 있는 것은 마대륙을 답파하여 여기까지 온 자들뿐.

보통내기는 아닐 것이다….

"……."

승패에 대한 것은 둘째 치고, 에리스의 싸움을 보고 싶다는 마음이 솟구쳤다.

내가 보통 근접전 훈련으로 대련하는 상대. 내가 마도갑옷을 입어도 이길 수 없는 상대.

그런 이가 이런 자리에서 얼마나 통용되는지 보고 싶다.

"그럼 응원이라면 괜찮을까요?"

"좋습니다. 용사도 공주의 성원에 힘이 날 테니까요."

"놀리지 마세요."

아무튼 이렇게 해서 나는 에리스에게 달려가게 되었다.

용사님, 기다려요. 지금 갈게요.

제9화 참전, 루데우스 공주!

내가 결전장이 잘 보이는 높은 곳으로 안내받았을 때, 이미 싸움은 막바지에 돌입하고 있었다.

"에리스, 정신 차리세요, 에리스!"

"무, 무리야… 이런 거… 나한테는…."

"에잇, 이렇게 되었으면 제가… 아, 아얏!"

결전장에는 대형견 정도 크기의, 털이 긴 동물 다섯 마리가 있었다.

에리스는 거기에 둘러싸여서 꿈쩍도 못 하는 모양이었다.

아니, 그게 아니군. 그런 느낌이 아니다.

엄청 행복하다는 얼굴로, 주위의 동물을 쓰다듬고 있었다.

록시가 그걸 떼어내려고 했지만, 아무래도 체격 때문에 그냥 밀려날 뿐이지, 다가갈 수 없었다.

이건 또 뭐야?

난 에리스의 멋진 모습을 보러 왔는데.

"크크큭."

갑자기 옆에 있던 무어가 의미심장하게 웃기 시작했다.

"아무래도 용사님은 '불의 아르칸토스'의 사역마에게 당한 모양이로군요."

"사역마?"

"예. '불의 아르칸토스'는 몸풀이로 사역마를 풉니다. 이 사역마가 좀 골치 아파서 말이죠, 강한 자의 냄새를 구분하여서, 상대가 약자면 덤벼서 사지를 물어뜯고 찢습니다."

"아니…. 그럼 에리스는?!"

"…강자로 인정해서 애교를 떠는 모양입니다."

그럴 수가!

저렇게 크고 털이 북실대는 동물이 애교를 떨어대면 에리스는…!

"크크큭…. 크큭, 사역마들이여, 돌아와라. 녀석은 너희가 어떻게 할 수 있는 상대가 아닌 모양이다…. 크큭, 돌아와…. 돌아오라면 돌아와…. 돌아오라고, 얼른…."

사역마들은 에리스가 꽤나 마음에 들었는지, 아르칸토스(인 듯한 검은 갑옷의 남자)의 부름에도 응하지 않았다.

에리스는 완전히 좋아 죽을 기세였다. 침을 질질 흘리면서 헤븐 상태다.

사역마 쪽도 제법이라고 할까, 에리스가 전력으로 안았는데도 오히려 기쁜 기색이었다.

으음, 에리스의 포옹에 견디는 사역마라면 우리 집에도 한 마리 있으면 좋겠군. 레오와 리니아와 프루세나의 고생이 줄어든다.

록시는 튕겨나가 엉덩방아를 찧었지만, 아르칸토스 쪽을 돌아보았다.

"큭…. 비겁하군요. 이게 소문으로 듣던 북신류 기발파의 방식입니까?"

"아니! 누가 기발파냐! 그런 놈들하고 똑같이 보지 마! 나는 그저 너희의 힘을 재어보려고 했을 뿐이야!"

"글쎄요!"

"흥, 뭐, 좋아…. 기발파로 보인 것은 열받지만, 네 용사는 아무래도 내 사역마를 돌파할 수 없었다! 약자다!"

그래도 되는 거냐, 아르칸토스.

"남은 건 마술사인 너뿐…. 어떠냐? 항복하면 살려주지. 우리 집안의 가훈에 미굴드족에게는 잘 해주라는 게 있다."

"제, 제가 물러나면 대체 누가 루디를 구합니까!"

"그 마음은 참으로 좋군!"

아르칸토스는 그렇게 외치더니, 검을 입에 물고 엎드렸다.

북신류 네 다리의 자세다.

그리고 마치 기계로 만들어진 늑대처럼, 엄청난 속도로 록시에게 육박했다.

록시의 대응은 빨랐다.

"용감한 얼음의 검으로 저자에게 단죄를! '아이시클 엣지'!"

영창 단축 마술로 그것을 요격.

하지만 상대는 아르칸토스. 아토페 친위대.

이 친위대가 입은 검은 갑옷은 엄청난 마술 내성을 가졌다.

록시의 아이시클 엣지는 채앵 하는 소리를 내며 갑옷에 튕겨났다.

그리고….

"죽어라!"

아, 위험해!"

"꺄욱!"

아르칸토스는 옆구리에 크나큰 충격을 받아 뱅그르르 돌면서 날아가더니 그대로 결전장 밖으로 떨어졌다.

록시가, 다른 친위대가, 그리고 털이 긴 사역마들이 무슨 일인가 싶어서 아르칸토스가 떨어진 방향을 보았다.

그리고 그 시선은 천천히 내게로 향했다.

"아, 미안합니다. 무심코…."

록시의 위기를 보고 무심코 스톤 캐논을 쏘았다.

평소라면 '스톤 캐논!'이라고 외쳐서 아군에게 공격을 알리겠지만, 지금은 완전히 말없이 쏘았다.

"루데우스 님…."

"아니, 하지만 어쩔 수 없잖아요?"

록시의 위기였잖아요?

아까 목숨은 빼앗지 않는다고 했는데, 록시의 손목이 날아가서 울며 몸부림치는 장면은 보고 싶지 않거든? 설령 록시에게 그런 각오가 있더라도.

"뭐, 좋습니다. 궁지에 몰린 용사를 돕는 것도 공주의 역할이니까요."

다행이다. 일단 '사천왕을 순서대로 쓰러뜨리는 어트랙션은 실패! 아토페 님과는 싸우게 할 수 없습니다. 돌아가세요!'라는 흐름이 되지는 않은 모양이다.

"그보다 내려가도 되겠습니까? 아니면 공주가 갇힌 방을 지키는 드래곤과의 싸움이 있습니까?"

"그거 좋은 생각입니다만, 드래곤을 잡아오는 게 고생이군요…. 이번에는 이렇게 공주가 나와서 이미 싸움에도 참가했으니까, 대충 넘어가도 되겠죠."

대충 넘어가도 되는 거냐.

뭐, 내가 진짜 공주도 아니고, 처음부터 대충 넘어간 게 한두 개가 아니지만.

이 사천왕과의 싸움도 내 실언과 아토페의 변덕으로 시작된 바도 있다.

처음부터 세세하게 정하지 않았으니까, 중간중간의 사소한 점에 얽매여봤자 소용없겠지.

"그럼 실례하겠습니다."

"예. 무운을. 나는 준비가 필요해서."

무어의 말에 '아하, 이다음에 아토페가 나오는구나'라고 생각하면서 결전장으로 뛰어내려서 바로 록시에게 달려갔다.

"아, 루디…. 괜찮았습니까?"

"예, 내 쪽은 그냥 광대극 같은 거였지만요. 그쪽은?"

말하면서 록시에게 상처가 없는지 확인했다.

록시의 로브는 군데군데 그을리고 젖어 있었다. 록시의 뺨에도 탄 자국과 찰과상이 남아 있었다.

크게 다치진 않았다. 혹은 스스로 치료했겠지.

"힘들었습니다. 특히나 사천왕 중 세 번째가 강적이라서…. 불과 바람 마술을 다루는 마술검사로, 저와 에리스에게 동시에 공격을 해오고…."

나는 그 장면을 보지 않았지만, 격전이었던 모양이다.

록시는 손짓발짓을 섞어서 세 번째 사천왕 '흙의 페리도트'가 얼마나 강했는지를 설명해 주었다.

'흙의 페리도트'. 불과 바람 마술을 다루는 마법검사.

…인데 왜 '흙'일까. 다른 녀석들한테 불과 바람을 빼앗겼나? 아니, 그건 됐어.

그는 마술도 검술 실력도 사천왕 중 최고이며, 다대일의 싸움에도 능숙했는지 마술로 에리스를 공격하면서 검술로 록시를 노리는 전법을 취한 모양이었다.

록시는 마술 내성이 없는 에리스에게 날아가는 공격을 저항해야만 하고, 에리스는 물리방어력이 낮은 록시를 지켜야만 한다. 하지만 에리스는 검신류. 지키는 것은 특기가 아니다.

서로를 지키기 바빠서, 두 사람은 점점 궁지에 몰렸던 모양이다.

하지만 록시가 재치를 발휘했다.

본래 마술 저항이란 상대 마술과 상쇄시키는 것이다.

상대와 완전히 똑같은 위력으로 쏘는 것이 좋은 저항이라고 일컬어진다.

하지만 록시는 그 상식을 버렸다.

그녀는 불 마술을 저항하는 데에 쓰는 물 마술과, 바람 마술을 저항하는 데에 쓰는 흙 마술, 이 두 가지를 상대의 마술보다 세게 만들었다.

그러자 그 자리에는 상대의 마술을 누른 물과 흙이 남는다.

지면에는 젖은 진흙이 대량으로 생겨나게 된다.

그리고 록시는 혼합마술 '진흙탕'을 사용했다. 지면의 진흙은 순식간에 늪으로 변하고, 상대는 움직일 수 없게 되었다.

그리고 그걸 에리스가 썩뚝.

역시나 지혜의 록시라고 해야겠지.

진흙탕이라면 내 특기기술.

내가 그 자리에 있었으면 그런 재치를 부리지 않고도 이겼다고 생각할 수 있겠지만, 그렇지 않다.

분명 처음부터 그 마술을 썼으면 상대는 대책을 세웠겠지.

저항으로 쓰던 마술의 잔재였기에 상대도 견제하지 않았고, 늪에 다리가 걸리는 결과로 끝났다.

내게 그런 재치가 있으리라고는 생각할 수 없으니까.

"하지만 다음 상대 때 에리스가….''

에리스를 보았다.

에리스는 바닥에 쓰러져서 꿈틀거리고 있었다.

황급히 달려갔다. 혹시 그 사역마들에게 독이라도 있었을지 모른다.

"우후… 후후….''

에리스는 한없이 행복한 얼굴로 허공을 바라보고 있었다. 손가락이 움찔거리는 것은 방금 전의 사역마의 감촉이 아직 남아 있기 때문이겠지.

역시 독인가.

저런 동물은 에리스에게 위안이고 약이지만, 약도 과하면 독이 된다.

"아무튼 제정신으로 돌려놔야지.''

해독일까.

아니면 치유 마술을 쓰는 편이 좋을까.

"평소처럼 루디가 가슴을 주무르면 벌떡 일어나지 않을까요?''

"어, 그래도 되나요?"

"좋지는 않지요…. 여성의 몸을 함부로 만지면 안 됩니다. 하지만 슬슬 마왕 아토페가 나올 테고요."

록시의 시선 앞.

거기에는 친위대가 질서정연하게 정렬하였고, 무어가 한 아름 정도 되는 화로 같은 것으로 주위에 연기를 내고 있었다. 연기는 화톳불의 불빛을 받아서 요사스러운 분위기를 자아냈다.

마왕이 나올 듯한 분위기가 착착 만들어졌다.

이대로 가다간 에리스 없이 싸우게 될지도 모른다.

제길, 하지만, 하지만 나는 금욕의 이름을 가진 루데우스… 굴할 수는!

"자, 나중에 책임을 지고 제 것도 만지게 할 테니까요."

끄, 끄으, 구, 굴할 수는… 아, 그렇지.

"매력적인 제안이지만, 그랬다간 내가 얻어맞아 기절하지 않나요? 에리스가 일어나도 내가 잠들면 의미가 없지 않나요?"

"아…. 그러네요."

그때 에리스가 움찔했다.

정신 차린 기색으로 주위를 두리번거렸다.

"아까 그건?!"

"이제 없어."

"그래…."

에리스는 다소 아쉬워 했지만, 곧 내 얼굴을 보았다. 뚫어져
라.

"루데우스! 무사했네!"

날 껴안았다.

가슴이 닿았다. 부드러워!

후후, 정신이 나갔을 때에 만질 것도 없었군. 이 언덕, 내 수
중에 있다!

아니, 수중에는 안 들어간다.

"이쪽은 그냥 광대극이었으니까. 금방 끝났어."

"다행이다. 하지만 루데우스가 잘못한 거야! 농담이라도 공
주라고 말했으니까!"

"반성하고 있습니다."

말로는 그렇게 말해도, 반성하지 않는다.

아니, 몰랐다니까. 공주라고 말하면 잡혀간다니! 보통 마왕
은 공주라고 자칭하는 녀석이 아니라 진짜 공주인 사람을 잡아
가잖아?

"저기, 루디. 저도 걱정했으니까요."

록시도 내 옷자락을 붙잡고 그렇게 귀여운 소리를 하였다.
하지만 아까 분명히 '괜찮았습니까?'라고 물어봤으니까.

"물론 알고 있어요."

아아, 왠지 행복하다.

내 쪽은 딱히 궁지에 빠졌던 것도 아닌데, 에리스도 록시도

자기 일처럼 걱정해 준다. 나를 돕기 위해 고난을 뛰어넘어…

이게 공주의 기분인가.

"크크큭, 아하, 하하, 하…."

그런 우리의 뒤에서 으스스한 웃음소리가 울리기 시작했다.

지옥 밑바닥에서 들려오는 듯한, 멀고도 낮은 웃음소리다.

돌아보니, 이미 결전장은 연기 때문에 제대로 보이지 않았다.

해는 완전히 저물었고, 어느 틈에 화톳불도 꺼져서 주위는 어둑어둑해졌다.

하지만 어두컴컴하지는 않다.

마법진이 빛나고 있었다. 본래 마법진의 빛이란 푸르스름하지만, 이건 보라색이었다. 염료가 특수한 걸까, 아니면 단순히 '보라색 빛을 낸다'는 효과를 가진 마법진일까….

보라색 빛을 받는 대량의 연기.

그야말로 거물이 등장한다는 분위기가 떠돌았다.

"……."

에리스가 말없이 일어서서 검을 들었다.

흘낏 보았지만, 신난다는 표정이었다.

뭐가 나올지 못 견디겠다는 표정이 이쪽에까지 전해졌다.

하지만 그렇게 신기한 게 나오는 것도 아냐. 아까 본 녀석이야.

"아하하하핫! 용케 나의 정예, 네크로스 요새의 곳곳을 지키는 사천왕을 쓰러뜨렸군!"

곳곳을 지키는 게 아니었던 것 같은데. 아니, 진정하자. 그런 연출이야.

울려 퍼지는 목소리에 속으로 한소리 해 주었다.

"마대륙을 답파하고 네크로스 요새로 진격하고, 용케 여기까지 왔군!"

"인정하지! 너야말로, 너희야말로 용사라고!"

오오, 해냈네, 에리스. 마왕님 공인으로 용사가 되었어.

나도 아마 공주에서 용사로 클래스 체인지다. 공주용사 루데우스다.

"그런 너희에게 권리를 주지!"

하지만 그런 농담을 할 수 있는 건 그때까지였다.

결전장에 바람이 불기 시작했다. 연기가 결전장 안쪽으로, 그 안쪽으로 빨려들었다.

동시에 느낀 것은 오한이었다.

엄청나고 강대한 살기가, 연기가 빨려드는 쪽에서 나오고 있었다.

무심코 마른침을 삼켰다.

대체 뭐가 나오는 걸까, 그런 생각마저 들었다. 나오는 건 한 명밖에 없는데.

"그건…."

돌풍이 불었다.

순식간에 연기를 지워버리고, 화톳불이 화악 소리를 내며 일제히 켜졌다.

결전장이 드러났다.

중앙에 선 한 여자.

푸른 피부. 하얀 머리. 붉은 눈. 박쥐 같은 날개. 이마에서 나온 굵직한 뿔.

키는 에리스보다 조금 작지만, 몸에 두른 상처투성이의 검은 갑옷이 그녀를 크게 보이게 했다.

그녀의 손에는 그 가는 팔에 어울리지 않는 대검.

"나와 싸울 권리다!"

마대륙의 공포의 상징, 폭력의 화신….

불사마왕 아토페라토페 라이백이 거기에 있었다.

제10화 격투, 마왕 아토페

"나는 불사마왕 아토페라토페 라이백! 나에게 이기면 용사의 칭호를 주지! 지면 내 괴뢰로 삼아 숨이 끊어질 때까지 부려주마!"

압도적인 살의를 뿌리는 아토페.

그녀에게 혼자 맞서려는 자가 용사다.

"검왕 에리스 그레이랫이야."

에리스는 검신의 일곱 검 중 하나인 '봉아용검'을 상단세로 들고 아토페와 상대했다.

"검신류인가!"

아토페는 에리스에게 눈을 떼지 않고 기쁜 듯이 검을 뽑았다.

"미리 말해두겠는데, 빛의 칼날은 내게 통하지 않는다."

"……."

아토페의 말에도 에리스는 움직이지 않았다.

그녀도 그 사실은 알고 있다. 불사마왕의 전설은 익히 들었다.

불사마왕 아토페는 결코 쓰러지지 않는다.

기술은 없다. 검은 둔하고 느리다.

다만 죽지 않는다. 아무리 공격을 받아도, 아무리 치명상을 입어도, 죽지 않는다.

어떤 공격을 받아도 다시 일어난다. 그리고 마지막에 승리한다.

그게 불사마왕 아토페다.

라플라스 전쟁에서 그녀에게 대항할 수 있었던 것은 마신을 죽이는 세 영웅을 포함해서 열 명도 안 되는 강자뿐.

공포의 상징으로 두려움을 산 그녀를 단독으로 쓰러뜨린 것은 북신 칼맨뿐이라고 한다.

에리스는 통찰했다.

자기 역량으로 눈앞의 마왕을 쓰러뜨릴 수 있는가를.

아니. 혼자서는 무리다.

전설상의 존재에게 도전하는 것에 대한 고양감은 있지만,

자기 힘으로는 아토페를 쓰러뜨릴 방법이 없다.

하지만 그 사실을 한탄할 필요도 없다.

자기 힘으로는 쓰러뜨릴 수 없더라도, 그게 가능한 이가 있다.

그 점에 대해서는 여기에 오기 전에 이미 서로 협의를 마쳤으니까.

"……."

"어이, 뭐라고 좀 해봐."

에리스는 말하지 않았다.

"아니, 너처럼 모든 신경을 집중해서 최고의 일격을 날린다. 그런 녀석이 있었지…."

"……."

"후후, 나는 기억력이 좋으니까, 기억한다고. 물론 그 일격은 내게 닿지 않고, 내 주먹은 녀석을 개구리처럼 납작하게 만들었지만."

아토페는 그때를 떠올리는 거겠지.

크크큭 사악한 웃음을 지으며 에리스를 노려보았다.

"어떠냐, 에리스 그레이랫. 일생일대의 도박이다. 믿는 동료의 앞에서 꼴사나운 모습을 보일 것인가… 아니면 명예를 얻을 것인가."

"……."

"내 목은 여기 있다. 이걸 가지고 돌아가면 너는 인간의 용사로 영원히 역사에 이름을 남길 수 있다."

툭툭 자기 목을 두드리는 아토페.

그 표정에 넘쳐나는 것은 자신감이다. 이 여자는 나를 죽일 수 없다. 그런 자신감이다.

주위 친위대들이 한탄했다.

아아, 아토페 님이 또 방심하신다! 라고 한탄했다.

하지만 영웅에게 일부러 일격을 내주는 것은 불사마왕의 혈족으로서 피할 수 없는 길이겠지.

"명예 같은 건 딱히 필요 없어."

에리스는 딱 잘라 말했다.

"하지만 네 목은 베겠어."

"잘 말했다! 에리스 그레이랫! 자, 와라!"

아토페의 외침이 메아리 쳤다.

저녁해가 산 뒤로 저물고, 주위가 어둑어둑해지고, 보라색 불이 타오르는 촛대가 두 사람을 비추었다.

번쩍번쩍 빛나는 아토페의 눈.

지지 않고 노려보는 에리스의 눈동자.

두 사람의 시선이 교차했다. 두 사람의 살기가 맞부딪쳤다.

일촉즉발의 두 사람.

"아…."

하지만 그때 친위대는 두 사람을 보지 않았다.

에리스의 뒤를 보고 있었다.

거기에는 거인이 서 있었다.

어둑어둑한 가운데, 신장이 3미터는 될 듯한 돌거인이 서 있었다.

대체 어디서 나타난 걸까.

소환마술일까?

아니, 거기에 그런 흔적은 없다. 또한 그 거인에게서 몇 발짝 떨어진 곳에 파랑머리 마술사가 서 있었다.

성공이라는 듯이 주먹을 쥐고 거인을 뒤에서 올려다보고 있었다.

"아….."

거친 성품인 듯하고 검신류인 에리스가 왜 공격하지 않았는가.

친위대 중에는 그걸 납득하고 감탄하는 이도 있었다. 에리스가 시간을 버는 동안 루데우스가 준비한 것이다.

마도갑옷 '1식'은 소환되었다.

"오… 오오오….."

에리스의 뒤에 선 그림자.

그걸 올려다보며 아토페는 신음하였다.

본 적이 있는 그 갑옷. 라플라스 전쟁보다 이전, 제2차 인마대전 때다.

봉인되기 전에 본 기억이 있다. 조금 모습은 다르다. 색깔도 다소 다르다. 하지만 그건 사소한 점이다.

그런 갑옷이 세계에 몇 개나 존재할 리가 없다.

"투신갑옷…!"

올려다보며 멍하니 중얼거린 아토페에게….

"하아아아아아아압!!!!"

에리스가 덤벼들었다.

★ 루데우스 시점 ★

에리스의 검이 움직였다.

마도갑옷을 올려다보는 아토페의 왼쪽 목덜미를 향해 똑바로. 최단거리로.

한 줄기 은색 빛으로 변한 마검은 압도적인 살상력을 가진 채로 아토페의 목덜미로 파고들었다.

그리고 그대로 통과하여….

"?!"

멈췄다.

검은 아토페의 목 중앙에서 멈췄다.

"……."

아토페의 검이 에리스의 오른쪽 어깨에 깊이 꽂혀 있었다.

그것만으로도 에리스의 오른팔은 움직이지 않게 되었다.

멈춘 것이 아니다.

막은 것이다.

뼈와 뼈 사이에 검을 꽂아 버팀목으로 삼아서, 최강의 검기라는 칭송을 받는 빛의 칼날을.

"하아아압!"

순간 에리스는 오른팔을 포기했다.

왼손만을 써서 검을 휘둘렀다.

본래 빛의 칼날은 목 정도야 일격으로 날려 버린다.

하지만 한손이라면 위력을 반감. 아토페의 목은 3분의 1 정도를 남긴 채로, 동체와 붙은 채로 남았다.

본래 그것만으로도 죽는다. 인간은 목이 3분의 1만 잘려도 치명상이다.

하지만 상대는 아토페.

불사마왕 아토페라토페다.

"으랴아아아!"

아토페는 반쯤 시체나 마찬가지인 모습으로 에리스를 걷어 찼다.

우직 하는 기분 나쁜 소리를 내며 에리스가 날아갔다. 록시가 뒤에서 받아주었다.

어깨에서 피를 줄줄 흘리면서 사나운 시선을 아토페에게 계속 보내는 에리스.

의욕은 충분. 하지만 그녀의 차례는 여기까지다.

"오오오오!"

아토페는 고함을 지르면서 내 쪽을 돌아보았다.

방어하듯이 검을 들고 그대로 몸을 앞으로 기울이며, 개틀링 포를 쏘려는 내게 돌진하였다. 아직 행동을 개시하지 않은 내 쪽을 향하다니 야성의 감일까, 경험 때문일까.

에리스를 날려버렸기에 사선은 나왔다.

"'뚫어버려라'!"

스톤캐논의 비가 쏟아졌다.

한 걸음. 아토페의 갑옷이 산산이 깨졌다.

두 걸음. 아토페의 어깨가 찢어지고, 검이 하늘을 날았다.

세 걸음. 벌집이 된 아토페의 상반신이 하반신과 분리되어 날아갔다.

네 걸음은 없었다. 상반신을 잃은 하반신이 추욱 기울더니 쓰러졌다.

심장에 안 좋은 광경이다.

불사마왕이니까 피는 나오지 않았지만, 혹시 피가 나왔으면 속이 안 좋아졌을지도 모른다.

살인에는 익숙하지 않다. 익숙해질 리가 없다.

이렇게 가까이서 개틀링포를 쏘다니, 안 죽는다는 걸 아니까 할 수 있는 짓이다.

그래. 이 정도로는 안 죽는다.

"끝났습니까?"

에리스에게 치유 마술을 건 록시가 불안한 듯이 친위대를 둘러보면서 물었다.

그들은 아토페의 명령이 없는 한 공격해 올 리가 없다.

아무도 아토페 걱정을 하지 않는다. 불사인 주인에 대한 절대적인 신뢰가 있다.

"아직이야."

나는 경계하면서 그렇게 대답했다.

"이다음에 우리도 싸우는 거야?"

"아니, 그건 무리겠지."

"바닥을 봐. 흑요강철에 구멍이 났잖아?"

"갑옷도 의미가 없어. 뭐야, 저 마술⋯."

"전에 아토페 님이 싸웠을 때에 녀석이 엄청난 위력의 스톤캐논을 썼어. 아마 그거야."

"아하, 그렇군. 스톤캐논을 연사한 건가."

"그렇다면 갑옷과는 별도로 저 지팡이? 가 마도구인가."

그런 식으로 분석하고 있었다.

김 빠지는 녀석들이군. 하지만 그 정도로 아토페가 안 죽는다고 알기 때문이겠지.

아토페는 부활한다.

지금도 부활하려고 한다.

산산이 흩어진 살점이 더 큰 살점으로 모여들어 조금씩 결합하고, 원래 크기로 돌아가려고 한다.

어디의 기생생물과 달리 머리카락을 뽑아도 자력으로 돌아가는 걸까….

또 살점이 전부 모이지 않더라도 작은 살점에서 세포분열로 재생할 것 같은 생명력이 느껴진다.

이런 생물이 갑옷을 입고 무술까지 쓴다. 강할 만도 하지….

그런 생각을 하는 사이에 아토페가 원래 모습으로 돌아왔다.

다만 벌집이 났기 때문에 상반신은 알몸이다.

에리스 이상으로 단련된 근육과 에리스 정도는 아니지만 큰 가슴이 보였다.

저런 생물인데 근육을 단련하는 게 의미가 있나….

있는 거겠지. 오히려 세포가 죽지 않는다고 생각하면, 인간 이상으로 단련에 의미가 있을 것도 같다.

흥미롭군.

"계속 해보겠습니까?"

나는 재생을 마치고 빈손이 된 아토페에게 물었다.

장기전은 각오하였다.

하지만 진심으로 싸우러 온 것도, 적대하러 온 것도 아니다.

여기서 부활하는 아토페가 귀찮다고 진심으로 봉인하려고 하거나 소멸시키려고 하면, 뒤에서 지켜보던 무어가 적대시하게 된다.

적대했다고 판단한 무어는 친위대를 데리고 공격해 온다.

그런 이야기는 올스테드에게 들었다. 그 경우의 대처법도 일단 생각해 왔는데… 물론 바라는 바는 아니다.

귀찮지만, 몇 번이나 일어서는 아토페를 몇 번이나 쓰러뜨리고 만족시키는 것이 차선책이다. 몇 번이나 덤벼들지는 모르지만, 마력이 바닥날 때까지는 상대하자.

"안 해!"

그렇게 생각했는데, 아토페는 그렇게 외쳤다.

그러자 무어가 달려와서 아토페에게 망토를 둘러주었다.

"지금 예비 갑옷을 가져오게 사람을 보냈습니다."

"흥!"

아토페는 지면에 가부좌를 틀고 앉았다.

싸울 생각은 없는 모양이다.

다만 열받은 눈치로 나를 올려다보았다.

실로 의외다. 분명히 부활하는 동시에 멧돼지처럼 돌진해 올 줄 알았다.

아니면 주위에 호령하여서 포위한다든가.

"……."

그녀와 나 사이에는 검을 들고 선 에리스의 모습이 있었지만, 개의치 않았다.

내 대각선 뒤에는 지팡이를 들고 선 록시도 있지만, 이쪽도 나설 기회가 없을 것 같다.

"……."

아토페는 가만히 나를 바라보았다. 잠시 동안, 말없이, 가만히.

"무어, 기억하나?"

그리고 조용히 말했다.

"아뇨, 저는 인마대전 때는 아직…."

"그래, 그랬지."

평소와 달리 낮은 목소리로, 평소와 달리 차분한 목소리로, 아토페가 중얼거렸다.

"그때와는 다르다. 그때는 더 번쩍거렸다. 이것보다 힘도 속도도 위였지만, 저런 무기는 없었다."

아토페가 말하는 것은 오리지널 '투신갑옷' 이야기겠지.

라플라스가 만들었다는 최강의 갑옷.

"하지만 인간은 그래. 처음에는 약하지. 엄청나게 약해. 우리가 공격하면 바로 와해되어 도망치기 시작해. 하지만 잠시 뒤에는 쑥쑥 변해. 어느 틈에 얼굴이 바뀌고, 갑옷이 바뀌고, 무기가 바뀌. 싸우는 법도 그래. 뭉쳤다가, 흩어졌다, 산속에서 기다렸다, 강을 사이에 끼었다…. 그러면서 조금씩 강해져. 칼은 그게 인간의 강점이라고 말했다."

왠지 아토페의 얼굴이 차분했다. 대화 내용도 왠지 이지적이었다.

불사마족은 한 번 재생하면 현자 타임에 들어가나.

"그건 네가 만든 것인가?"

"예."

"그래…. 강하군, 너는. 실로 강해."

아토페는 후련한 표정으로 말했다.

"유쾌한 이야기다. 아버지가 아무리 고생해도 못 이겼던 용족을 나무토막 같은 인간이 따라잡으려 하다니…."

아토페는 천천히 일어섰다. 무어를 옆에 데리고 나를 올려다보며 팔짱을 끼고, 이해하지 못하는 나에게 아토페는 말을 이었다.

"패배를 인정하지. 약속대로 네가 살아 있는 한 나는 네 산하에 들어간다."

그렇게 아토페가 동료가 되었다.

"루데우스 그레이랫. 나에게 이긴 너는 용사다."

드디어 나는 용사가 되었다.

그 뒤에 아토페의 요새에서 잔치가 열렸다.

마왕 토벌의 잔치가.

주최자는 토벌당한 마왕 본인. 스태프는 친위대. 참가자도 친위대다.

연회장은 거대한 연병장에 설치되었다.

나무인형이나 운동기구는 치우고, 중앙에 만들어진 투기장을 빙 둘러싸듯이 동물 가죽으로 만든 융단을 깔아, 친위대들이 먹고 마시고 하였다.

마왕 아토페는 쓰러졌다.

그렇다고 아토페에게 붙잡힌 이들이 해방되는 것은 아니었다.

나로서도 아토페 친위대의 전력이 줄어드는 것은 아쉽고, 아토페도 분명 이해해 주지 못할 테니까.

일단은 지금 이대로다.

무슨 놀이도 아니니까 전원 해방하라고 할 수도 없다.

뭐, 혹시 꼭 돌아가고 싶은 녀석이 있다면 타이밍을 봐서 조금씩 집으로 돌려보내자.

조금씩이라면 아토페에게도 들키지 않겠지.

그렇긴 해도 아토페 친위대들도 그저 연회를 즐기는 것으로만 보였다.

반기를 들 생각도 없는 모양이다.

뭐, 그도 그런가. 딱히 자기가 이긴 것도 아니니까.

"오늘은 기쁜 날이다! 마셔라! 노래해라! 그리고 싸워라!"

아토페는 패배했는데도 기분 좋은 눈치였다.

연회장 한가운데의 투기장에서 부하들을 서로 싸우게 하며
좋아하였다.

내가 바친 술을 한 잔 마실 때마다 "맛있다!"라고 소리치는
것을 보면, 그게 마음에 든 모양이다.

왠지 이상한 느낌이지만, 그런 점은 바디가디와 비슷하군.

결투 다음에는 일단 마시고 노래하는 법이라….

역시 남매로군.

불사의 네크로스라크로스란 녀석도 그런 느낌의 녀석이었을
지 모른다.

"하하하하, 좋아!"

"박살내!"

"가드가 내려갔다! 올려! 올려! 우와…."

투기장에서 벌어지는 것은 격투전이었다.

무기는 없고, 갑옷도 없고, 맨손과 맨손으로 맞붙는 남자다
운 승부다. 거기서 친위대의 건장한 남자들이 주먹을 쥐고 서
로를 때렸다.

아, 이런, 잠깐만. 저건 친위대가 아냐. 남자도 아냐.

"승자, 에리스!"

투기장에 나간 것은 에리스였다.

그 싸움이 불완전 연소였겠지. 사나운 들개 같은 움직임으로
아토페 친위대의 마족을 때려눕히고 있었다. 그 싸움 전에 사

천왕이랑도 싸웠는데 잘도 저렇게 또 싸우네….

그렇긴 해도 꽤 좋은 승부였다.

그 도마뱀 같은 머리의 친위대, 에리스랑 제대로 치고 받네.

친위대도 정예라고 하지만, 에리스도 검을 들지 않았다. 맨손의 싸움이라면 호각일까, 아니면 한쪽이 살살 하는 걸까….

아니, 살살 하는 건 아니다.

투기장 옆에는 기절한 선수가 몇 명이나 나뒹굴고 있었다.

에리스는 이미 세 명 정도의 상대를 때려눕힌 뒤인 모양이다.

다치지 않은 건 아니지만, 세컨드로 붙은 록시가 치유 마술을 쓰고 있으니까 괜찮겠지.

에리스, 강해졌구나….

"아하하하하하! 강하잖아! 역시나 용사의 동료다! 다음은 누구지?! 누가 갈 거냐?"

"승부야! 마왕 아토페! 덤벼봐!"

"아하하하하하! 나한테 맨손 싸움을 청하다니, 키시리카에게 뒤지지 않는 멍청이로군! 좋아, 마음에 들었다! 상대해 주지!"

아토페가 망토를 벗어던져서 상반신 알몸인 채로 투기장에 뛰어들었다.

연회장에는 찢어질 듯한 환성이 일었다.

연회는 지금 최고조. 에리스가 이길까, 아토페가 이길까.

승산은 아토페가 위겠지. 하지만 에리스라면, 에리스라면 그런 예상을 뒤엎고….

"루데우스 님…. 루데우스 님!"

"아, 실례."

나는 그 연회에 참가하지 않았다.

요새의 어느 방에서 무어와 앞으로의 일에 대해 회의하고 있었다.

내가 주역일 텐데… 연회는 최고조다. 뭘 위한 연회일까.

"어흠, 자세한 경위는 알았습니다. 인신과 그 사도 기스의 수색과 살해 및 싸우게 되었을 때의 원호. 키시리카 님의 수색. 첩보조직의 설치. 마신 라플라스와의 싸움의 원호. 대략적으로는 이상이군요?"

"예."

아토페와 달리 무어는 말이 통하는 남자였다.

내 요청을 듣고 정리하고, 긍정적으로 검토해 주었다.

어쩌면 그는 아토페의 뇌세포가 인격을 가지고 좁은 두개골에서 탈출하면서 태어난 걸지도 모른다.

"앞의 두 개라면 모를까, 뒤의 두 개, 특히 마신 라플라스와의 싸움의 원조는 가능할 것 같지 않습니다."

"역시 무리입니까? 라플라스에게 의리를 세운다든가…?"

"아토페 님은 당신 개인에게 패배하였습니다. 당신이 죽으면 그것도 끝이겠지요. 아니면 앞으로 80년 동안 살아 있을 수 있습니까?"

"…어렵겠군요."

어디까지나 개인. 나 개인.

록시 정도에게 졌다고 생각하게 하는 편이 좋았을지도 모르지만… 뭐, 어쩔 수 없나.

이것도 운명이겠지.

"용병단의 지원도 어렵겠습니다."

"그건 역시 영역 같은 것 때문에?"

"아토페 님은 이 일대에 군림하고 계십니다만, 지배하는 것은 친위대뿐입니다. 다른 조직을 만드는 건 상관없습니다만, 그걸 돌봐줄 수는 없습니다."

"…알겠습니다."

용병단도 무리.

만드는 것뿐이라면 가능하겠지만, 옆에 있는 조직의 우두머리가 아토페라는 사실을 잊어선 안 된다.

문제는 일어난다. 그리고 문제를 해결하는 것은 지혜가 아니라 그 자리에서의 힘이 필요하다.

분명 어느 틈에 괴멸해 버렸다는 사태가 발생하겠지.

"키시리카 님의 수색이라면 각지의 마왕에게 아토페 님의 사인이 들어간 편지를 쓰도록 하지요. 수색 정도라면 마왕님들도 도와주겠지요."

"부탁하겠습니다."

"그런 말씀 하실 게 아닙니다. 그 편지를 전하는 것은 루데

우스 님입니다. 우리는 전이마법진의 상세한 위치도 모르니까
요."

"아, 예."

그래, 이 사람들은 전이마법진에 대해 아니까 숨기지 않아도
되는군.

전이마법진. 인간에게는 금기지만, 마족에게는, 특히나 장생
하는 이들에게는 금기가 아닐지도 모른다.

"키시리카 님도 딱히 이유가 없어서 도망치는 게 아니니까,
금방 찾을 수 있겠지요."

"최대한 빠른 게 좋습니다만."

"편지가 도착하는 속도에 달렸습니다만… 1년 이내로는 어
디서 찾을 수 있을 겁니다."

키시리카는 여전히 어디에 있는지 모른다.

"왜 그 사람은 항상 떠돌아다니는 겁니까?"

"글쎄요, 옛날 마족 분의 생각은 나로서는 모릅니다."

"…그렇지요."

내가 보기론 무어도 옛날 마족이다.

몇 년 살았는지 모르지만, 불사마족이라면 백 살이나 이백
살 정도 산 게 아니겠지.

"하지만 루데우스 님은 정말로 강해지셨군요. 이전에 만났을
때와 비교하면 몰라볼 정도입니다."

"마도갑옷의 힘입니다."

"겸손도."

"겸손이 아닙니다. 아토페 님을 꺾을 만한 힘은 손에 넣었지만, 나 자신이 극적으로 강해진 것이 아니니까요."

'힘'은 만들 수 있다.

마술과 기술의 융합으로.

물론 이 '힘'은 나 혼자서 손에 넣은 게 아니다.

나와 자노바와 크리프, 최근에는 록시도. 이들이 없었으면 마도갑옷은 완성되지 않았고, 운용도 할 수 없다.

"아토페 님이 일격에 그 강함을 인정하고 산하에 들어가기로 결심한 것은, 초대 북신 칼맨 님에 이어 두 번째입니다."

"열강 레벨에는 못 미친다고 생각합니다만."

그대로 몇 번이나 되살아나서 계속 싸웠으면, 언젠가 내가 쓰러졌겠지.

마도갑옷의 연비는 안 좋고, 마력은 무진장 나오는 게 아니니까.

"부족하다면 메우면 된다. 기술, 무구, 동료. 아토페 님은 그 모든 것을 인정하신 것입니다. 고로 언제나 전원이 한꺼번에 덤비라고 말씀하십니다. 그것이 인간의 강함이라고."

인간의 강함은 종합력…이란 소리겠지.

무기를 쓰는 것도, 동료를 쓰는 것도, 모두 전략이나 전술에 들어간다.

상대가 뭘 하든 비겁하다고 하지 않는다.

그러니까 아토페는 패배를 인정하고, 무어는 나를 칭찬한다.

조금은 납득했다.

"하지만 아토페 님에게는 아직 우리 친위대와 북신류 검술이 있습니다. 진짜 실력으로 싸운 거라고는 생각하지 마시길."

"명심하겠습니다."

이번에 아토페는 혼자서 싸웠다.

하지만 그것은 아토페의 최소한의 힘이다.

또한 아토페는 인간의 힘을 받아들이듯이 무구를 걸치고 친위대를 조직하였다. 진짜로 싸우면 그 모든 것을 동원하여 싸우겠지.

아토페는 아직 여력을 남겼다. 어디서 쓸 생각인지는 모르겠지만.

무서운 이야기다.

미래의 나도 무어에게 당한 바람에 진 모양이고….

이번에는 일단 친위대와 싸우는 예상까지는 했고, 그걸 위해 준비도 해왔다.

록시에게는 여러 사태를 상정한 스크롤을 맡겨두었고, 아주 짧은 시간이라도 무어를 붙들어둘 수 있으면 철수할 수 있는 준비도 되었다.

그렇게 생각했지만, 본격적으로 친위대가 참전하면 위험했을지도 모른다.

"무어! 무어어어어! 루데우스를 데려와라!"

그때 아토페가 부르는 소리가 들렸다.

무어를 부르는 고함소리가 여기까지 울렸다.

창밖을 보니, 에리스가 엎어져 있고, 그 옆으로 록시가 달려가는 참이었다.

진 모양이다.

뭐, 그야 그렇겠지.

"슬슬 가야 하겠군요. 연락은 방금 전에 설치한 석판으로 부탁드립니다."

"예. 하지만, 그 전에."

무어는 그렇게 말하더니, 옆에 놔두었던 상자를 내밀었다.

크기는 국어사전 정도. 흉흉한 악마의 무늬가 새겨져서, 열었다간 저주를 받을 듯한 상자였다.

받아보니 의외로 가벼웠다.

"아토페 님에게서 이걸 건네주라는 분부를 받았습니다."

"…이건?"

"궁지에 몰렸을 때에 열어주세요. 반드시 루데우스 님의 힘이 되겠지요."

그래.

안에 뭐가 들었을지는 그때의 즐거움으로 남겨두란 소린가.

"그럼 갈까요."

"예."

나는 상자를 짐가방에 넣고 그 방을 뒤로 했다.

그 뒤에 아토페의 옆에 앉혀져서 특등석에서 투기를 관람하며 술을 마셨다.

친위대가 벌이는 5대 5 단체전. 무어와 부하들이 보여주는 화려한 마법.

기타 중국잡기단 같은 아크로바트나 음유시인 출신자의 음악 등도 있었다.

물론 나는 그걸 그리 즐길 수 없었다.

아토페가 왜인지 상반신을 벗고 옆에 계속 있었기 때문이다.

으음, 눈 둘 곳이 없어 곤란해.

금욕의 루데우스는 금욕이니까 욕심이 많으니까.

"......"

힐끗힐끗 보았더니 어느 틈에 옆에 와 있던 에리스가 내 귀를 잡아당기고, 록시가 무릎 위에 앉아서 아토페를 못 쳐다보게 했다.

즐거운 연회였다.

막간　저희, 결혼했습니다

십여 채의 집들. 조악한 울타리. 작은 밭. 밭 구석에 있는 뼈ㅇ플라워. 커다란 냄비 옆에 모이는 중학생들.

어느 것이고 예전 그대로고, 기억 그대로다.

"장인어른, 건강히 계실까요."

"글쎄요…."

미굴드족의 마을은 시간이 멈춘 듯했다.

아토페가 동료가 된 지 2개월 정도 시간이 경과했다.

그동안 나는 각지의 마왕에게 편지를 전하고 다녔다.

아토페의 편지와 올스테드가 추천한 선물을 들고, 마대륙 구석구석을…이라고 해도 전이마법진을 이용했지만.

마왕 중에는 여러 녀석이 있었다.

미식가에 돼지 같은 모습을 한 '약탈마왕' 바구라하구라.

모아이상처럼 얼굴밖에 없는 '얼굴의 마왕' 라인바인.

몸에서 항상 빛이 나오는 '빛의 마왕' 사메디노메디.

반투명한 육체를 얇은 옷으로 숨긴 '요염마왕' 바토르세토르.

등등.

모든 장소에 싸울 각오로 갔다.

아무래도 상대는 마왕이다.

마왕이라고 하면 아토페라토페나 바디가디를 필두로 하는 바보 집단.

이야기를 들어줄 리도 없다.

그렇게 생각했는데, 뜻밖으로 말이 통하는 이들이었다.

내가 선물을 바치자 애처럼 기뻐하고, 아토페의 편지를 건네자 새파란 얼굴을 하면서 "용사인가…."라고 중얼거리고 눈을 돌리며 고개를 숙였다.

실금하면서 "죽이지 말아줘."라고 애원하는 녀석도 있었다.

'불쾌의 마왕' 케브라카브라도 그랬다.

올스테드가 주의하라고 당부했던 '불쾌의 마왕' 케브라카브라다.

온몸에 구멍이 난 구체형의 마왕으로, 구멍에서는 항상 젤 같은 것이 흘렀다. 제법 불쾌한 모습에 그대로 전투에 들어갈 듯한 기운마저 돌았지만, 아토페의 이름을 꺼내자 순식간에 엎드렸다.

아토페가 얼마나 두려움을 사고 있는지, 그리고 얼마나 비정상적인지 잘 알 수 있었다.

마왕이란 기본적으로 자기가 좋아하는 일을 할 뿐인, 선심 좋은 녀석들인 거겠지.

그들에게 요구하자, 진지한 얼굴로 검토해 주었다.

다만 그들은 키시리카의 수색에 대해서는 응해 주었지만, 80년 후의 일에 대해서는 '그런 미래의 일은 잘 모른다'라는 대답이 많았다.

긴 수명을 가진 마왕들은 앞날을 생각하지 않는 거겠지.

도중에 리카리스 시에도 들렀다.

바디가디가 지배하는, 키시리카 성이 있는 도시. 과거에 키시리카가 본거지로 삼았던, 크레이터에 만들어진 도시다.

바디가디는 없었다.

병사들에게도 물어보았지만, 한 번도 돌아오지 않은 모양이었다.

어디를 떠돌아다니는 건지는 다들 어깨만 으쓱일 뿐이었다.

일단 성에 있는 병사에게 편지를 건네고, 키시리카만이 아니라 바디가디의 수색도 의뢰했다.

마왕의 성도 몇 개 안 남았다.

이대로 문제없이 끝날 것 같다.

그런 단계에서 록시가 말했다.

"잠깐 고향에 들러도 될까요. 괜찮습니다. 금방 끝날 테니 혼자서 얼른 다녀오겠습니다."

혼자만 보낼 리가 없다.

나는 즉각 집에 돌아가서 라라와 선물을 챙겨 리카리스 시로 돌아왔다.

이런 일도 있을 줄 알고 잘 준비해두었다.

그리고 사흘 동안의 여행을 마치고 지금 미굴드 마을에 도착했다.

나와 록시와 라라까지 셋이다.

에리스는 이러니저러니 하면서 사양했다.

검에 대한 답례 인사만큼은 해달라고 했는데… 그녀도 사양이란 것을 배웠다고 생각하니 감개 깊다.

★　　★　　★

록시의 어머니 로카리는 록시의 모습을 보고 굳어 버렸다.

아니, 록시의 모습을 봐서가 아니라.

록시의 옆에서 사이좋게 서 있는 나와 록시가 안은 아이를 보고 굳은 것이다.

이 마을에서는 록시를 가만히 쳐다보는 녀석이 있었다. 염화를 날리는 거겠지.

하지만 로카리는 다르다. 확실히 머리가 멎어 버렸다는 식으로 굳었다.

5초 정도 굳어 있었다.

"어머니, 돌아왔습니다."

입으로 인사를 하자, 로카리는 꿈틀 하고 떨었다.

"로, 록시, 그쪽 분과, 그 아이는?"

"제 남편과 아이입니다."

"……!!"

다음 순간 로카리는 '어머나!' 라는 얼굴을 하고 주위를 둘러보았다.

거의 동시에 근처에 있던 미굴드족이 이쪽으로 다가오는 것을 보면, 염화로 뭐라고 외쳤겠지.

혹은 록시의 아버지 로인을 부른 걸지도 모른다.

어머나, 여보, 록시가 남자를 데려왔어요!

라고 말한 걸지도 모른다.

"······."

"······."

말없는 시선이 아프다.

하지만 나는 록시의 남편이다. 부끄럽지 않도록 행동해야만 한다.

팔짱을 끼고, 다리를 어깨 넓이로 벌리고, 가슴을 펴고. 최고의 파워를 몸에 두르고···.

"어머니, 아버지는 계신가요?"

"그, 그래. 지금 불렀어. 장로님 댁에 계셔서··· 금방 돌아오실 텐데."

"그럼 집에서 기다리게 해주세요. 시선을 너무 모아서 루디가 이상한 포즈를 취하고 있으니."

어?! 이상해?!

유서 깊은 악의 총수의 포즈인데···.

"그럼 루디, 이쪽으로."

"응."

록시의 말에 따라 나는 뒤를 따랐다.

등에 멘 짐이 무겁게 느껴지는 것은, 이제부터 장인장모에게 인사를 드린다는 긴장감 때문일까.

사랑하는 록시에게 혼신의 포즈를 디스당했기 때문은 아니다.

"실례하겠습니다."

두 사람의 뒤를 따라서, 시선을 받으면서, 나는 록시의 집으로 들어갔다.

생각해보면 전에 왔을 때는 이 집으로 들어가지 않았다. 록시가 예전에 썼던 방이나 졸업 앨범 같은 것을 볼 수 있을까.

아니, 이 마을에 그런 개념이 없다는 건 알지만.

"식량 비축이 있던가…."

"아뇨, 금방 돌아갈 테니까 괜찮아요."

"아니, 록시, 간만에 돌아왔으니까 천천히 있다 가야지."

로카리의 서글퍼하는 말을 들으면서 난로 주위에 앉았다.

그러자 록시가 바로 옆에 앉았다.

"아뇨, 저희도 바쁜 몸이라서."

"그래…."

로카리는 아쉬운 눈치였다.

뭣하면 사나흘 정도는 머물러도 될 것 같은데….

록시는 별로 고향을 좋아하지 않는 눈치고, 빨리 돌아가는 건 어쩔 수 없을지도 모른다.

"그렇긴 해도 이렇게 갑자기 돌아오다니…. 게다가 이렇게 멋진 분을 데리고…."

그리고 로카리는 다시 나를 보았다.

머리부터 발끝까지, 사양 없이 본 뒤에 뒤늦게야 떠오른 것처럼 고개를 숙였다.

"아, 인사가 늦었네요. 저는 록시의 엄마인 로카리입니다. 처음 뵙겠습니다."

처음이라….

역시 십여 년 전에 딱 한 번밖에 안 만났으니 기억하지 못하는 모양입니다.

"루데우스 그레이랫입니다. 이전에 한 번 만났습니다만…."

"그런가요…?"

"예, 10년 정도 전에 한 번. 루이젤드와 함께."

"루이젤드 스펠디아의 지인? 하지만 그가 이 마을에 있었던 건…."

루이젤드라는 말에 로카리는 생각하듯이 턱에 손을 댔다.

그리고 뭔가 떠오르는 게 있었는지 앗 소리를 내었다.

"혹시 루이젤드가 떠날 때 함께 있던 작은 인간 아이?"

"예, 그렇습니다."

"어머…! 그립네요! 많이 자랐군요. 아직 십 년 남짓밖에 안 지났지만, 인간도 그만큼 성장하면 이미 어른이지요?"

"예. 아직 미숙합니다만, 그렇다고 생각합니다…."

그리고 나는 바닥에 손을 대고 고개를 숙였다.

"보고가 늦었습니다, 따님과 결혼했습니다."

"아, 예. 저기, 이 아이라도 괜찮은가요?"

"그렇습니다."

그렇게 말하며 록시를 보자, 얼굴을 붉히고 있었다.

"저기, 록시는 인간의 아내로서 잘 지내고 있습니까? 인간과 마족은 마찰도 있겠죠? 폐를 끼치지 않습니까?"

"잘 지내고 뭐고, 저는 록시에게 도움만 받고 있습니다. 우리 집에서 제일 믿음직한 것은 록시입니다."

"그런, 가요⋯."

록시가 옆구리를 찔렀다.

왜 그러나 싶어서 그쪽을 보니 "너무 과장입니다."라고 작은 목소리로 말했다.

과장은 하나도 안 했는데. 믿고 있는데.

"하지만 이렇게 훌륭한⋯ 정말 제 딸로 괜찮은가요?"

아까와 같은 질문.

로카리도 혼란스러운 모양이다.

"루디는 아내가 둘 더 있고, 저는 첩 같은 입장이라서 다소 부족해도 문제없습니다."

록시가 끼어들었다.

록시가 부족한 점은 전혀 없고, 나는 록시를 첩 취급한 적이 한 번도 없는데⋯.

"그래⋯ 하지만⋯."

"어머니, 부끄러우니까 그만두세요."

"그래⋯. 응⋯ 하지만 역시 걱정이야. 너는 전부터 붙임성 없고 말수도 적고 조심성도 없고⋯."

"제 단점은 잘 알고 있습니다. 하지만 이렇게 아이도 낳았고, 아내로서의 책무는 다하고 있습니다."

책무라니 사무적이네. 가령 아이를 못 낳더라도 내 아내라는 건 변함없는데….

하지만 그렇게 말하는 편이 좋을지도 모른다.

"루데우스 씨, 사실인가요?"

"예, 적어도 제가 록시를 싫어하는 일은 없습니다. 신에게 맹세합니다."

내 사랑은 아가페. 무한한 사랑이다.

"그렇습니까…."

로카리가 곤혹스러운 얼굴을 하였다.

역시 행동으로 보이는 편이 좋을까. 록시의 어깨라도 안으면서.

아, 손을 잡혔다. 아냐, 록시, 엉덩이를 만지려고 한 게 아니라.

그렇게 생각했더니 내 손을 꼭 붙잡았다. 록시의 손 따듯하네.

"그런 모양이군요."

로카리는 납득해 준 모양이다.

그때 록시의 옆에 앉아 있던 라라가 밖으로 고개를 돌렸다.

"아, 로인이 돌아왔네요."

장인어른의 등장이다.

다시 한번 인사를 드리도록 하자.

마음을 바짝 먹자.

고개 숙여 엎드릴 준비는 되어 있다.

로인에 대한 인사도 막힘없이 진행되었다.

그도 로카리와 같은 반응이었다.

비슷한 발언을 했기 때문에 나도 같은 대답을 했다. 아주 간단한 오퍼레이션이었다.

엎드려 빌지 않아도 될 것 같다.

"어찌 되었든 축하한다, 록시. 네가 행복해서 다행이다."

로인은 마지막으로 눈물을 지으며 그렇게 말하고 록시의 손을 잡았다.

"감사합니다, 아버지."

록시도 로카리도 눈물을 지었다.

그걸 보며 나도 왠지 감격하였다.

나는 록시를 행복하게 해준 걸까.

애초에 행복이란 무얼까. 모르겠지만, 그녀가 날 싫어하지 않도록 오늘밤에도 노력하고 싶다.

"그렇긴 해도 록시가 결혼이라…. 어렸을 적부터 아무것도 없는 곳에서 넘어져서 울던 그 록시가…."

"루디의 앞에서 그런 말은 하지 마세요."

록시의 어렸을 적이라. 분명 귀여웠겠지. 아마 외견은 지금과 그리 다름없을 테니까 당연히 귀엽더라도, 발언 같은 건 더어린애 같았겠지.

그 무렵에 만나서 같이 자랐으면… 분명 지금과 다른 관계가되었겠지.

아니, 어떤 관계가 되든 내가 록시를 존경하는 운명은 변함없겠지만.

"어찌 되었든 손주 얼굴을 볼 수 있을 줄은 몰랐어."

로인은 감동한 모양이었다.

나무라면서도 그런 말을 하며 라라를 안아들고 기분 좋은눈치였다. 라라는 평소처럼 버둥거리지도 않고, 그저 가만히로인을 바라보았다.

로인은 그 모습을 보고 빙그레 미소 지었다.

"그래, 라라라고 하나. 이름을 말할 수 있다니 똑똑하구나."

"어?"

"어?"

나와 록시는 동시에 소리 내어 놀랐던 것 같다.

라라의 이름은 아직 말하지 않았다.

라라도 아무 말도 하지 않았다.

그런데 어떻게….

그렇게 생각했을 때, 록시가 놀란 얼굴로 로인을 보았다.

"…우리 애, 혹시 염화를 할 수 있나요?"

"어? 그래, 아직 더듬거리긴 하지만, 제대로 전해지는군."

나는 록시와 얼굴을 마주보았다.

지금 밝혀진 충격적인 진실.

내 딸은 에스퍼였다.

아니, 생각해 보면 그리 이상한 일은 아니었다.

록시는 염화를 못 쓴다. 하지만 록시의 양친은 모두 쓸 수 있고, 유전되는 것도 아니란 거겠지.

"몰랐었나?"

"…우리 집에는 염화를 할 수 있는 사람이 없어서."

"그런가…? 하지만 라라는 할머니와 자주 이야기한다고 하는데?"

할머니.

라라의 할머니…라면 로카리…가 아니지.

제니스다.

"아아…."

동시에 뭔가 납득했다.

무녀는 말했다. 제니스는 상대의 마음을 읽을 수 있다고.

그리고 제니스의 기억 안에서 라라는 꽤 말이 많았다.

평소에는 말이 없고 뚱한 기색인 라라. 그녀가 즐겁게 제니스와 대화하는 기억.

그래, 염화인가.

라라는 계속 염화로 말하였던 것이다.

그러니까 제니스와 대화할 수 있었다.

"……."

왠지 안도했다.

하지만 록시는 그렇지 않았던 모양이다.

왠지 복잡한 표정으로 고개를 숙였다. 딸이 할 수 있는데 왜 자기만 못 하는 건지 고민하는 걸까. 분위기가 어두워졌다.

"정말로… 어어? 어쩌지… 라라, 아빠예요~"

나는 일어서서 라라의 머리를 쓰다듬으며 그렇게 말했다.

라라는 웃지도 않았지만, 가만히 나를 바라보았다. 뭐라고 말하는 걸까.

"무슨 말을 하는지 모르겠다는데."

어라? …아, 그런가, 지금은 마신어로 했지.

[라라, 아빠예요~]

이번에는 인간어로 말해보았다.

그리고 로인의 눈치를 살폈다.

"알고 있다, 고 말하는군."

알고 있나. 그래, 그렇군. 모를 리가 없지.

항상 말하니까.

그렇긴 해도 차갑네.

아빠 좋아, 같은 립서비스 정도는 해줘도 좋을 텐데.

요즘은 루시도 그런 말을 해주는데.

아니, 염화에 언어는 관계없지. 입으로 하는 말과는 다른 느낌이 전해지나….

그래, 그렇지 않으면 제니스와 대화하는 것도 힘들 테고.

"어찌 되었든 조금 성장이 늦는 걸까 싶었는데, 조금 안심했습니다."

"아직 어리니까 머리로밖에 말하지 못하지만, 조금 더 있으면 입으로 말할 수 있게 되겠지."

로인은 그리움 담긴 눈을 하면서 그렇게 말했다.

"아까 너희 둘의 느낌은, 우리가 록시를 낳았을 때와 같았겠지."

"그 말씀은?"

"우리도 록시가 태어났을 때, 말을 못 한다, 성장이 늦다, 그렇게 생각했으니까…."

가족 중에서 유일하게 염화를 못 하는 록시와 가족 중에서 유일하게 염화를 할 수 있는 라라.

입장은 비슷한가. 비슷한 모녀인가.

어찌 되었든 안심했다.

내 딸은 제대로 성장하는 모양이다.

사실 가족 중에서 대화할 수 있는 상대가 없으면 힘들겠지만, 그렇지도 않다.

제니스는 확정이고, 아마 레오도 염화와 비슷한 힘으로 라라와 대화하겠지. 그런 느낌이 있다.

말이 통하게 된다면 다른 가족과도 교류할 수 있게 된다.

얼마 안 남았다.

"라라는 록시를 많이 닮았군요."

"하하하, 그래. 똑같아. 눈가가 특히나."

로인은 기쁜 듯이 웃었다.

로카리도 즐거워보였다.

라라도 기분 탓인지 즐거운 표정을 하는 걸로 보였다.

그 뒤에 이전에 빌렸던 돈을 열 배로 갚고, 선물을 드리고, 오랜만의 그레이트 토터스 요리를 속으로는 얼굴을 찌푸리며, 겉으로는 맛있다고 말하고 먹고.

즐거운 시간을 보냈다.

오길 잘했다.

나는 그렇게 생각했지만, 록시의 표정은 밝아지지 않았다.

끝까지 밝아지지 않았다.

결국 그날 나와 록시는 마을에서 묵고 가게 되었다.

부부인 걸 생각해 준 걸까, 록시네 집 근처에 있는 빈집에서 묵게 되었다.

먼지가 있는 빈집을 청소해서, 가족 셋이서 나란히 누워서 잤다.

여관에 가면 침대가 하나밖에 없고, 베개 둘이 나란히 있는 것과 비슷한 느낌이다.

하지만 라라가 함께 있을 때에 그런 걸 할 수는 없고, 지금의 나는 금욕의 루데우스다.

옆에 록시가 자고 있어도 노 터치로 넘어갈 수 있다.

하지만 눈을 감고 자는 록시를 보고 있으니 왠지 말이지.

조금 정도는, 이라는 마음이 말이지.

솟구친단 말이야, 말이야.

뭐, 잘 생각해봐.

나는 한동안 아이가 생기지 않도록 금욕생활을 시작했다.

그렇다면 반대로 말해서 아이만 안 생기면 된다. 안 좋은 고름을 배출할 뿐인 행위라면 운명은 변하지 않는다.

록시는 안전하다.

그런고로 살짝 실례….

"루디."

우아아!

죄송합니다! 마음이 조금 흔들렸습니다.

원 터치 정도는 용서해 줄 거라고 생각했습니다…. 하지만 그렇지요, 나는 금욕의 루데우스! 금욕의 루데우스는 용서하지 않아!

"아직 깨어 있습니까?"

"쿠우, 드르렁."

"자는 척은 그만하세요. 아까 눈이 마주쳤잖아요."

조심조심 눈을 떴다.

누운 록시가 나를 보고 있었다. 진지한 얼굴이었다.

"라라 문제입니다."

라라는 이미 쿨쿨 자고 있었다.

평소에는 무뚝뚝한 얼굴이지만, 자는 얼굴은 천사다.

"솔직히 그러지 않을까 생각했습니다."

뭐가, 라고는 묻지 않는다.

오늘 나왔던 이야기다.

라라가 미굴드족의 능력을 쓸 수 있다는 이야기다.

"지금까지 입다물고 있었지만… 저는 라라와 제니스 씨가 서로 바라보는 모습을 볼 때마다 그 가능성을 고려했습니다."

"나는 생각한 적도 없었지요."

"그렇겠죠. 루디는 요 몇 년 동안 아주 바쁘게 돌아다녔으니까요."

아이를 보고 있지 않았겠지.

그런 말을 들은 기분이었다. 뭐, 그런 식으로 말하자면 그럴지도 모른다. 귀여운 부분만 보며, 귀여워했을 뿐일지도 모른다. 육아에 대해서도, 교육에 대해서도, 전혀 관여하지 않았다.

솔직히 실피나 록시에게 다 맡기고 있었다.

"왜 그런 얼굴을 하나요. 그걸 뭐라고 할 생각은 없습니다."

그렇게 말해주는 건 고맙다. 아무리 고민하고 반성해도, 지금의 나는 인신 문제로 정신이 없다. 육아에 할애할 리소스는 거의 남아있지 않다.

"다만, 조금 생각했습니다."

록시는 라라의 머리를 가만히 쓰다듬었다.

"저는 이 마을에서 태어났습니다. 철이 들 무렵부터 계속 소외감을 느끼며 자랐습니다."

"……."

"돌이켜보면 힘든 나날이었습니다. 이 마을을 떠나서, 말로 의사소통을 하는 도시로 나가서, 거기서 사람들을 사귀고, 모험가로 생활하기 시작했을 무렵, 제가 살 세계는 여기였다고 실감한 것을 기억합니다."

모두가 할 수 있는 일을 할 수 없다.

아주 단순한 일인데 할 수 없다.

이런 상식적인 일을 왜 못 하는 거냐는 말을 들어도, 알 수 없다.

그저 할 수 없어서, 주위에게서는 못난이라는 소리를 듣고, 스스로도 그렇게 인식한다.

하지만 사실은 그게 상식이 아니었다.

못 하더라도 괜찮다.

그걸 알았을 때의 록시에게는 말로 할 수 없는 해방감이 있었을 게 틀림없다.

"이대로 라라가 자라면 저와 같은 생각을 하게 될지도 모릅니다. 저는 마을에서 나가는 것으로 충분했습니다만, 라라는 아닙니다. 미굴드족과 같은 능력을 쓰는 종족은 달리 없으니까요."

록시는 살며시 눈을 돌렸다.

하지만 그럴지도 모른다.

미굴드족은 이 마을에서 되도록 밖으로 나가지 않는다. 마대륙에서도 미굴드족 같은 종족을 본 적은 거의 없다.

배타적이지는 않지만, 폐쇄적인 종족이다. 장래에 라라가 소외감을 느끼지 않을 거라고 장담할 수 없다.

"그래서 생각했습니다."

록시는 고개를 돌린 채로 말했다.

자기 생각에 자신이 없는 것처럼, 복잡한 얼굴을 하고.

"라라를 부모님에게 맡기는 것은 어떨까, 하고."

"…예?"

"열 살이나 열다섯 살까지, 어느 정도 성장할 때까지, 미굴드족의 마을에서, 미굴드족으로 사는 편이 좋을지도 모른다고. 그 후에 마을에서 나갈 건지, 마을에 남을 건지를 정하게 하는 편이 좋을지 모른다고. 그렇게 생각했습니다."

"……."

나는 아들도 딸도 최대한 곁에 두고 싶다.

그게 부모의 의무라고 생각한다. 책임을 진다는 것은 그런 것도 포함한다고 생각한다. 인신 문제를 제쳐두더라도 라라는 보이는 곳에서 키우고 싶다.

하지만 록시는 잘 생각하고서 말하는 것이다.

결코 의무에서 도망치고 싶어서, 육아를 방치하고 싶어서 하는 말이 아니다.

라라가 힘들 테니까. 자기와 같은 꼴을 겪게 하고 싶지 않으니까, 그렇게 말하는 것이다.

파랑머리를 가진, 남들과 다른 커뮤니케이션 수단을 가진 아이. 앞으로 힘든 일이 없을 리가 없다. 아이의 괴로움을 부모가 대신할 수 없다는 사실은 말할 것도 없다.

"나는 반대입니다…. 하지만 록시가, 그게 낫겠다고 말한다면, 나는….'

말이 나오지 않았다.

택할 수 없다. 내 마음을 우선할지, 록시의 제안을 우선할지. 알 수 없어서 그저 입을 다물었다.

"미안해요. 루디. 지금 말은 그냥 잊어주세요."

잠시 침묵한 뒤에 록시는 그렇게 말했다.

그날은 그걸로 끝이었다.

나와 록시는 손을 잡고 잠들었다.

미굴드족의 마을.

여기는 조용한 마을이다. 말소리가 들리지 않는다. 마을사람들끼리는 텔레파시로 말하니까, 이 마을에는 말소리가 없다.

혹은 록시에게 인사하는 아이도 있을지 모르지만, 록시에게는 들리지 않는다.

라라에게는 들리는 걸까. 저쪽에서 식사 준비를 하는 사람들의 대화나 집 안에서의 다툼, 기타 등등의 소리가.

"이렇게 변화 없는 모습을 보면 제 10년 동안의 인생이⋯ 아니, 인간이 얼마나 바쁘게 사는지를 이해하게 됩니다."

록시는 그렇게 말하고, 그녀가 안은 딸에게 시선을 보냈다.

라라는 여전히 무뚝뚝한 표정으로 록시를 바라보았다.

이 마을은 분명 앞으로 10년이 더 지나도 변화가 없겠지.

어쩌면 변화가 있어도 우리는 깨닫지 못한다.

"그럼 조심하거라."

"조금 더 있다 가도 되는데⋯."

로인과 로카리는 마을 입구까지 배웅하러 나와 주었다. 두 사람은 쓸쓸한 눈치였다.

"마지막으로 라라를 한 번 안아보게 해 주겠니?"

로인은 그렇게 말하며 손을 내밀었다.

첫 손주는 어느 세계고 귀엽겠지. 그들은 록시 이외에 자식을 만들 생각이 없는 모양이고.

"괜찮아요, 여기."

록시는 껴안은 라라를 내밀었다.

내밀려고 했다.

"어머?"

라라는 록시의 로브 목덜미를 꼭 껴안고 있었다.

어디서 본 듯한 광경이었다.

"자, 라라, 할아버지 할머니께 인사해야지."

"……."

라라는 두 팔다리를 써서 매미처럼 록시에게 달라붙었다.

그 자세 그대로 나를 보았다. 평소처럼 통통하고 표정 없는 얼굴….

이 아니었다.

입가를 일그러뜨리고, 미간을 찌푸리고, 당장이라도 울 것 같은 얼굴이었다. 도움을 청하는 얼굴이었다.

"아… 하하하. 역시 됐다."

로인은 쓴웃음을 지으면서 그렇게 말하고 손을 흔들었다.

"엄마와 떨어지기 싫다는구나."

"……!"

록시는 놀란 듯이 라라를 보았다.

라라의 울 것 같은 얼굴을 보고, 록시의 얼굴에 순식간에 불안의 빛이 퍼졌다.

"시러, 같이 있는 게 좋아…."

라라가 쥐어짜내듯이 그렇게 말했다.

지금까지 거의 말이 없던 내 아이가… 처음으로 자기주장을 했다.

"……."

어쩌면 라라는 어젯밤의 대화를 들었을지도 모른다.

듣지 않았더라도, 그런 이야기가 있었으니까 자길 두고 가는 꿈이라도 꾸었을지 모른다.

무의미하게 불안하게 만든 걸지도 모른다.

"괜찮아요."

록시는 라라를 가만히 껴안았다.

우는 것을 참느라 입술을 꾹 깨물고.

모녀가 똑같은 표정을 하면서, 록시는 말했다.

"계속 함께 있을 거니까요."

그렇게 말하자, 라라는 안도한 얼굴로 힘을 뺐다.

"록시, 다음에는 언제 돌아오니?"

"그렇군요, 라라가 자라면… 10년 정도 지나면 또 오겠습니다."

"…그래, 알았어. 몸조심 하거라."

10년이라는 시간이 길다고 생각하지 않는 건지, 로카리는 순순히 그렇게 말했다.

그리고 우리는 마을을 나섰다.

두 사람은 우리의 모습이 보이지 않게 될 때까지 마을 입구

에서 지켜봐주었다.

조금 어색한 느낌이긴 했지만, 인사하러 오길 잘했다.

에리스의 양친도, 실피의 양친도 돌아가셔서 이제 없다. 록시의 양친과는 서먹서먹하지만, 그래도 역시 부모는 부모다.

살아있는 동안은 계속 교류하며 지내고 싶다.

"자, 루디. 또 바빠지겠네요."

"예."

그 전에 일단 눈앞의 일을 정리하자.

그렇게 생각하면서 우리는 리카리스 시로 돌아왔다.

제11화　넷째

각지의 마왕에게 인사를 마쳤다.

그들은 내 쪽에 붙어준다고 했다. 일단 계약서도 교환했다.

아토페의 이름은 실로 편리했다.

지금으로서는 모든 일이 순조롭다.

잘 되고 있다. 너무 잘 풀리는 게 아닐까 싶을 정도로 문제가 일어나지 않았다.

기스는 기분 나쁠 정도로 침묵을 지키고 있고, 인신의 방해도 전혀 없었다.

틈틈이 집에 돌아가서 상황을 확인했지만, 가족에게 손을 대려는 듯한 기색도 없었다.

용병단이 모아온 세계정세도 살폈지만, 불안해할 만한 움직임도 없었다.

적어도 내 행동은 기스의 꿍꿍이와 무관했다는 소린가.

아니면 기스의 편지는 블러프고, 다른 뭔가를 꾸미고 있다…라든가? 그 뭔가가 무엇인지는 모르겠지만.

어찌 되었든 모르는 동안은 나도 내가 정한 방향으로 나갈 수밖에 없다.

지금으로서는 기스를 발견했다는 보고도 없다.

잘 잠복해 있다.

솔직히 말해서 키시리카에게 부탁하기 전까지는 못 찾을 거란 예감이 있었다.

하지만 문제의 키시리카를 찾는 것은 시간문제겠지. 그녀는 마대륙 곳곳에 지명수배되고 있다.

그 동안에 나는 다음 인물과의 연줄을 만들기로 했다.

검의 성지.

검신 갈 파리온.

올스테드의 말로는 진기한 검 수집이 취미에 시원시원한 녀석이라는 모양인데, 에리스의 말로는 이야기를 들어줄 만한 상대가 아니라고 했다.

일단 검왕 니나 파리온과는 안면을 트기도 했는데….

분명 아토페와 비슷한 느낌이겠지. 경우에 따라서는 이번에도 1식으로 싸움을 벌여서 교섭하게 될 것 같다.

그럼 이번에도 싸울 수 있는 사람으로 데려가는 편이 좋겠지.

하지만 에리스나 길레느 같은 이가 많이 있는 곳이다. 아토페 친위대처럼 보스가 당한다고 지켜보고만 있지는 않겠지.

대량의 검사(그것도 검성급)가 일제히 덤벼온다….

그렇게 생각하니 마음이 무겁다. 위장이 아파온다.

아무튼 에리스랑… 그리고 누구를 데려갈까.

무리를 해서라도 아리엘 쪽에 부탁해서 길레느를 데려갈까….

"당신! 얼른 안 먹으면 접시를 못 치워!"

"아, 미안. 자, 냠냠."

그렇게 생각하던 나는 현재 마이홈에서 아내와 밥을 먹고 있다.

"피망도 남기지 말고 먹어!"

"에엣, 피망도? 피망은 싫은데."

"피망은 남기면 안 됩니다! 어른은 맛없는 것도 참고 먹어야만 합니다!"

아내는 아직 어려서 다섯 살이다.

이 집에 지붕은 없다. 식기는 돌로 만들었고, 그 안에는 진흙 경단과 진흙물이 들어 있다. 이거고 저거고 분명 내 벌이가 나빠서겠지. 고생시킨다.

"바부."

"아, 노른, 아까 젖 줬는데 또 배가 고파? 어쩔 수 없네."

그런 우리의 딸은 열다섯 살이다.

이제 곧 열여섯이 된다. 올해로 마법대학도 졸업, 그래서 무슨 이벤트를 여느라 바쁜 모양이지만, 아직 엄마 젖이 그리운 모양이다.

"와아, 엄마, 고마워."

"안 돼! 애기는 애기처럼 말하지 않으면 안 돼!"

"아… 예, 바부."

딸은 아직 말이 부자유스러운 모양이다. 젖먹이니까 어쩔 수 없나.

"멍멍!"

"아, 아이샤도 배가 고파? 어쩔 수 없네, 자, 밥이야. 다른 사람한테는 비밀이야!"

애완동물도 열다섯 살이다.

최근에는 집안일과 용병단 일을 양립시키는 커리어우먼이다. 하지만 결국은 개고, 식욕에는 이길 수 없는 모양이다.

"와우웅!"

"배가 부르면 노른하고 놀아줘!"

"와웅와웅, 와우웅."

"바부…!"

"와아, 간지러워!"

애완동물은 발정기처럼 흥분해서 아내와 딸을 함께 껴안고 뺨을 날름날름 핥고 있다.

화목하군. 나도 섞이고 싶다.

"자아, 아빠도, 아빠도."

"안 돼! 아빠는 그런 거 안 해!"

아내에게 거부당했다. 가정내 차별이란 것일까.

화목하게 보여도 부부사이는 냉랭한 걸까. 차가운 부부생활, 이것이 권태기인가.

아니, 왜 나는 애완동물이 아닌 걸까.

껴안고 핥고 싶은데….

"훌쩍, 아빠를 싫어하는구나…."

"아냐! 아빠는 훌륭한 사람이니까 집에 잘 안 오고, 아기도 안아줄 수 없지만, 사랑하고 있어! 어쩔 수 없어!"

훌륭하지 않아도 좋으니까, 가까이서 지켜보고 싶었다. 어쩔 수 없지 않아도 되니까, 아기도 안아주고 싶었다. 애정은 온기다. 따뜻하니까 행복하다.

"저기, 루디… 괜찮을까?"

그때 뒤에서 목소리가 들렸다.

돌아보니 옆집 창문에서 시어머니인… 아니, 이제 됐나.

"그래."

일어서려고 하는데 옷자락을 붙잡혔다.

루시가 불안한 얼굴로 나를 올려다보고 있었다.

"아빠, 이제 일하러 가?"

떠올려보면 약 한 시간 전. 검의 성지로 누굴 데려갈까, 아예 올스테드 사장님에게 나서달라고 할까, 교섭은 어떻게 해야 할까, 처음부터 싸우는 걸로 갈까….

그렇게 고민하는 내게 노른과 함께 루시가 온 것이 발단이었다.

노른의 뒤에 숨으면서 머뭇머뭇 "저기… 아빠, 놀아 줄래?"라고 말하는 루시.

나는 군말 없이 승낙했다.

검의 성지에 있는 갈 파리온? 그런 건 아무래도 좋아.

"아니, 잠깐 엄마랑 이야기하고 올게."

"…싫어."

"금방 돌아올 테니까. 그때까지 고모들하고 놀고 있어."

"…응."

입을 꾹 다물고 고개 숙이는 루시. 자리를 뜨기 힘들기 그지 없다.

가능하면 하루 종일 놀아주고 싶다. 루시의 남편으로 있고 싶다. 하지만 진짜 아내가 부르고 있으니까 가봐야지.

"무슨 일이야, 실피?"

손을 씻은 뒤에 거실로 돌아가서, 소파에 앉은 실피의 옆에 앉았다.

"응. 저기… 최근 루디가 바쁘잖아? 그러니까 재촉하는 것 같아서 미안하지만, 미리 말해둬야지 싶어서…."

실피는 뺨을 긁적이면서 겸연쩍은 듯이 고개를 숙였다.

뭐지? 이렇게 틈을 들이고.

"저기, 분명히 당장이라도 검의 성지로 가는 거지?"

"그래, 준비가 되는 대로 갈 거니까, 앞으로 2~3일 내로⋯."

남은 것은 멤버 선출뿐이다.

에리스와 한 명 더. 검신류 사람들과 말이 통하는 이를 데려
가고 싶다.

아, 그렇지. 아리엘에게는 이졸테도 있었지. 그 사람도 분명
히 검신류 성지에서 수행했던 모양이니, 데려가는 것도 괜찮을
지도.

"얼마나 걸려?"

"모르겠지만, 열흘에서 한 달 정도 아닐까. 근처에도 얼굴을
좀 내비치고 올 테고."

검의 성지 근처에는 고명한 검술가나 수행 중인 대장장이도
있다고 한다.

그런 이들과도 안면을 틀 생각이다.

"그래⋯. 응, 그럼 역시 때맞춰 못 오겠네."

"⋯뭐에?"

"출산."

그 말에 나는 실피의 배를 보았다.

크게 부푼 배. 조금 커진 가슴. 날씬하던 실피와 어울리지
않는 몸의 변화.

"아…. 곧 그럴 시기인가."

아니, 물론 잊었던 건 아니다.

실피는 언제나 내 마음 안에 있었다. 예정일 같은 건 잘 모르고 있었지만, 그래, 곧인가…. 시간의 흐름은 빠르군.

"…배, 만져 볼래?"

그 말에 만져보았다.

만지는 것은 배인데, 그 안에서 생명의 고동이 느껴졌다. 심장이 두 개 있는 것 같은, 뭔가 신기한 감각.

아니, 지금 실피는 두 개의 생명을 가지고 있다.

그리고 그 생명은 실피와 떨어져서 독립하려고 한다.

"이제 곧 애들의 동생이 태어나."

실피는 배를 만지는 내 손 위에 손을 겹쳤다.

"이번에는 낳을 때에 루디가 없는 거지?"

"아니, 집에 있을게."

"하지만… 루디."

"있을 거야."

이제 곧 태어난다는 말에 '그럼 잘 부탁해'라며 집을 비울 수는 없다.

그런 짓을 하면 뭘 위해 지금 이러고 있는지 정말로 알 수 없게 된다.

"…고마워, 루디. 사랑해."

"나도 사랑합니다."

실피가 눈을 감았기에 어깨에 손을 두르고 끌어안았다.

아아, 행복하다….

"아, 하지만 태어나기 전에 이름 가르쳐 줘. 미리스에 가기 전에 생각해두겠다고 했지만 안 가르쳐 줬으니까."

나는 바닥에 내려가서 정좌했다.

그런고로 한동안 집에 있기로 했다.

서둘러야만 한다는 마음이 없었던 건 아니다.

하지만 그 이상으로 불안했다. 정좌를 하고 고개를 숙이면서, 이름을 생각하지 않았다고 말했을 때 실피는 화내지도 토라지지도 않았다.

그녀는 새파란 얼굴을 하고 말을 잃고 있었다.

그저 믿고 있던 뭔가에게 배신당한 듯한 얼굴이었다.

그 표정은 곧 사라지고 '지금부터라도 생각해 둬'라고 했지만….

그건 실망한 얼굴이다.

정이 떨어졌다…는 말이 떠오른 것은 그 직후였다.

아, 그렇겠지.

분명 실피는 반년 동안 계속 나를 믿고 있었다. 멀리 있어도 자기 아이가 태어나는 것을 고대하고, 태어나면 웃으면서 축복

할 거라고.

물론 나도 그럴 생각이었다.

마음은 그랬다.

행동으로 보이지 않았지만, 적어도 머릿속으로는 그렇게 생각하고 있었다.

"아빠, 왜 그래? 배 아파?"

"아니, 엄마의 마음을 좀 아프게 했어."

"그럼 미안하다고 해야 돼."

고민하는 내게 루시는 그렇게 충고해 주었다. 간결하고 정확한 어드바이스다.

하지만 실피가 원하는 것은 사죄가 아니겠지.

그녀가 원하는 것은 표면상의 사죄가 아니다. 그렇게 알기 쉬운 것이 아니다.

더 막연한… 그래, 안심이다.

"루시. 엄마는 아빠가 미안하다고 해도 '또 마음 아프게 될지도'라고 생각할 거야."

"하지만 아빠는 엄마 아프게 안 할 거잖아?"

"안 하지. 마음 같아서는."

"그럼 엄마도 용서해 줄 거야!"

실피도 그런 건 처음부터 알고 있을 것이다.

나는 집에 잘 붙어 있지 않게 되었다. 때로는 이렇게 뭔가를 잊어버리는 일도 있을 거라고.

알고 있어도 마음은 다르다.

그녀는 전부터 조금씩 참아왔다.

아이를 가졌는데도 내가 파울로를 찾으러 갔을 때도, 록시와 결혼했을 때도, 에리스와 결혼했을 때도, 그때마다 폭발하지 않고 이해해 주었다.

내가 좋아하는 것을 시켜 주었다.

이번에도 그녀는 참은 것이다. 이름을 생각하지 않았다는 말에, 하고 싶은 말을 꾹 참았다. 분명 그녀는 앞으로도 참겠지. 나는 그녀를 계속 참게 하겠지.

지금은 괜찮다.

하지만 인내의 한계가 온다. 컵에서 물이 넘치듯이, 인간의 그릇에는 한계가 있으니까.

그때 실피는 내 앞에서 없어지겠지.

미래의 내 일기에서 그랬듯이 훌쩍 없어진다.

그것은 싫다. 나는 죽을 때까지 그녀와 함께 있고 싶다. 서로 함께 있고 싶다고, 계속 생각하고 싶다.

그건 단순히 내 욕심이겠지만.

결국 날 싫어하게 되더라도, 하다못해 지금은 실피를 안심시키고 싶다.

어떻게 하면 될까….

그런 생각으로 끙끙 고민하는 동안 출산일이 다가왔다.

고작 1주일 정도였다. 실피는 아무 일도 없었던 것처럼 지냈다.

실제로 아무 일도 없었다고 생각하는 걸지도 모른다.

그녀는 무슨 일을 오랫동안 속에 품고 있는 타입이 아니다.

의외로 저번 일도 아쉽다고 생각하면서도 그리 무겁게 여기지 않는 걸지도 모른다.

나도 딱히 어색하게 지내지는 않았다.

최대한 실피와 함께 있으면서 필사적으로 아이의 이름을 생각했다. 떠오르는 이름을 노트에 적고, 실피와 함께 '어느 게 좋을까?' 라고 의논하였다.

어쩌면 다른 이의 눈에는 필사적으로 생각한다고 어필하는 것처럼 보였을지도 모르지만, 내 딴으로는 제대로 필사적으로 생각한 것이었다.

그런 가운데 진통이 오고 출산이 시작되었다.

에리스는 당연하다는 얼굴로 의사에게 달려가고, 리랴와 아이샤가 출산 준비를 하고, 록시가 보조 치유 마술사로 곁에 있고, 레오가 아이들을 다른 방으로 데려가고, 나는 계속 실피의 옆에 붙어 있었다.

잠시 뒤에 에리스가 의사를 데리고 나타났다.

그녀에게 붙들려 온 의사는 눈이 마구 도는 상태로도 바로 출산 준비에 임해 주었다.

다들 익숙한 일이었다.

실피도 둘째 아이고, 나도 이걸로 넷째. 출산을 도운 경험으로는 아이샤와 노른 때를 포함해서 다섯 번째다. 전생을 포함하면 더 많다.

의사도 베테랑이고, 이 자리에 미경험자는 한 명도 없다.

안심할 수 있는 포진이다.

그런 포진 안에서 분만이 시작되었다.

누구도 허둥대는 일 없이 차분하고 순조롭게….

"윽."

머리가 보였을 때 의사가 신음했다.

순간 마음이 어두워지고, 불안이 온몸을 훑었다.

익숙하다고 해도 출산은 출산. 방심하면 안 되나.

애가 거꾸로 나오나? 아니, 머리가 보였으니까 아닐까…. 설마 사산은 아니겠지.

록시가 일어서서 지팡이를 들었다.

"치유 마술은?"

"아니, 필요 없습니다."

의사는 그렇게 말하더니 분만을 계속했다.

실피에게 필요최소한의 말을 건네면서 순조롭게 출산은 이루어졌다.

무슨 문제가 일어난 걸로는 보이지 않았다.

"…으앙, 으앙."

다급하면서도 조용한 방 안에 아기의 울음소리가 울렸다. 씩

씩한 울음소리였다. 사산은 아니다.

의사는 아무 말도 없이 아기를 들어올렸다.

아무런 문제도 없는 걸로 보였다. 솔직히 아무런 문제도 없었다.

하지만 의사의 표정은 굳어 있었다.

그 이유를 나는 알았다.

아기를 딱 보았을 때부터 깨달았다.

의사가 신음한 이유. 지금도 표정이 굳은 이유.

나는 솔직히 아무런 문제도 없다고 생각하지만, 그가 그랬던 이유.

아기의 머리칼이 문제였다.

루시가 태어날 때 살짝 나 있던 머리는 밝은 갈색이었다.

라라는 태어날 때 머리가 없었다.

아르스는 태어날 때 곁에 없었지만, 내가 보았을 때에는 적색이었다.

"……."

실피의 둘째 아이.

그 아이의 머리는 녹색이었다.

그래, 예전의 실피와 마찬가지로….

"아니…."

실피의 안색이 새파래졌다.

"아… 아… 어떻게…."

록시도, 에리스도, 아이샤도, 리랴도 태연한 얼굴이었다. 왜 실피가 그런 얼굴을 하는지 모르겠다는 얼굴이었다.

우리 집에는 컬러풀한 머리색의 아이가 드물지 않다. 그리고 여기에 있는 것은 루이젤드를 잘 아는 이들뿐이다. 녹색 머리를 보고 뭐라고 하는 사람은 없다.

하지만 실피는.

그녀는.

다르다.

"…축하드립니다. 아들이네요."

"……."

절망적인 얼굴로 아기를 보던 실피는 의사가 내주는 아기를 품에 안으면서도 어째야 좋을지 모르겠다는 듯이 시선만 움직였다.

"실피."

나는 축하해 주어야만 한다.

축하하지 않을 이유가 없다. 실피를 치하하고 축하해야만 한다. 그 뒤에 괜찮다고 말해주어야만 한다.

최대한 활짝 웃으면서.

마음을 놓을 수 있도록.

"괜찮아, 괜찮아, 축하해."

"루디… 미안해."

내가 무슨 말을 하기 전에 실피는 그렇게 말했다.

"사과할 것 없이. 그러니까… 이런."

그렇게 말하려던 때에 전지가 다 떨어진 것처럼 그녀에게서 힘이 빠졌다. 아기가 떨어지려는 것을 황급히 받았다.

"어?"

"루디! 비켜주세요!"

록시와 의사가 나를 밀치듯이 내 앞에 나섰다.

실피는 정신을 잃었다.

그런 그녀의 용태를 두 사람이 체크하였다. 나는 그것을 멍하니 바라보았다.

"정신을 잃었을 뿐이로군요."

의사의 말에 방 안에는 안도한 기색이 흘렀다.

나는 아기를 안은 채로 서 있었다. 그저 멍하니 서 있었다.

아이샤가 천을 들고 다가왔다.

"오빠, 이거, 아기한테."

"어, 그래."

아이샤의 말에 따라 나는 천을 받으려고 했다.

실피는 불안했다. 막연한 불안에 사로잡혀 있었다.

그리고 불안이 적중한 것처럼 아이의 머리는 녹색이었다.

기절한 것은 긴장의 실이 끊어진 탓일까, 아니면 스트레스가 극에 달한 걸까….

내가 더 안심할 수 있게 해 주었으면 달랐을까…. 머리가 녹색이라도 괜찮다고 생각하지 않았을까.

후회스럽다.

하지만 축복하는 마음은 있다.

분명히 녹색 머리지만, 그게 어쨌단 말인가. 평소와 똑같다.

넷째 아이. 이름은 분명히 생각해두었다.

"…너 왜 여기에 있어?"

갑자기 방 구석에 있던 에리스가 그런 말을 했다.

나한테 말한 것이다. 칠칠맞은 나를 향해 에리스가 신랄한 말을 한 것이다…라고 생각했다.

위장이 찌르르하게 아픈 것을 느끼면서 돌아보았다.

"어?"

하지만 아니었다. 나한테 한 말이 아니었다.

방 안에 이상한 녀석이 있었다.

금발. 하얀 색의 학생복처럼 앞쪽으로 잠그는 옷, 바지. 그리고 여우를 모티브로 한 듯한 노란 가면.

"아르만피…?"

갑룡왕 페르기우스의 열두 정령 중 하나, 광휘의 아르만피가 거기에 있었다.

그리고 그는 나를 똑바로 바라보고 있었다.

정확하게는 아기를.

녹색 머리의 아기를 똑바로.

"루데우스 그레이랫. 공중성채로 와라. 페르기우스 님이 부르신다."

그리고 페르기우스의 부름을 전했다.

막간　원숭이와 꿈꾸는 젊은이

★ 기스 시점 ★

하얀 방에 있었다.

그저 하얀 바닥이 이어질 뿐이지 아무것도 없는 공간.

나는 이 공간을 좋아한다. 예전에 내가 그 누구도 아니고, 꿈과 희망으로 넘쳐나며, 젊고 치기 있던, 그리고 바보였을 무렵을 떠올리게 해준다.

마대륙 남쪽에 있는 작은 마을에서 태어나서 부자유스러울 것 없이 자랐던 주제에 자의식 과잉이라서, 이런 마을은 나에게 어울리지 않는다, 나는 더 큰일을 할 수 있다. 그렇게 호언장담하고 마을을 뛰쳐나가고서, 뭔가 큰일을 해냈냐 하면 아무것도 못 했다.

할 수 있게 된 거라면, 아무나 할 수 있는 일 정도.

요리, 세탁, 청소…. 지도를 그리고 교섭하고 덫을 해제할 수도 있지만, 전문으로 삼은 녀석들과 비교해서 뛰어나냐고 묻는다면 말을 흐릴 수밖에 없다.

싸움이라도 강했으면 나도 자신감을 가질 수 있었겠지만, 실력이라곤 전혀 없다.

센 녀석이나 대단한 녀석들을 따라다니며, 녀석들이 서투른 분야를 메울 뿐인 존재다.

금붕어 똥이라는 말이 잘 어울리는, 잔재주와 말재간뿐인 인생.

그런 바보가 아직도 살아있다. 그렇게 실감할 수 있는 것이 이 방이다.

그렇긴 해도 이대로 끝날 수는 없지.

나도 뭔가 스스로 납득할 수 있는, 커다란 일을 해내고 싶다.

"그래, 그거야. 이대로 끝낼 순 없어. 네 마음은 잘~ 알아."

목소리가 들린 쪽을 보니, 부자연스럽게 흐릿한 녀석이 있었다.

인신이다.

항상 그렇지만 '뭐야? 있었어?'라는 느낌으로, 부자연스러울 정도로 존재감이 없다.

하지만 예전부터, 내가 조그만 마을에서 죽치고 있을 때부터 이렇게 꿈에 나와서 조언을 해 준, 고마운 신이기도 하다. 인신 님 만만세.

"그래서 기분 좋게 감상에 젖어 있을 때에 미안하지만, 슬슬 설명을 해주지 않겠어?"

설명? 무슨 설명?

"나는 화났어. 그렇게 시치미 떼다간 큰일 날걸?"

어이어이, 그렇게 화내지 마. 뭘 설명하라는 건지 말하지 않으면 모르잖아.

"왜 미리스에서 루데우스에게 그런 편지를 썼지? 이번에는 루데우스가 어떤 전법으로 싸우는지 확인하는 것뿐이었잖아."

아, 그거 말인가….

분명히 나는 편지를 하나 남겼다.

내가 사도라는 것을 알 수 있도록, 선전포고 같은 편지를 하나.

그렇긴 해도 그걸 말로 설명하기란 어렵네.

"어려워도 설명해 봐. 경우에 따라서는 나는 너에게 천벌을 내려야만 해."

하하, 천벌이라. 전에 한 번 당해봤는데, 그때만큼 잃을 것은 없는데?

뭐, 됐어. 설명하지.

나도 내가 왜 그랬는지, 최근에 생각하면서 대답을 준비했어.

"기특한 마음가짐이군."

그렇지?

"됐으니까, 얼른 말해."

오케이. 그래, 일단은 말이지. 그대로 있다간 내가 사도라고 들킬 확신이 있었어.

논리적으로 설명하기 어렵지만, 나는 거짓과 속임수로 인생을 이어왔어. 그러니까 뭔가 들킬 때는 대충 피부로 느껴진다고. 바로 들킨다는 게 아냐. 왠지 모르게 이제 곧 이 거짓말을 들킨다고 아는 거야.

그럼 얼른 실토하고 도망치는 편이 마음도 편하고 안전…하지. 들키는 순간까지 선배의 곁에 있는 것보다는.

"흐응…."

그렇다고 해도 그건 부차적인 이유야.

"부차적? 그럼 제일 큰 이유는 뭔데?"

그건 정리야.

각오라고 해도 좋아.

결국 나는 입으로는 이러쿵저러쿵 하면서도 겁이 많으니까. 선배와 제대로 맞붙게 되면 어딘가에서 겁을 집어먹을 거야. 어딘가에 스스로 도주로를 남기려고 하지. 작전은 실패했지만, 내가 사도라는 사실은 들키지 않았다. 들키지 않았으니까 발뺌할 수 있다. 열세가 되면, 여차하면, 선배 쪽으로 붙으면 된다, 라고.

그렇게 소극적이면 이길 수 있는 것도 못 이겨. 내 말 틀렸어? 나는 이게 맞다고 생각해. 애석하게도 나는 마술 쪽으로 젬병이지만, 그래도 여태까지 각오를 굳힌 녀석이 얼마나 과감해지는지 많이 보았어. 파울로와 길레느, 때로는 엘리나리제도.

그런 각오는, 보통은 못 이길 상대에게 치명상을 입혔어.

승부의 한 수지.

죽음을 두려워하는 어정쩡한 마음으로는 그럴 수 없어. 각오를 굳히고 상대의 품으로 뛰어들어야 필살의 일격이 돼. 강적을 쓰러뜨릴 수 있어. 그런 거라고 생각했어.

나도 나 자신을 그런 데까지 몰아넣고 싶었어.

"흐응. 그러니까 일부러 편지를 남겼단 말이야?"

그런 거야.

"조금 이해하기 어렵지만…. 뭐, 됐어. 그보다 나로서는 네가 각오를 해도 대국적으로는 그리 변하지 않을까 걱정이야."

어이어이어이, 그게 네가 할 말이야?

못 이겨, 도와줘, 그렇게 울면서 매달린 게 어디의 누구지?

"그렇게 생각하니까 나는 신중해졌고, 너한테 걸고 있어."

그래, 그리고 나는 네 기대대로 루데우스와 올스테드를 죽이기 위한 인재를 착착 모으고 있어.

내가 팔 걷어붙이고 나섰다고. 엄청난 일이 벌어질걸.

"그래. 지금으로서는 권유 성공률이 100퍼센트야. 뭐, 당연하다면 당연하지만. 내가 녀석들의 약점이나 경력, 원하는 것, 말을 걸기 쉬운 타이밍 같은 걸 전부 가르쳐 줬으니까."

그렇지, 그 말을 들으면 좀 찔리지만….

그렇긴 해도 실제로 설득한 건 나야. 그건 좀 신용해 줘.

"물론 나는 너를 신용해. 하지만 시간은 무한하지 않아."

그래, 알고 있어. 그 작전을 결행하려면 일시가 중요하지?

"그래. 그는 루데우스의 아킬레스건이야. 이용하지 않을 수 없어. 분명 잘 될 거야."

글쎄, 그럴까. 반드시 잘 된다는 작전은 존재하지 않는데.

"알고 있어. 올스테드가 관여한 뒤로는 마음대로 안 되는 일이 너무 많아. 짜증나네."

아무튼 그때까지 침 발라두려는 상대에게는 말을 붙여두고 싶어.

특히나 다음 녀석은 거물이야.

처음에 말을 붙였던 녀석과 동급이든가, 그 이상.

"잘 될 것 같아?"

싸울 이유를 준비하고, 긁어모으고, 부채질하고, 뒤에서 속닥거려서 움직이게 하면 순식간에 든든한 동료의 탄생이지.

지금까지 그랬잖아?

"그래. 네 덕분에 잘 되고 있어."

헤에, 순순히 그렇게 말했으면 좋았잖아.

그래서 내일부터는 어디를 어떻게 이동하면 돼? 잘 부탁해.

"알고 있어. 오늘은 일어나면 바로 서쪽으로 이동하고, 바위 뒤에서 대기. 자도 좋아. 거기서 일몰과 동시에 또 서쪽으로 이동. 해가 뜰 무렵에 마을에 도착해. 그리고 마을에 유일하게 있는 술집에 가도록 해. 그러면 그와 만날 수 있을 것이다… 것이다…."

그런 메아리를 남기면서 의식은 흐려졌다.

★　　★　　★

눈을 떴다.

몸을 일으키고, 뚜둑뚜둑 소리 내어 목을 움직이고, 몸 상태를 확인했다.

팔다리는 저리지 않다. 배탈도 안 났고. 피부에 이상한 반점도 없다. 배는 고프지만, 건강 그 자체. 좋아.

"후아아."

텐트 밖으로 나가서 하품과 함께 기지개를 켰다. 허리를 뚜둑뚜둑 하고 움직이며 일출을 보았다.

건강관리와 방향의 확인. 항상 하는 패턴.

이걸 해야만 하루가 시작된다.

"어디 보자."

시야에 펼쳐진 것은 그저 사막뿐이었다.

베가리트 대륙.

마대륙 다음, 세계에서 두 번째로 위험한 대륙.

나오는 마물은 마대륙에 뒤지지 않을 만큼 흉악하고, 환경도 가혹.

마대륙 출신인 나도 '대체 어디가 두 번째라는 거야?'라고 말하고 싶어질 정도인 장소다.

아니, 물론 이유는 알고 있다.

마물의 밀도라든가, 동부나 북부는 의외로 안전하다는 요소 때문에 베가리트 대륙은 마대륙보다 낫다고 착각하게 하는 거겠지.

마대륙은 어디를 봐도 위험한 장소니까. 안전한 장소 따윈 없어.

뭐, 베가리트 대륙이든 마대륙이든, 살려고 하면 못 살 만한 곳이 아니라는 건 틀림없지만.

"그럼 갈까."

나는 짐을 정리하고 서쪽으로 이동하기 시작했다.

아무것도 없는 사막.

하지만 아무것도 없다는 것은 겉보기뿐이다. 모래 밑으로는 나 같은 것을 한입에 삼켜버리는 웜이나 꼬리의 독으로 흐물흐물하게 녹여 버리는 전갈이 득실거린다.

뿐만 아니라 그것들을 잡아먹는 더욱 흉악한 마물도 있다. 그 녀석들을 전부 쓰러뜨리고 돌파하려면 A급 이상의 모험가의 실력이 필요하겠지.

혹은 이 근처 마물에 대한 지식이든가.

마물은 각각 여러 습성을 가지고 있다. 영역을 가지는 녀석, 둥지를 트는 녀석, 사냥감을 찾아 떠도는 녀석, 눈에 의지하는 녀석, 귀에 의지하는 녀석… 그런 습성을 알면 마물을 회피해서 전진하는 것은 어렵긴 해도 불가능하지는 않다.

문제는 인간의 능력으로는 마물의 민감한 감각에 도무지 이길 수 없다는 점이다.

눈에 의존하는 마물은 다소의 위장 따윈 순식간에 간파하고, 귀에 의존하는 마물은 희미한 소리도 듣는다. 둥지를 틀고 기다리는 마물은 결코 자기 위치를 들키지 않고, 사냥감을 찾아 떠도는 마물은 며칠이고 사냥감을 쫓아갈 수 있는 스태미나를 가졌다.

뭐, 그 모든 것에 대해 조금씩 대처할 수 있는 기술을 갖는 것이 인간의 강점이지.

게다가 내게는 인신의 가호가 있다.

마물에게 들키지 않고 서쪽으로 이동하는 것은 내게 그리 어려운 일이 아니다.

하지만 방심은 좋지 않다.

"나는 방심할 만큼 뭔가를 잘하는 것도 아니니까, 언제나 신중하게 움직여야지. 안 그래?"

그렇게 혼잣말을 하면서 계속 서쪽으로 걸어갔다.

말이나 낙타라도 사오고 싶었지만, 아무래도 그랬다간 마물에게 들킬 것 같으니까 이번에는 계속 도보 여행이다.

"……."

입이 바짝 탔다. 물통을 핥듯이 물을 마셔서 조금씩 수분을 보충했다.

베가리트 대륙이 마대륙보다 가혹한 면은 역시나 이 더위다.

마대륙은 지역에 따라 기온이 다르긴 해도, 대개 너무 덥지도 춥지도 않다.

북방대륙처럼 눈이 쌓이는 일도 없다.

더위나 추위는 몸을 좀먹고 판단을 둔하게 한다.

나는 때때로 내 이마나 목을 만져서 몸에 이상이 없는지 확인했다. 극도로 뜨거워졌다면 이상신호다.

지금으로서는 괜찮지만, 이대로 계속 걷다간 결국은 한계가 오겠지.

마족은 튼튼하다. 나 같은 녀석이라도 인간과 비교하면 다소 낫다.

하지만 그렇다고 안 죽는다고 생각하는 건 얼빠진 바보뿐이다.

그도 그렇잖아? 전해지는 말로는 불사의 네크로스라크로스도 죽었으니까.

불사신의 존재 같은 건 없어.

"음, 도착인가."

그렇게 생각하는 사이에 커다란 바위가 보였다. 높이는 20미터 정도 될 듯한, 올려다봐야 할 정도의 커다란 바위가 사막에 덩그러니.

인신의 조언대로 저기가 휴식 장소겠지.

이거야 원, 참 쉽군. 웃음이 나오네.

바위 그늘에서 잠시 아무것도 하지 않고 쉬었다.

이럴 때에 젊은 녀석들은 뭔가 해야겠다며 움직이려고 하는데, 때로는 움직이지 않는 것도 중요하다. 체력을 소모하지 않기 위해서라도.

바위 그늘은 모래꽈리의 군생지였다.

모래와 동화하듯이 노란색의 뾰족뾰족한 잎과 붉은 꽃.

언뜻 봐선 어디 왕궁의 화단에라도 있을 법한 아름다운 꽃이 많이 피어 있었다.

하지만 모래꽈리의 정체를 알면 여기의 평가는 일변한다.

얼마나 무서운 장소인지 이해할 수 있다.

이 녀석들의 봉오리와 잎에 가시가 있고, 가시에서는 맹독이 나온다.

해독 마술도 안 들을 정도의 맹독이다.

왕궁에서 왕족을 확실히 죽이고 싶을 때에 사용하는 독으로, 매우 희귀한 것이다.

이걸 한 송이 가져가면 한동안 놀고먹을 수 있을 정도로.

아무튼 덕분에 여기에는 마물도 접근하지 않는다.

나는 모래꽈리에 닿지 않도록 주의하면서 텐트를 치고 누워서 쉬었다.

기묘한 시간이다.

해야 하는데, 아무것도 해선 안 된다는 건.

평소라면 하찮은 도구 한두 개라도 준비하겠지만, 애석하게도 짐은 최소한. 살기 위해 필요한 것밖에 가져오지 않았다.

이럴 때에 다른 녀석은 뭘 하는 걸까.

글을 아는 녀석은 책이라도 읽을까?

나는 예전에 뭘 했더라…. 망상인가. 내가 모험가가 된 뒤의 망상.

흥, 당시의 나에게 지금 상황을 말하면 분명 눈을 빛냈을 게 틀림없어.

베가리트 대륙에서 신의 조언에 따라 사막을 걷고, 독초로 둘러싸인 안전한 장소에서 잔다.

오오, 나열해놓고 보니 제법 재미있잖아.

다음에 술집에서 이야기해 볼까.

"응?"

문득 옆을 보니 모래토끼 한 마리가 내 옆에 있었다.

토끼는 나를 알아차리지 못했는지, 혹은 다른 마물과 비교해서 겁먹을 가치도 없다고 생각했는지, 터덜터덜 걸어와서 기지개를 켜고 모래꽈리 열매를 따먹기 시작했다.

모래꽈리의 열매는 맹독이다.

하지만 모래토끼는 아무 일도 없었던 것처럼 열매를 따서 우물우물 먹더니, 그 뒤에 뺨의 모이주머니가 빵빵해질 때까지 채워서 또 어딘가로 가 버렸다.

아무래도 저 토끼에게 모래꽈리의 독은 통하지 않는 모양이다.

그럼 저 토끼를 붙잡아서 미리스 신성국에라도 가져가면 금

일봉 정도로 끝나지 않을 거금을 손에 넣을 수 있겠지.

아니, 나는 마족이니까 문전박대일까.

아무튼 이 세계에는 아직 알려지지 않은 것이 많다고 생각하면서, 나는 헛된 시간을 보냈다.

마을에 도착한 것은 일몰과 동시에 행동을 시작해서 세 시간 정도 걸었을 때였다.

왜 인신이 낮에 가지 말라고 했는지는 도중에 이해했다.

커다란 도마뱀이 죽어 있었다.

아니, '커다란 도마뱀'이라는 표현은 실례일까.

죽어 있던 것은 드래곤이었다.

옐로우 나가. 베가리트 대륙에 사는 드래곤으로, 보통은 지면 밑에 있는 동굴에서 지낸다.

모래 안을 자유자재로 움직이고, 지표 근처에 있는 샌드웜을 주로 먹으며 산다.

정확히 말하자면 드래곤보다도 웜에 가까운 마물인 모양인데, 뭐, 위험도는 드래곤급이고 이 근처 전사들에게는 드래곤으로 인식된다.

크기는 나를 셋 정도 한꺼번에 먹을 수 있는 머리에, 100미터 정도의 몸.

그런 녀석이 사막 한가운데에서 뭔가에 짓밟힌 것처럼 찌부러져서 죽어 있었다. 몸도 절반 정도는 마구잡이로 뜯어먹힌 모습이었다.

이 녀석이 어떤 마물과 조우했는지는 상상하고 싶지도 않았다.

나는 옐로우 나가와 같은 말로를 맞기 전에 얼른 그 자리를 떴다.

마을에는 표식이 있었다. 멀리서도 푸르스름하게 빛나는 바위가 희미하게 보였다.

저런 게 있으면 마물이 꼬이지 않을까 싶었는데, 뭐, 필요한 거겠지.

도착하고 보니 거기는 작은 마을이었다.

부락이라고 해도 과언이 아닐지도 모른다.

흙으로 지은 집과 텐트로 이루어진, 언제 없어져도 이상하지 않을 듯한 마을.

숙소는 하나, 술집도 하나. 가게도 하나. 당연히 모험가 길드 같은 건 찾아볼 수도 없다. 자급자족하면서 때때로 오는 상인에게 이 근처에서 나는 물건을 팔고 필요한 것을 구입한다.

내 고향도 이렇게 작지는 않았을 것 같다.

아니, 그래 봤자 비슷하겠지.

그렇게 생각하면서 나는 술집으로 들어갔다. 술집이라고 해도 마을사람의 식당을 겸하는 모양이라서, 저녁식사를 마친 이가 즐겁게 술을 마시고 있었다.

가무잡잡한 피부에 다부진 몸. 허리에는 별로 본 적 없는 곡도를 늘어뜨리고 있었다. 사막의 전사들이다.

고령자가 많고, 젊은이는 별로 없었다. 아하, 그럼 여기가 소문으로 듣던 사막의 전사의 마을인가. 사막의 전사는 베가리트 대륙 안에서 일하고, 전사로서 전성기가 지나면 마을로 돌아와서 육아에 전념한다는 모양이니까.

그들은 나를 보더니 일제히 놀란 얼굴을 하였다.

뭐, 이 근처에 마족이 오는 일은 드물겠지.

[잘 오셨소, 손님…이라고 하면 될까?]

남자 하나가 붉은 얼굴로 그렇게 물었다.

[그래, 물론 손님이다.]

투신어로 대답하면서 나는 손바닥을 보였다. 이 마을에서 이 제스처가 어떤 의미를 갖는지는 모르지만, 뭐, 적의가 없다고 보이는 것은 그리 어렵지 않아. 나는 무기도 가지고 있지 않으니까.

[보아하니 상인으로는 보이지 않는데?]

[사람을 찾고 있어. 이 근처 녀석은 아닌데….]

그렇게 말하자 남자는 이해했다는 얼굴로 끄덕였다.

[네가 찾는 남자는 저 위에 있다.]

남자가 가리킨 곳은 창밖.

거기에는 내가 쉬었던 곳과 비슷한 바위가 떡하니 있었다.

그 바위는 곳곳에 마석이라도 박혀 있는지, 전체적으로 희미하게 빛나고 있었다. 오는 도중에 보았던 그거다.

눈을 부릅뜨고 잘 보니, 바위에는 발판이 있고 사다리가 정상까지 이어져 있는 게 보였다.

전망대 겸 등대인 걸까.

[알았어. 고마워.]

나는 남자에게 말하고 정보료로 동전 하나를 던져 주었다.

[뭐지, 이건?]

[정보료다. 모르나?]

[그 정도 정보에 돈을 받을 이유는 없다.]

[그럼 우호의 증거다. 보기 어려운 물건이지? 미리스의 동화야, 그건.]

그렇게 말하자 남자는 잠시 동안 나를 바라보았지만, 이윽고 동전을 품에 넣고 주먹과 주먹을 맞부딪치며 인사했다.

왜 이 녀석들의 돈이 아니라 미리스 동화냐고?

그야 전이마법진으로 갑자기 이 근처까지 왔으니까 환전할 틈이 없었어.

나는 술집을 나가 희미하게 빛나는 바위로 향했다.

가까이 가보니 역시나 크군.

사다리와 발판은 있지만, 바위 크기가 무식하게 크다보니 아무래도 불안하군. 올라가는 동안에 떨어질 것만 같아.

"이거 진짜로 올라갈 수 있나?"

질문에 대답하는 이는 없었다. 잠자코 올라가라는 소리겠지.

★　　★　　★

내 불안과 달리 사다리는 튼튼하고 바람도 없었다.

어두운 것이 유일한 난점이었지만, 딱히 발이 미끄러지는 일도 없이, 나는 바위 정상까지 올라갔다.

바위선반 위에는 붉은 천 조각이 달린 단검이 몇 개 꽂혀 있었다.

지면에는 마법진처럼 무슨 주술적인 무늬가 새겨져 있었다.

이런 건 본 적이 있어.

아마도 여기는 마을의 젊은이가 성인이 되는 의식에 사용하는 장소겠지.

아니면 죽은 녀석의 옷자락이 달린 단검을 여기에 꽂는다든가. 우리 마을에도 그런 의식이 있었지. 나는 하지 않았지만.

나는 시선을 들었다.

"전망 좋구만."

하늘 가득 별이 있었다.

달은 사막을 푸르고 밝게 비추고 있었다. 별하늘이 지평선 끝까지 계속되는 것이 보였다.

얄궂은 일이다.

모험가가 되고 싶었던 것은 이런 풍경을 보고 싶었기 때문이다.

끝없는 모험 끝에, 아직 본 적 없는 광경을 보고 싶다고 생각했기 때문이다.

그런데 모험가가 된 뒤로 본 것은 현실뿐이었다.

돈에, 차별에, 인간군상.

이거고 저거고 비슷비슷하게 더러웠다.

그리고 모험가를 반쯤 은퇴해서 인신의 끄나풀이 된 순간, 이런 광경을 볼 수 있게 되었으니까 실로 얄궂다.

"그래서 너는? 설마 이 광경을 보러 여기까지 온 건 아니겠지?"

나는 바위선반 위에 남아 있는 또 하나의 물체에게 말을 걸었다.

그건 낡아빠진 로브를 몇 겹으로 걸친 채 앉아 있었다.

낡은 천 뭉치처럼도 보였지만, 아마 인간이겠지.

이게 진짜로 천 뭉치였다면 바보스럽겠지만, 딱히 그래도 좋다. 천 뭉치에 말을 건다고 어떻게 되는 것도 아니니까.

"…그 설마라고 한다면?"

젊은 남자 목소리였다. 다행이다. 그냥 천 뭉치가 아니었던 모양이다.

"그렇게 말했다면 나는 '너 정도 남자는 경치 따위에 흥미 없다고 생각했다'라고 대답하겠지."

"그렇지 않다고 한다면?"

"'왜 이런 곳에 있는 거야?'라고 묻겠지."

"하지만 내가 그렇게 대답한다고만 할 수는 없다. 그렇지요?"

"맞는 말이군."

그렇다고 뭐 문제 있냐 싶긴 하지만….

왠지 모르게 두근대는 이 느낌. 아무래도 이 남자가 내가 찾아다니던 상대가 틀림없는 모양이다.

"실은 베가리트 대륙의 지킴이를 찾고 있습니다."

결국 대답해 주는 모양이다.

"그 지킴이는 베가리트 대륙을 돌기 때문에 평소에는 어디에 있는지 모릅니다. 하지만 수백 년에 한 번만 이 언덕 근처에 나타난다는 모양입니다."

"그 수백 년의 한 번이 오늘인가."

"……."

남자는 천천히 이쪽을 보았다.

젊은 남자. 약간 어린 티가 남은 흑발의 소년. 그렇다고 말하는 듯한 표정.

"아니, 딱히 그런 것도 아닙니다."

아니냐.

"애초에 그냥 전승이니까요. 지킴이라는 존재가 정말로 있는지도 확실치 않고요."

"그럼 왜 이런 데에 앉아 있지?"

"오늘일지도 모르니까요."

좀 맛간 녀석이라는 표현은 이런 걸 말하는 거겠지.

"적어도 지킴이는 수백 년 전에 한 번 여기를 지나갔습니다. 그로부터 수백 년, 오늘에 이르기까지 아마도 지나가지 않았겠죠. 그럼 오늘일지도 모르지 않습니까. 어제나 그저께 지나간 게 아니라면, 수백 년 뒤가 오늘일지도 모르죠. 아닙니까?"

"…맞는 말이군."

진심인 눈이다.

이 녀석은 진심으로, 내일이라도 이 바위 앞에 지킴이가 지나갈 거라고 생각하고 있다.

더 말하자면 아마도 이 녀석이 지킴이에 대해 얻은 정보는 그 '수백 년에 한 번 이 바위 근처에 나타난다'는 것뿐이겠지.

그 정보만을 믿고, 혼자서 이런 구석진 곳까지 와서, 이 바위 위에 며칠이나 앉아서 기다리는 거겠지.

진짜 제정신이 아니다.

"하지만 왜 지킴이를 사냥하려는 거지? 부모라도 잃었나?"

"뭐, 대충 그런 겁니다."

"거짓말이군."

"하하, 거짓말이라뇨. 하하하, 거짓말이지만요."

뭐가 재미있는지 남자는 킬킬 웃었다.

아니, 하지만 이 녀석에게는 재미있을지도.

적에게 도전하는 이유가 복수라고 대답했다가 거짓말이라고 들통났으니까.

참고로 나는 이 녀석의 부모가 쌩쌩하다는 것을 안다. 어머니 쪽은 이미 죽었지만, 아버지 쪽은 너무 쌩쌩하다고 할 정도다. 할머니도 쌩쌩하다.

더 말하자면, 나는 더 많은 것을 안다.

이 녀석이 언제 지킴이와 만날 수 있는지, 왜 지킴이를 죽이고 싶어 하는지, 죽여서 뭘 하고 싶은 건지, 이 뒤에 이 녀석이 어떻게 될지, 그런 것들을 모두.

하지만 그것을 밝힐 생각은 없다.

말했다간 이 녀석은 흥이 깨진다. 그런 녀석이다.

그러니까 일단은 이 녀석 자신에게 말을 시킨다. 이 녀석 같은 타입은 일단 말을 해서 분위기를 좋게 만들게 해야 한다.

"그래서 이유는 뭐야?"

"음. 당신은 위대한 자를 뛰어넘자고 생각한 적 없습니까?"

"뭐, 몇 번은."

"나는 언젠가 위대한 어느 인물을 뛰어넘어서 사상 최고의 영웅이 되려고 합니다."

"그 미래의 초영웅님이 되기 위한 의식이 이런 변경에서 지킴이를 사냥하는 건가?"

"그럴 리가 없지요. 뭐라고 할까, 그냥 위대한 인물을 뛰어넘는다고 해도 뭘 해서 뛰어넘을지가 문제지요?"

"그야 그 위대한 인물과 직접 대결해서 이기면 되잖아?"

"예. 그것도 일리 있죠. 하지만 나는 그게 아니라고 생각해요."

"헤에?"

"인간에게는 전성기란 게 있고, 싸움에는 상황이나 운도 관여하죠. 설령 이겼더라도 '운이 좋아서 이겼을 뿐'이라든가 '보나마나 기습한 거겠지?' 같은 소리를 들으면 그걸로 끝."

"……."

"나는 운도, 기습을 통한 승리도 부정할 생각이 없어요. 하지만 세간은 그렇게 보지 않지요. 위대하다는 말을 들어야 인간은 비로소 위대해집니다."

"그럼 어떻게 하면 사람들이 위대하다고 말해 주지?"

"간단해요. 위대한 사람과 같은 일을 하면 됩니다. 그렇죠?"

"그러니까 지킴이를 사냥한다?"

"예. 지킴이를… 베가리트 대륙에서 가장 큰 크기의 베히모스를 쓰러뜨린다."

이 녀석의 목적은 그거다.

베가리트 대륙에 사는, 지상 최대의 생물.

드래곤보다도 훨씬 거대하며 모든 것을 짓밟는, 도저히 쓰러뜨릴 수 없다고 여겨지는 거수 베히모스의 토벌이다.

이 녀석이 목표로 삼는 위대한 인물은 과거에 베히모스를 토벌하였다.

그 이야기는 전해져서 세계 각지에 퍼졌다.

동료와 함께 곤란을 뛰어넘고, 괴로워하는 사람들을 위로하기 위해 거수 베히모스에게 도전하여 승리한다.

그런 영웅담이다.

그러니까 이 녀석도 그것과 같은 일을 하려고 한다.

차이가 있다면 이 녀석은 혼자고, 딱히 곤란을 뛰어넘는 일도, 괴로워하는 사람들이 있는 것도 아니라는 걸까. 큰 이유도 없이 거수 베히모스에게 도전하는 것이다. 이 녀석에게는 위대한 인물을 뛰어넘는다는 것이 대단한 이유겠지만.

그런 목적을 위해 언제 올지도 모르는 베히모스를 기다리고 있다.

이렇게 아무것도 없는 변두리 마을의 바위 위에서.

"그렇군. 역시나 영웅을 목표로 하는 자라는 걸까."

그리고 이 영웅 지망의 멍청이를 권유하는 데에 무엇이 필요하냐 하면 말이지.

이 녀석이 원하는 것은 영웅담.

내가 연기할 역할은 영웅에게 또다른 시련을 내리는 예언자.

분위기를 만들어내야만 하겠군.

"그럼 내가 여기에 온 이유도 가르쳐 주지."

"어라? 단순한 여행자가 아니라요?"

"신기하다고 생각하지 않았나? 상인도 아니고, 파티도 짜지 않은, 나 같이 약해빠진 모험가가 왜 이런 곳에 왔는지?"

"흠. 그러면 당신은⋯."

"'동 틀 녘에 태양을 등지고 한나절 걸어라'."

그 자리에 침묵이 흘렀다.

갑작스럽게 내려온 예언에 이 녀석은 흥미진진하게 눈을 빛냈다. 아무 말도 하지 않았지만, 고개를 돌려서 지면에 손을 짚고 나를 바라보았다. 입가도 풀어져 있었다.

"이기면 돌아와. 그러면 더 좋은 걸 가르쳐 주지."

나는 그렇게 말하고 발길을 돌렸다.

"잠깐, 무슨 의미죠!"

돌아보지도 않고, 대답도 하지 않는다.

아무튼 분위기가 중요하다. 이대로 얼른 사라져서….

어차, 여기는 커다란 바위 위였지…. 쳇, 뛰어내릴 수도 없잖아.

일단 사다리를 잡고 내려갔다.

그는 쫓아오지 않았다. 그저 전율한 눈으로 나를 지켜보는 것이 보였다.

마무리가 좀 부족했지만, 뭐, 이 정도면 되겠지.

다음 날 아침, 나는 굉음에 벌떡 일어났다.

내가 잠든 텐트에서 뛰쳐나가서 주위를 둘러보고, 위험이 닥치지 않았는지 확인한 뒤에 평소처럼 몸 상태를 확인했다.

밤바람을 쐰 탓인지, 혹은 이 근처의 식사가 안 맞았는지,

살짝 속이 안 좋았다. 나는 변소에 가서 약 한 시간 동안 끙끙 댄 뒤에 소리가 난 쪽으로 향했다.

서두를 필요는 없었다.

나는 앞으로 무슨 일이 일어날지 알고 있고, 지금 무슨 일이 일어났는지도 알고 있다.

"후아암~~"

하품을 하면서 소리가 울린 쪽으로 걸어가자, 마을 입구 근처에 인파가 모여 있었다.

노전사들이 무기를 들고, 아이들이 불안한 얼굴로, 지평선 너머를 보고 있었다.

"잠깐 실례."

인파를 헤치며 소리가 난 곳이 보이는 장소로 이동했다.

거기에 펼쳐진 것은 신화 같은 광경이었다.

일단 거대한 생물이 있었다. 이런 건 처음 볼 정도로 으스스한 물체에 다리를 여럿 달아놓은 듯한 그건 멀리서도 보일 정도로 거대했다. 정확한 크기는 상상도 가지 않았다. 최소한 500미터는 되겠지. 어제 본 드래곤이 어린애로 보일 정도였다.

베히모스다.

그런 거대한 베히모스가 몸부림 치고 있었다.

날뛰고, 구르고, 그때마다 모래 파도라고 할 만한 흙먼지가 일어나서 시야를 흐리게 했다.

흙먼지가 일어도 모습이 보이는 것은 너무나도 거대한 탓이겠지.

혹시 작은 고양이가 베히모스와 비슷한 움직임을 하면 혹시나 '파리라도 쫓는 걸까?'라고 생각했을지도 모른다.

하지만 그게 아니다.

베히모스는 피에 젖어 있었다.

뭔가가, 뭔가가 그 거대한 몸 위를 뛰어다니고 있었다.

그리고 그 뭔가가 움직일 때마다 거대생물의 몸에 베인 상처가 생기고 피가 분출했다.

싸우고 있다.

누군가가 그 거대한 생물과.

[엄마….]

겁먹은 아이를 어머니가 껴안았다.

노전사들도 마른침을 삼키며 싸움을 지켜보았다.

거대생물과 누군가의 싸움은 잠시동안 계속되었다.

몸부림 치는 거대생물. 소리도 없이 그저 날뛸 뿐이지만, 그 움직임은 누구의 눈에도 필사적이고 삶에 집착하는 걸로 보였다.

싸움의 끝은 태양이 기울기 시작할 무렵의 일이었다.

베히모스의 움직임이 누가 봐도 둔해지고 죽어가는 게 느껴졌다.

피가 흘러도 포기하지 않고, 그 자리에서 계속 몸부림 쳤다.

하지만 그것도 오래 계속되지 않았다.

베히모스는 날뛰는 것을 그만두었다. 일어서서 어딘가로 가려고 했다. 이미 늦었다는 것을 아는지 모르는지, 도망치려고 하는 걸까.

마지막에 베히모스는 쭈욱 몸을 뻗었다.

하늘을 올려다보듯이 사지에 힘을 넣고… 입으로 크게 숨을 내뱉더니, 다리에서 힘이 쭈욱 빠졌다.

그대로 주저앉듯이 쓰러져서… 꿈쩍도 하지 않게 되었다.

그 순간 전사들은 주먹을 모으고 무릎을 꿇었다.

죽은 베히모스를 향해 고개를 숙였다.

나는 그 모습을 따라하지 않았지만, 왠지 모르게 그 자리에 있기 거북해져서 집단의 뒤로 물러났다.

전사들은 뭔가를 기다리듯이 그 자세를 유지하였다.

이윽고 시야가 맑아졌다.

베히모스의 사체가 뚜렷하게 보이게 될 무렵, 지평선 너머에서 누군가가 걸어왔다.

그 녀석은 낡아빠진 천을 몇 겹으로 걸친 모습으로, 손에 한 자루 대검을 들고 있었다.

"영웅이다."

누군가가 말했다.

"영웅….""영웅!""영웅!"

목소리는 점차 커지며 남자를 맞아들였다.

그래, 여기에서는 베히모스를 쓰러뜨린 이를 영웅, 최강의 전사로 간주한다.

과거에 폭주한 베히모스를 타도하고 마을을 위기에서 구해 내었던 영웅처럼.

마을의 전사들은 일어서서 남자를 마을 안으로 안내하려고 했다.

이번에는 딱히 베히모스 때문에 마을이 위험해졌다는 사정 은 없지만, 아무래도 좋은 일이다. 남자들에게 베히모스를 쓰 러뜨리는 전사는 동경의 상징이니까.

하지만 남자는 전사들의 환대를 무시하고 이쪽으로 다가왔 다.

똑바로 나에게로.

"지킴이가 아니었습니다."

"그런가."

"지킴이라면 더 컸을 테니까요."

오오, 무섭군. 저게 작다는 건가. 감각이 이상해질 것 같다.

뭐, 지킴이가 아니었던 건 틀림없어. 지킴이와 싸우면 이 녀 석은 십여 일 동안 계속 싸운 끝에 한 달은 생사의 고비를 넘 나드는 모양이니까.

"하지만 고맙습니다. 덕분에 베히모스를 토벌했어요."

"천만의 말씀."

"그래서."

남자의 시선이 예리해졌다.

"더 좋은 일이라는 건 뭡니까?"

내가 가진 정보에 흥미를 품어 주었다. 나에게 흥미를 품어 주었다.

이걸로 간신히 대화가 가능하다.

하지만 미안해. 예언자의 시간은 끝이야. 나는 네 영웅놀이에 어울려줄 만큼 한가하지 않아.

"아니, 너는 영웅이 되고 싶은 거지? 위대한 존재를 뛰어넘는 영웅이."

"되고 싶다는 정도가 아니라 될 겁니다."

"그렇다면 지금 이대로는 안 되지 않을까?"

"안 된다?"

"지금의 너는 위대한 존재가 한 일을 그대로 답습할 뿐이잖아? 드래곤을 퇴치하고 베히모스를 토벌하고."

"예. 하다못해 같은 일을 해내야 시작이라도 할 수 있지요."

"하지만 생각해 보면, 그래서는 영웅이 될 수 없잖아?"

"뭐, 분명히."

남자는 베히모스를 퇴치했다.

이 마을에서는 베히모스를 퇴치하면 영웅으로 숭상해 준다. 하지만 딱히 그들은 난처했던 것도 아니다. 베히모스도 아무런 죄도 없이 남자에게 죽은 꼴이다.

아무런 이유도 없이 마수를 사냥하는 것은 영웅이 할 일과는 거리가 멀다.

"스펠드족이라고 알아?"

그러니까 내가 제시하는 것은 영웅으로 가는 길이다.

"예. 악마의 종족이지요. 라플라스 전쟁 때 적이고 아군이고 마구잡이로 죽이고 다녔다고 하죠. 하지만 분명히 멸망했을 텐데요."

"잔당이 있어."

"어디에?"

"일단 진정하고 이야기를 끝까지 들어. 실은 말이지, 스펠드족보다 더 못된 놈이 있어."

"…더 못된 놈이."

"그래. 그 녀석이 이 세상의 모든 악의 근원이야. 너도 이름 정도는 들은 적 있을 텐데."

"……."

"칠대열강 제2위 '용신' 올스테드."

남자의 표정이 변했다.

나는 일부러 뜸을 들이면서 두 팔을 펼쳤다. 머리를 슬쩍 기울이며 남자의 얼굴을 바라보았다.

"물론 알고 있지?"

나는 알고 있다.

이 녀석이 뭘 목표로 하는가. 뭘 뛰어넘으려고 하는가. 그리고 그 목표로 하는 이가 뭘 이루고 뭘 이뤄내지 못했는가.

그걸 들쑤시는 건 실로 간단하다.

"그 녀석이, 스펠드족을 부하로 두고, 뭔가 꾸미고 있어."

"…용신은 악한 인물이 아닙니다. 마신 라플라스를 쓰러뜨린 영웅 중 하나죠. 오히려 스펠드족과는 적대관계에 있을 겁니다."

"그건 몇 대 전의 용신 이야기잖아? 세대가 바뀌다 보면 멍청해지는 경우도 있지. 아닌가?"

"뭐…. 그렇지요."

"그 점에서 너는 달라. 오히려 선대를 뛰어넘으려고 하지. 훌륭해."

"……."

남자의 말수가 줄어드는 것을 느꼈다.

말 많던 남자가 침묵한다.

내 말에 귀를 기울이고 일고의 여지가 있다고 생각한다는 증거다.

"스펠드족의 잔당을 죽이고, 올스테드를 쓰러뜨린다. 그러면 너는 영원히 전해지는 영웅이 돼. 그것도 칠대열강의 제2위로."

"……."

"아무리 위대한 존재라도 유일무이의 절대강자인 건 아냐. 영웅담을 남기고도 뛰어넘을 수 없었던 상대는 존재해. 그렇지? 왜 뛰어넘을 수 없었을까. 그야 물론 도전할 기회가 없었기 때문이야. 안 그래?”

남자의 눈이 크게 떠졌다.

“너에게는 기회를 줄 수 있어. 더 없는 명성을 얻을 기회야. 이런 기회는 두 번 다시 안 올지도.”

남자는 입을 다물었다.

가만히 나를 바라보았다. 알아. 너는 분명 나보다도 잘 알겠지. 어렸을 적부터 계속 동경하고, 부모님에게 자세한 이야기를 듣고, 그걸로 부족해서 전 세계를 돌며 그 전설을 모았으니까.

그 녀석을 뛰어넘기 위해.

그리고 용신 올스테드를 쓰러뜨리면 확실히 뛰어넘을 수 있다.

“말도 안 됩니다. 이미 몇 년이나 ‘기신’도 ‘용신’도 ‘마신’도 ‘투신’도 행방을 알 수 없습니다. 올스테드가 어디 있는지는 아무도 모릅니다.”

그래, 그렇게 말할 줄 알았어.

“그래. 하지만 나는 베히모스가 어디 있는지 정확히 말했지.”

“지킴이는 아니었지만요.”

“어쩔 수 없잖아? 지킴이가 여기 오는 건 앞으로 80년 뒤니까.”

“헤에, 그거 좋은 정보로군요. 그럼 80년 뒤에 또 오지요.”

“뭐, 80년 뒤는 그렇다고 하고…. 도전하고 싶지 않아? 진짜

세계 최강. 있는지 없는지 모를 기신보다도 훨씬 강한, 라플라스 전쟁 때부터 이어지는 압도적 강자를."

남자는 나를 보았다.

분명 인신의 끄나풀이 되지 않았으면 이 녀석이 나를 보는 일은 없었겠지. 설령 모험가 길드에서 엇갈렸더라도, 이 녀석은 나를 길가의 잡초처럼 무시했겠지. 나는 스스로도 입이 가벼운 편이라고 생각하지만, 이 녀석에게는 기죽어서 말을 걸수도 없었을 것이다.

이 세계에는 손꼽히는 SS랭크의 모험가.

그중에서도 특이나 격이 다른, 정점이라고 할 수 있는 존재.

그것이 이 남자다.

나도 동경했다고.

모험가가 될 무렵에는 이 녀석이 목표로 하는 존재를 나도 목표로 하였다. 언젠가는 그런 위업을 달성하겠다고 맹세했다.

하지만 현실은 매정하다.

나는 그런 위업을 하나도 달성하지 못했다.

그야 오랫동안 모험가로 살았으니. 남에게 자랑하고 싶어질 만한 일도 있었지.

하지만 나는 보았을 뿐이다.

위업을 달성하는 녀석들에게 밥을 지어주고, 위업을 달성할 수 있도록 거들어줄 수는 있지만, 마지막에는 그저 보았을 뿐이다.

파울로와 모험하던 때도 그랬다.

그 히드라와의 싸움에서도 나는 끝까지 앞으로 나서지 않았다.

"알았습니다. 그래서 올스테드는 어디에 있습니까?"

"가르쳐 주는 건 좋지만, 조건이 있어."

"좋습니다."

"어이, 아직 말도 안 했거든? 너무 성급하잖아?"

"당신 같은 잔챙이가 아무런 조건도 없이 원하는 걸 내줄 리가 없지요."

"맞는 말이네."

정말로 기쁜 일이다.

모험가로 살 적에는 동경했던 인물과 이렇게 대등하게 이야기를 할 수 있으니까.

"조건이라고 해도 그리 어렵지 않아. 두 가지야. 하나는 이 장소로 이동해 줘. 그 다음 일은 차차 전하지. 그리고 나를 봐도 아는 척 말 걸지는 말아 줘. 은밀하게 행동하는 거라서."

나는 그렇게 말하고 남자에게 지도 하나를 건넸다.

"또 하나는 내 고용주가 죽이고 싶은 상대가 올스테드의 부하야. 스펠드족과는 또 다른 부하. 올스테드에게 도달하려면 틀림없이 장애물이 되는 상대지. 그러니까 내친김에 그 녀석도 처리해 주는 게 조건이야."

"당신의 고용주?"

"꿈에서 본 적 없어? 잘 모를 녀석이 조언이라고 하면서."

"아하, 예전에 그런 꿈을 꾼 것 같기도…. 당신은 그것 밑에 있습니까?"

"그렇지."

남자는 어깨를 으쓱였다.

나라면 절대로 그런 녀석에게 따르지 않을 텐데, 라고 말하는 듯한 얼굴이었다.

뭐, 내가 이렇게 인신의 지시를 받고 권유하는 이상, 그건 불가능한 일이지만.

인신 녀석, 확실한 상대밖에 고르질 않아. 지금 단계에서 정보가 새어나가면 계획이 다 날아간다면서.

겁도 많다니까.

"그래서 어쩔 거야? 예스야, 노야?"

"물론 예스죠."

바로 결단. 좋은 대답이었다.

"아무런 죄도 없는 상대를 죽여야만 하는 건 싫지만, 어쩔수 없는 일이고요."

"그래."

나로서는 아무런 죄도 없는 스펠드족을 죽이는 것에 의문을 품지 않는 게 그렇지만.

돌이켜보면 모험가가 되고 얼마 안 되었을 무렵.

죽을 뻔했을 때 루이젤드 형씨 덕분에 목숨을 건졌을 때의 일이다.

뭐, 그것도 인신의 조언에 따라 이동한 결과이긴 했지만.

하지만 나는 심정적으로 스펠드족의 편이다. 적어도 이상한 차별의식은 갖고 있지 않아.

다만 이렇게 되었으니 각오를 다지고, 진짜 밑바닥까지 떨어지기로 했을 뿐이다.

"그럼 그걸로 끝. 최대한 서둘러 줘."

"알겠습니다. 그럼 지금부터 가도록 하지요."

남자는 그렇게 말하고 걷기 시작했다.

사막의 노전사들이 붙잡으려고 했지만, 그는 개의치 않았다.

여행 준비 따윈 거의 하지 않고, 무슨 산책이라도 나가듯이 사막을 향해 걷기 시작했다.

이놈이고 저놈이고 결정하면 바로 움직이는군.

"…하지만 영웅이라."

예전에는 나도 그런 걸 동경했지만… 이렇게 어른이 되어서 보니 영웅을 목표로 하는 이가 얼마나 위험천만한지 알겠군. 혹은 치기어리다고 할까….

녀석은 그중에서도 특히나 더 심하지만.

"자, 일단 오늘은 이 마을에서 머물며 다음 말씀을 들어볼까."

나는 목덜미를 벅벅 긁으면서 마을로 돌아갔다.

도중에 나는 문득 뒤를 돌아보았다.

모래먼지 속으로 사라지는 남자의 뒷모습이 보였다.

속이기 쉽고 조종하기 쉬운 건 좋고, 그런 주제에 실력도 확실하지만….

저런 녀석만 모아서 괜찮을까…. 확실히 이쪽에 붙는다는 점에서는 안심이지만.

안전책만으로는 못 이길걸?

안 그래, 인신 님?

22권 끝

무직전생 ~ 이세계에 갔으면 최선을 다한다 ~ **22**

2021년 1월 10일 초판 발행
2024년 3월 10일 4쇄 발행

저자   리후진 나 마고노테
일러스트   시로타카
옮긴이   한신남

발행인   정동훈
편집인   여영아
편집 팀장   황정아 김은실
편집   노혜림

발행처   (주)학산문화사
등록   1995년 7월 1일
등록번호   제3-632호
주소   서울특별시 동작구 상도로 282 학산빌딩
편집부   02-828-8838
영업부   02-828-8986

ISBN 979-11-348-5681-6 04830
ISBN 979-11-256-0603-1 (세트)

값 9,000원